四度目は嫌《イヤ》な死属性魔術師

8

Written by Densuke Illustration by BAN!

Death attribute Magician

Character　Death attribute Magician

ヴァンダルー

天宮博人の二度目の転生先の姿。莫大な魔力で死属性魔術を操る、吸血鬼とダークエルフの間に生まれたダンピール。死属性魔術師を始めとした様々なジョブを経験。魔王の欠片を手にしたことで強大な力を得ている。

ダルシア

ヴァンダルーの母親。非業の死を遂げたが、ヴァンダルーの死属性魔術により、霊体として自身の遺骨に宿り現世に止まっている。

ザディリス

グールの集落の最長老。外見は小柄な美少女だが、年齢は２９０歳。外見に引っ張られているのか実年齢程精神年齢は高くない。

バスディア

ザディリスの娘。長身に鍛えられた筋肉と女性らしい豊かな曲線を併せ持つ女戦士。ヴァンダルーを気に入っている。

ヴィガロ

グールの集落の若長。若い男衆の信望が厚く、女性陣からも人気の高いリア充グール。実はバスディアの父親でもある。

ベルモンド

原種吸血鬼テーネシアの腹心【五犬衆】の中の【愚犬】。ヴァンダルーに敗れ仲間に加わる。

タレア

王の器を見たヴァンダルーに入れ込み、仲間に加わった元人種のグール。武具職人として高い技術を持つ。

ボークス

タロスヘイムの英雄の1人で〝剣王〟の異名をもつ巨人種アンデッド。ヴァンダルーに絶大な信頼を寄せる。

エレオノーラ

原種吸血鬼ビルカインの配下としてヴァンダルーの命を狙っていたが、その強さに心酔し忠誠を誓う。

Summary

あらすじ

ダンピールに転生したヴァンダルーは、母ダルシアを人間達に殺されてしまい、首謀者であるゴルダン高司祭たちへの復讐を誓った。

新たな仲間との出会いを経て、エブベジアの街へ復讐の第一歩を果たした後、旅に出た一行は、グールの集落を壊滅させようと企むノーブルオークのブゴガン率いるオーク軍団と戦い見事勝利した。

その後、ヴァンダルーは自身に迫った人間の討伐隊との決戦に向けて、仲間達を伴い新天地である巨人種の国タロスヘイムへと辿り着く。そこで、ボークスをはじめ多くの仲間が新たに加わると、ダンジョン攻略を経て戦力の強化と同時にタロスヘイムも大きな発展を遂げていく。

そんな中、ヴァンダルー抹殺の命を受けた吸血鬼たちがヴァンダルー達のもとに現れる。だがヴァンダルーは魂を消滅させるスキル「魂砕き」を獲得すると、父・ヴァレンの仇でもある貴種吸血鬼セルクレントを返り討ちにし、タロスヘイム王城の地下では神のアーティファクトである魔槍アイスエイジの魂をも消滅させた。

その後、タロスヘイムの王となったヴァンダルーは、輪廻転生の神ロドコルテによって送り込まれた地球からの転生者海藤カナタを完全消滅させると、古来より人類の脅威であった原種吸血鬼であるテーネシアをも倒した。そして、テーネシアから「魔王の欠片」を奪ったことで徐々に魔王の力に目覚めていく。

配下となった眷属も増え、物資や土地もこれまで以上に必要になってきたことで新たな土地を開拓すべくヴァンダルー達は遠征を計画する。こうしてタロスヘイム一行はリザードマンの群れが支配する沼沢地へと赴くのであった。

CONTENTS

Death attribute Magician

Written by Densuke Illustration by BAN!

Death attribute Magician

第一章
タロスヘイムな日々

ヒヒリュシュカカを奉じる原種吸血鬼の一人テーネシアが、冒険者に討ち取られた。

そのビッグニュースは世界を震撼させるに足るものだった。

だが、最も大きい影響を与えたのは表の社会ではなく、裏社会と評する事すら躊躇われる闇の中を蠢く者達の社会だった。

そして動き出したのが、〝外書の邪神〟バルルシャペを奉じる吸血鬼達だ。

太古の時代、リーダーだった原種吸血鬼をテーネシア達の手によって倒された彼らは、バーンガイア大陸から離れ、隠れ潜む事でこれまで生き残ってきた。

しかし、長く時間をかけて力を蓄えてきた彼らは、仇敵が一人消えた事を好機と判断し、テーネシアが死んだ事を、復権の好機と見た。

特に、テーネシアが居なくなった事で勢力の空白地帯が生まれたオルバウム選王国のハートナー公爵領、そしてアミッド帝国の一部に橋頭堡《きょうとうほ》を築くのは都合が良い。

だがオルバウム選王国には、テーネシアを倒した新たなS級冒険者ハインツ率いる〝五色の刃〟が活動している。

ならばと、吸血鬼達はアミッド帝国の南の属国、海国カラハッドに進出した。

だがそこには大陸西部唯一のS級冒険者、シュナイダー率いるパーティー、〝暴虐の嵐〟が活動していた。だが最近は大きな活躍を聞かない。それにS級冒険者とは言っても、金と酒、何より女に目が無い堕落した男が率いるパーティーだ。各個撃破すれば勝てると、吸血鬼達は考えた。

そして〝暴虐の嵐〟の中にゾッド……原種吸血鬼の一人、ゾルコドリオが居る事を知って確信した。

勝てると。

何故なら、吸血鬼達のリーダーであるグオンはゾルコドリオについて、太古の時代に倒されたと主人から聞いていたからだ。

曰く、原種吸血鬼の中で魔術の才と武術の才が、最も乏しかった男。

曰く、アルダとヴィダの戦いでも、最初に戦線から脱落した男。

原種吸血鬼は百人程居たという。百人も居れば、当然何名かが落ち零れる。ゾルコドリオはその落ち零れ、最も弱い原種吸血鬼だ。

かつての主の言葉を思い出したグオンは、そう判断した。

そして、バーンガイア大陸の闇を支配する手始めに、落ち零れではあっても原種吸血鬼であるゾルコドリオを血祭りにあげ、自分達の力を示そうと。

あっけない程〝暴虐の嵐〟はグオン達の策に乗り、バラバラになった。そしてグオン自身も含めた精鋭でゾルコドリオを包囲し、襲撃した。


「なんと脆弱な……」

まるで嵐か竜巻でも荒れ狂ったような有様になった平原に、何人もの吸血鬼達が屍を晒していた。

「ば、馬鹿な。この俺が育て上げた精鋭が、い、一瞬で……最低でも伯爵以上の、ランク10以上の者ばかりだぞ!?」

グオンは平原の真ん中に佇む、筋肉の化け物を前にただ戦慄した。

ほんの一分前までそこには、紳士然とした痩身の中年と壮年の間くらいの男が立っていた。

だが今は全身が鋼のような筋肉で覆われた、化け物が立っている。

「ふむ、若いのに目が耄碌したか？　貴様が育て上げた者達を、私が数秒で圧し折ったのだが。さて、次は貴様の番だ」

別人どころか別の生命体に変化したように見えるゾッドがグオンに答えるが、彼はまだ現実を直視できないようだった。

「た、戯けるなっ！　貴様如きに〝外書の邪神〟に仕えるこのグオン様が負けるはずがないぃっ！」

ヴァンパイアエンペラーにまで己を高めたグオンは、【詠唱破棄】スキルを使用して火、風、土の三属性の攻撃魔術を連続で放つ。

それをゾッドは圧倒的な筋力で全て打ち払った。素早く振った腕で炎を掻き消し、胸筋と腹筋で真空の刃と鉱物の槍を弾き飛ばした。

「戯けているのは貴様だ、この腐れた若造がぁ!!」

大地を踏み砕くようにしてゾッドはグオンとの間合いを一瞬で詰めた。

グオンは、反射的に張った防御魔術が砕かれたその刹那の間にかつての主人である原種吸血鬼の言葉の、正確な意味を思い出した。

原種吸血鬼の中で魔術の才と武術の才が最も乏しかったが、それを圧倒的な筋力で持って覆した男。

アルダとヴィダの戦いでも、その筋力で誰よりも前で誰よりも激しく戦い、誰よりも多くの攻撃に耐えた末に、最初に戦線から脱落した男。

「受けよっ！　【暴振爆雷】！」

そしてゾッドの姿がぶれて見えるほど高速で振動したかと思うと、激しい稲妻が迸った。

達人の放つ魔術でも耐えきるはずのミスリルの鎧はその稲妻に貫かれ、心臓を焼かれたグオンは自身の野望と共に崩れ落ちたのだった。

鼻にツンと来るイオン臭を漂わせたゾッドは、グオンが倒れたまま動かないのを確認して息を吐いた。

「ふしゅるるぅ……アースに生息する魔力を用いず稲妻をその身に宿す電気ウナギと言う生物と同じく、我が筋肉の振動のみで稲妻を放つ【筋術】の技。これぞ〝水と知識の女神〟ペリア様に選ばれし勇者ソルダ殿が伝えし、科学の力。冥土の土産話にするが良い」

「いや、それ絶対科学じゃないから。ソルダがそれ聞いたら泣いて嫌がるから、あの子マッチョ苦手だったし」

「ふぉっ!?　リサーナ殿、これは失礼をっ」

いつの間にかいたリサーナに声をかけられたゾッドは、慌てて身だしなみを整える。いつでも本来の筋肉に戻っても良いように、彼の衣服は魔力を通すとどんなに破れても再生するマジックアイテムになっているのだ。

「それでシュナイダー殿達の方は？」

「もう終わって帰るところよ。あなたみたいに殴って解決って訳にはいかなかったから、面倒だったけど」

シュナイダーは少女奴隷を使った泣き落とし、ダークエルフである事を隠しているモヒカン精霊魔術師のドルトンと女ドワーフの踊り子メルディンは、それぞれ飲み比べと踊りで決闘を申し込まれ、リサーナは元々冒険者ギルドでギルドマスターと次の仕事で打ち合わせをしていた。

どうもグオン達はゾッド以外には只管《ひたすら》戦闘以外の手段を使ったらしい。意外と賢明である。

「そうですか。しかし、今回は皆さんにご迷惑をかけてしまいましたな」

「別にゾッドが悪い訳じゃないじゃない」

「ですが、道を踏み外したとは言え兄弟の子がしでかした事ですからな」

そう言いながらゾッドは、屍を晒しているグオン達を集めると埋葬していく。

現在の社会ではグオン達は邪悪な神を奉じる化け物だが、ゾッドは彼等の親である原種吸血鬼がヴィダの信者だった頃を知っている。共に魔王と戦った戦友であり、女神の志に共感し吸血鬼になった兄弟だ。

改心する兆しも無い以上見逃す訳にはいかなかったが、最後の情けとして埋葬ぐらいはしてやりたかった。

「それを言うなら、私にとっても昔の仲間の子でもあるのよね」

〝堕酔の邪神〟ヂュリザーナピペの転生体であるリサーナは、封印される前のゾッドやグオン達の主人と共に、ヴィダ陣営でアルダと戦った。

十万年前に敗れてゾッドは最近まで封印され、リサーナは魔王式輪廻転生システムを利用して転生した。

一方、敗れはしたが逃げ延びたテーネシアやグオンの主人は、堕ちて邪悪な神々の走狗と成り果ててしまった。

「まあ、あの人達にはあの人達の苦労があったんでしょうね」

「我々も、一歩間違えればどうなっていたか分かりませんからな」

何処かやるせない気分になった二人は、墓碑銘も刻まれていない墓を完成させると、踵を返して町に戻ろうとした。

「痛ァ！」

だが、突然リサーナが悲鳴を上げて手で頭を押さえた。

「ど、どうされたリサーナ殿！」

すわ敵襲か!?　再び全身の筋肉をパンプアップさせようとするゾッドだったが、リサーナは「違う、敵じゃないわ」と顔を顰めつつも応える。

「これは、神託よ。リクレントの奴、何て無茶しやがんのよ。お酒も飲んでないのに二日酔いみたいな気分にされるなんて、最悪なのにっ」


自慢のコレクションを一先ずテーネシアが知らないアジトに運び終えたグーバモンは、疲労の籠った重い溜め息を吐いた。

「全く、あの半吸血鬼の小僧……何処までも祟ってくれるっ」

あの後――ヴァンダルーがテーネシアの隠れ家からダンジョンに消えた後、グーバモンはビルカインと共に彼を殺すべく、ダンジョンに入った。

しかし、ダンジョンはたった一階層だけで部屋の数も少なく、その何処にもヴァンダルーの姿は無かった。

極稀に下の階層へ続く階段が巧妙に隠されている場合があるので、それかと暫くビルカインと調べてみたが、そんな仕掛けも特に無かった。

恐らく、ダンジョンの中で空間属性魔術かマジックアイテムで転移して逃げたのだろう。そう判断した二人はその場を後にするしかなかった。

そして大急ぎでそれぞれの拠点を変えた。テーネシアは死んだが、ヴァンダルーが【霊媒師】らしい事をグーバモン達は知っている。テーネシアの霊がヴァンダルーに自分達を売らないと言う保証が無い。

……テーネシアとは十万年以上の付き合いだが、その神代の時代からの仲間を先に裏切ろうとしたのは自分達なのだから、義理立てしてくれるとは考えられない。

「ええい、これからどうすれば良いのじゃっ！　ビルカインと協力するにしても……はっ！　待て。奴は……奴は信用できるのか？」

同じ邪神を奉じる、十万年来の盟友。だが、そのビルカインは同じ盟友のテーネシアを傀儡に落とそうとグーバモンに持ちかけていたではないか。

それに失敗した今、同じ事を自分にしないと何故言い切れるのか。

「ビルカインは自分と儂が協力すれば、あの小僧を殺せると言いおった。協力……もしや、奴め、今度は儂を傀儡に落とすつもりでは？」

自分達がしようとした事を、次は自分がされる番かもしれない。

こうして〝悦命の邪神〟ヒヒリュシュカカを奉じる原種吸血鬼の協力体制は急速に崩れていく。


日々様々な政務を熟すアミッド帝国皇帝、マシュクザール・フォン・ベルウッド・アミッドはその報告を聞いた時、ハーフエルフらしい美貌を崩す事は無かったがとても驚いた。

六千人からなる遠征軍がアンデッドになって戻って来たという報告を聞いた時よりも、その驚きは大きかったかもしれない。

「それは比喩表現ではないのだな？」

「はい。密偵によりますと、ハートナー公爵領の城が物理的に傾いたそうです」

「そうか……」

サウロン公爵領を占領している今、新たに国境を接する事になった公爵領の一つであるハートナー公爵領の動向は、帝国にとって重要である。

そのため、以前から草の者を増やしているのだが、城が物理的に傾いたという報告は俄かには信じ難かった。

これが魔境と接する砦ならまだ分からなくもないのだが、最も安全なはずの都の城が傾くとは前代未聞である。

少なくとも、歴史的な珍事だ。

「後、どうやらナインランド魔術師ギルドのギルドマスターが、原種吸血鬼のシンパだったようです」

「それは興味深い話だが、何故分かった？　草の者達だけで調べられる物でもないと思うが」

「それが、どういう訳か部下共々他の公爵領の領事館に自ら証拠と共に出頭し、洗いざらい自白したそうです」

「……ますますもって信じ難い」

そう額を押さえるマシュクザールだが、それらの情報は複数のルートで確認された物で偽情報やデマではなさそうだ。

「そのギルドマスター達が自白した情報を早急に手に入れろ、前回に続いて膿を出すチャンスだ。城が傾いた件については……今は伏せよ。功名乞食共が煩くなる前に、手を打たせる」

サウロン公爵領を占領し、サウロン公爵を討ち取ったアミッド帝国軍だったが、全く消耗していない訳ではない。

それに占領した以上は、サウロン領を統治しなければならない。まさか現地の住民を残さず皆殺しにするなんて真似が出来る訳もないのだから、それぞれの町や村に代官を送るか村長を替える等して責任者を刷新し、抑えながら統治しなければならない。

しかし長く帝国と最前線で戦ってきた公爵領の住人は、簡単に尻尾を振らない。まだまだ時間をかけて躾けなければならない。既に逃げ延びた騎士や兵士がレジスタンス化しているとの報告があるため、油断すると足元をすくわれる。

そんな状態でハートナー公爵領に攻め込もうものなら、延びた補給線や手薄になった内地の軍事拠点などをレジスタンスの前に晒す事になる。

しかも、もしハートナー公爵領を攻め落として占領出来ても、残りのオルバウム選王国の公爵領と接している面積が広がりすぎる。

防戦に秀でたミルグ盾国の将兵を配置したとしても、いきなり堅牢な砦や長城のような城壁が生える訳でもないので守りきれない。

つまりこれぞ好機と急いでハートナー公爵領に攻め込んだ瞬間、どう転んでもアミッド帝国は負けるのだ。

多少の戦略眼がある者ならそれぐらい気がついているのだが、先の戦争で手柄を上げ損ねた貴族の中には、名を上げて新しい領地を手に入れ昇爵した者を羨むあまり、目が曇っている者もいる。……最初から目が節穴である者もいるが。

「ご心労、お察しいたします」

「構うな。人は常に玉石混交。傑物の十倍愚物が混じるのが常だ」

そしてそれを上手く使うのが、上に立つ者の務めだ。マシュクザールは諜報機関の長を下がらせると、早速軍務卿や総務卿、財務卿を次々に呼び出しては報告を聞き、指示を出した。

その後、ハートナー公爵領で起きた幾つかの事件についての報告が上がったが、マシュクザールは興味を覚えても驚きはしなかった。

町の近くにダンジョンが発生し魔物の大暴走が起きた事も、農村部で妙なヴィダの信仰が広がりつつあると聞いてもだ。

ダンジョンは突然発生する災害のような物だし、アミッド帝国との最前線になった以上、反抗するようにヴィダの信仰が広がる事は妙な事だとも思わない。

それらは貴重な情報であると同時に、忙しいマシュクザールの娯楽でもあった。地球で週刊誌を読むような感覚だ。

しかし、その娯楽の一部で終わるだろう情報を諜報機関の幹部が報告した時、マシュクザールは眉を上げた。

「それは真か？」

聞いた報告は、ハートナー公爵領に存在する魔境でグールが獲れなくなったという内容だった。まさか聞き返されるとは思わなかったその幹部は、驚きながらも頷く。すると、マシュクザールはしてやられたと顔を顰めた。

「まさかこれほど早く、しかもあちら側から出るとは……草の者達に伝えよ。ヴァンダルーという名のダンピールについて調べろと。どんな些細な事でも構わん」

その一月ほど後、草の者達によってハートナー公爵領の奴隷鉱山崩壊と、その調査の折に訪れた開拓村でヴァンダルーという名のダンピールの少年が聖人扱いされている事、ニアーキの町の冒険者ギルドに現れた事等が報告される。

マシュクザールもヴァンダルーの意図や行動の動機を完全には読み切れなかったが、ハートナー公爵領で起きた事件には彼が関わっていると確信した。

そして境界山脈に接する全ての場所に潜む草の者に、ヴァンダルーの名と容姿を伝え、見張らせるよう指示を出した。……その指示が届く頃には、開拓村は謎の失踪を遂げ、ルーカス公子による赤狼騎士団が魔物と相打ちになったとの発表がされたのだが。

因みに後日、ハインツが原種吸血鬼テーネシアを討伐しS級冒険者に昇級し名誉貴族位を授かったと聞いた時は盛大に溜め息を吐いたという。

「残った胴体がどれ程跳ねるかも知らず、気軽に頭を踏み潰してくれる。しかも頭はまだ二つ残っているだろうに。しかも名誉貴族とは言え、伯爵か。ヴァンダルー共々厄介な奴め」

乾燥した薬草を揉み、小さな山にした物を背中の何か所にも置き、それに火を付けて煙を立たせたままうつ伏せに寝ているシュナイダーは、帰ってきたリサーナの言葉に片眉を上げげた。

「リクレントからの神託？　お前、時属性の神だったか？」

普通神託は神が自身の信者か、眷属に下すものだ。これは単に上下関係に由来するものではなく、精神的な繋がりを利用する必要があるためだと、以前リサーナ本人がシュナイダーに説明した事だ。

「違うわよ。魔王側に居た時は微妙に違うけど、今は生命属性。だからリクレントとあたしは何の繋がりも無いんだけど……受肉してるけど一応あたしも神だから、無理をすれば神託って形で連絡できるのよね」

本当に無理をしたので、リクレントは骨を抉り取るような痛みを負い、神託を受けたリサーナも常人ならショックで気絶するような激しい頭痛を味わったが。

「ひょれじぇ、ひゃいひょうは？」

『『それで、内容は？』って言ってるけど」

飲み比べの結果べろんべろんに酔っ払って呂律が回らなくなったドルトンの言葉をメルディンが訳して伝えると、リサーナは神託の内容を伝えた。

「ザンタークに伝言を頼むって」

「ざ、ザンターク？　ザンターさんでもザザタックのオッチャンでもなくてザンターク様？　それって神じゃない!?」

「メルディン？　なんでそんなに驚いてるの？　目の前にいるこのリサーナちゃんも神様なんだよ～？」

「酔いどれエルフにそんな事言われても。実際、私達ドワーフの祖神の片割れのザンターク様とじゃ格が違うじゃないの」

「いや、そーだけどさー。実際ベルウッド達と真面目にやり合えたの、あの戦神ぐらいだけど」

「私は防戦一方でしたからな」

かつてのヴィダとアルダの戦いに、邪神や悪神と融合してしまったザンタークは加わっていた。自身が選んだ勇者、ファーマウン・ゴルドと相対するヴィダの側で。

しかしそれは人間社会の伝説にも神話にも残っていない。シュナイダー達も、リサーナやゾッドから初めて聞いた歴史の真実である。

「だが、あの後何処に行ったのか分からねぇんだろ？　どうやって伝言を届けりゃあ良い？」

「それが……私の目が届かない所に居るって」

「にゃんだひょら」

「何だそりゃ、だって」

一同が考え込む中、シュナイダーはその言葉の意味を直感的に理解した。

「つまり、リクレントが祀られている魔術師ギルドが無い町……国……大陸。よし、魔大陸に行くか」

〝暴虐の嵐〟の次の冒険が始まった。


「ところで、あんた何やってるの？」

「おう、これはお灸って言ってな。古文書に載っていた健康法で――」

「いや、それは知ってる。知ってるけど、あんたが何でそんな事やってるのって聞いてるのよ」

「いや、最近疲れやすくなったような気がするからよ。ちょっと試しにと思ってだな」

「あんたねぇ……【全属性耐性】スキル持ちの癖に、お灸の何が効くってのよ」

耳に突き刺さる甲高い絶叫を上げて、最後のゴブリンバーバリアンが倒れた。

そのまま敵が動かない事、新たな敵が出てこない事を確認したカシムはぽつりと呟いた。

「……勝ったな」

「ああ、勝った。俺達だけで」

「しかも四匹同時にな」

大きく息を吐いて、胸いっぱいに息を吸い込む。そして叫んだ。

「いぃぃぃやったぞぉぉぉぉっ！」

「やったぁぁぁっ！　俺達はやったんだぁぁぁっ！」

「よっしゃっ……でもそろそろ静かにしようぜ。まだダンジョンの中なんだし」

「そうだな……」

「ゼノ、お前いつも落ち着いてるよな」

「斥候職が落ち着いてなくてどうする」

一転して落ち着いた三人は、速やかにゴブリンバーバリアンの死体から魔石が無いか探して剥ぎ取っていった。

『ガランの谷』から地上に戻ったカシム達は、魔石や素材を運びながらギルドカードに似た薄い金属板を眺めていた。

「このダンジョンカード、かなり便利だな」

それはヴァンダルーが開拓村の冒険者ギルド出張所にあった、ギルドカードに情報を入力するためのマジックアイテムを調べ、タロスヘイムに残っていた冒険者ギルドのギルドカード用のマジックアイテムを改造して発行できるようにした物だ。

冥銅と、ヴァンダルーの血。そして発行を希望する者の血を使って作るそのカードは、何と所有者に条件付きだがダンジョン内の転移を可能にする機能がある。

「ヴァンダルーはダンジョンからダンジョンに転移できるようにしたかったらしいけど、今のままでも十分便利だよな」

「転移できるのはカードの所有者が到達した事のある階層の入り口だけだけど、それが普通だもんな」

「普通じゃない。一流の錬金術師が作った装置が置いてあるか、限られたダンジョン以外では階段を全部上り下りして移動するのが、普通だ」

ダンジョンは危険な魔物の巣だが、同時に資源の宝庫でもある。だが、その資源を利用するためには冒険者が背負って外まで運ぶしかないのが殆どだ。アイテムボックスやその劣化版（それでも希少で高額だが）のマジックアイテムでも持っているか、空間属性魔術の使い手が仲間にいるか、そのダンジョンが馬車や荷車を持ちこめる構造でなければ、最大でも背負って運べる分しか持ち帰れない。

そしてその量も、途中魔物に襲われる危険性を考えれば上限を下げなければならない。

だがこのダンジョンカードはそれを随分楽にしてくれる。目的の階層まで一度到達すれば、次回からは途中で消費するはずの体力や時間を零にして、転移する事が出来る。

更に、帰る時も階段まで辿り着ければ、地上まで一瞬で帰れる。やはり時間と体力の消費も零で。

だからやりようによっては階段の近くで魔物を狩って、素材を十分集めたら階段に入って地上に戻り、素材を置いたらその日の内にもう一度ダンジョンに潜る。そんな事も可能だ。

「やっぱりダンジョンは違うな。強い魔物がこれでもかって出てくるから、経験値がどんどん稼げるし」

「そうだな。開拓村の周りだと、ランク2が最大だったもんな」

だがカシム達のような新米冒険者にとって重要なのは、ダンジョンの存在そのものだ。通常の魔境を上回る頻度で魔物と遭遇するダンジョンは、勝てる実力があるなら経験値の宝庫である。

「開拓地に居た頃の俺達じゃ、『ガランの谷』の下層階に近付くのも難しかったけど」

ゼノの言う通り、彼らがゴブリンバーバリアンの群れを大した怪我もせず倒せたのは彼等の実力が上がったというのもあるが、ヴァンダルーの【眷属強化】スキルで能力値が爆上げされたのと、装備の水準が上がった事が大きい。

カシム達はヴァンダルーの友人だから特別に高性能な装備を貰った……訳ではない。赤狼騎士団との戦いで武器や防具にガタが来ていたので、タロスヘイムで普通に流通している武具の中でも安い初心者用装備を融通してもらっただけだ。

……その安い初心者用装備が、彼等が元々装備していた安物よりもずっと高性能だっただけで。

「確かに、前の盾と鎧だったら怪我くらいしたかもな」

カシムが見るのは、自身が装備しているアイアンタートルの盾と鎧。元々彼が装備していた型に溶けた金属を流し込んで作る、鋳造の青銅の盾と鎧と比べて防御力は段違いに高く、しかも若干だが軽い。

「ああ、鋳造品で良いって言ったら、あの爺さんに滅茶苦茶怒られた。儂は鍛造武具しか作らんって」

フェスターの剣も、ダタラが鍛え上げた一品である。一応安物であるため彼の渾身の作と評される一品に比べれば、ずっと切れ味も硬度も劣っている。

しかし、ニアーキの町の冒険者ギルドで「安物だ」と言って見せたら、同世代の冒険者はそれを金持ちの嫌味としか解釈しないだろう。

「ああ、タレアさん達も含めて……良い人なんだけど、皆感覚がちょっとズレてるよな」

ゼノの装備も地味にアップグレードされている。普通なら中堅冒険者が愛用する水準の品を、「余り物ですけど」と渡されたのだ。

このタロスヘイムは外部と隔絶されているため、外の経済や情報が入って来ない。なので、一歩町を出るとランク3……鋭い牙と鉤爪を生やした凶暴なラプトルかそれ以上の魔物がうろついている環境で生き残れる水準が、最低限だと定義される。

結果、普通の町で流通している安物は作る意味が無いのだ。

「まあ、良い事ばっかりじゃないけどな」

「確かにな」

そう言いながら旧冒険者ギルド跡、現在は完全にリフォームされて看板も下げられている交換所へと入った。

中は本物の冒険者ギルドと何も変わらない。

「はい、買い取りですね？　五千ルナになります」

『マヨネーズとケチャップとエントシロップのセットと交換ですね？』

『すみません、生クリームは売り切れなんです』

違うのは、現金以外にも物品と交換できる事だろうか。

「クリーム、売り切れたのか」

「ワサビマヨ、まだ入ってないのか」

「お前等……今日は現金で買い取ってもらうって決めただろ」

悲しげな顔をするカシムとフェスターの後頭部を、そう言ってゼノが軽く小突く。

ルナと言う通貨が流通しているタロスヘイムだが、まだまだ商店の類が少ない。そのため、ここで現金よりも物品に交換する者も変わらず多かった。

小突かれたフェスターは「そうだったな」と気を取り直すと、輝くような笑顔を浮かべて列に並び、カウンターの少女に話しかける。

「リナっ、今帰ったぜ」

「ようこそ交換所へ。換金ですか？　交換ですか？」

「おいリナ、俺だって」

「換金ですか？　交換ですか？」

「おーい、リーナー？」

カウンターの受付嬢、第七開拓村の冒険者ギルド出張所の非正規職員だったリナは、営業スマイルで恋人のフェスターに対応していたが、徐々に笑顔が引き攣り始める。

「リーナー？」

「だからっ、今仕事中なのっ！　怪我は無い無事でよかった心配してたのよ大好き！　これで満足なら早く素材を出して換金か交換か選びなさいっ」

「は、はいっ！」

慌てて背負って来た素材をカウンターに並べるフェスター。カシムとゼノはその背後で仕草だけでリナに謝る。

因みに、フェスターとリナはこれが二人の平常運転だ。既にしっかり尻に敷かれているが、それぐらいがフェスターには丁度良いのだろう。

「討伐証明以外は魔石ばっかりね。あ、やったじゃない。ゴブリンバーバリアンを自分達だけで倒すって目標を叶えたのね。はい、全部で五百ルナよ」

「五百、かぁ……」

「ええ、別に怒っているから少なく見積もった訳じゃないんだけど……ここの相場だとね」

リナが集計したカシム達が狩って来た魔物の討伐報酬と魔石は、ハートナー公爵領の冒険者ギルドなら二千バウム以上で買い取ってもらえるだろう量と質だ。

しかし、タロスヘイムだと五百ルナ程度になってしまう。

これは巨人種アンデッドやグールの探索者（冒険者ギルドに登録している訳ではないが、実質同じ事をやっているので、いつの間にかこの名称が定着した）の質が高い事と、タロスヘイムの周囲やダンジョンで出現する魔物のランクと遭遇率が高いから。そしてヴァンダルーが存在するのがその理由だ。

ランク3の魔物が頻繁に出現し、二千人を超える大勢の探索者が普通にそれを狩る。なので、魔物の討伐報酬は必然的に外の世界と比べて安く設定されている。

更に、都市全体のマジックアイテムの動力源である魔力をヴァンダルーが常識はずれの魔力で充填するので、魔石の需要も外の世界よりも低くなってしまう。

開拓村の面々が来るまでは国民の殆どがC級冒険者に相当する戦闘能力を持っていたタロスヘイムだが、逆に言うと探索者として食っていくには、C級冒険者並の戦闘力が必要になるのだ。

「ここ、結構過酷だな」

「まあ、強くなるまでの辛抱だ。頑張ろう」

「そうだな。実際レベルも上がったし」

「頼むわよ。共働きでも良いけど、養うつもりは無いからね」

換金を済ませたカシム達は、リナと勤務時間が終わったら食事をする約束をして交換所を出た。

屋台で売っている物で軽食を済ませながら、ダンジョンでかいた汗を流すために公衆浴場に向かう。

「……さっきは過酷だって言ったけど、やっぱり俺、今から外に戻るかって聞かれたら断るな」

「俺も」

「俺も絶対断る」

カシムの言葉に間を置かず同意するフェスターとゼノ。彼らの手には、食べかけの屋台食がある。

カシムはホットドッグ、フェスターとゼノはハンバーガーだ。

一口食べれば肉汁とソースが口の中で弾け、レタスや刻んだ玉葱の食感が歯に心地良く響き、柔らかいふかふかのパンがそれを程よく吸って口の中に長居しない。そして飲み下せば、二口目を食べたくなる。

これが一つ五ルナで売っているのだ。それも、別に知る人ぞ知る名料理人が営んでいる隠れ屋台ではなく、交換所を出入りする探索者を客にする普通の屋台で。しかも作っているのは、カシム達と同じ元開拓村の村人だ。

「ニアーキの町で同じくらい美味い物を食べようと思ったら、どれくらいかかるかな?」

「うーん……白パンに肉に新鮮な野菜にソースに……十バウムくらいか?」

「前に一度、教官がオーク肉の焼肉食わせてくれた事あっただろ? あれ、十バウムくらいらしいぞ」

「後このパン、明らかに町で売ってる白パンより柔らかいし」

「じゃあ、二十バウムくらいかな?」

改めて手に持っている軽食を見る三人。

ふわふわのパンに、腸詰と言う未知の技術で作られた肉を挟んだホットドッグ。ミンチにした後成形して焼いただけとは思えない程肉汁豊かなハンバーグ、食感を豊かにするための玉葱とレタス、そしてケチャップソース。

それらを合わせた料理が、たったの五ルナ。通貨が違うので正確には同価値では無いのだが……ニアーキの町で、予算五バウムで買える屋台食は――。

「えーっと、黒パンと干し肉のサンドイッチ。正体不明のソース付」

「乾燥野菜と豆のスープ、運が良ければ肉の欠片が何個か入ってる」

「混ぜ飯大盛り」

最後にゼノが言った混ぜ飯とは、屋台の亭主がその日安く手に入れた食材を南部米と一緒に炒めた物だ。日によって具が肉だったり魚だったり変わるため、同じ屋台でも当たり外れが大きい。

売りは量と安さ。

今手の中にあるご馳走がそれらに変わるぐらいなら、多少の変化は笑って受け入れるべきかもしれない。

「ところで、何でこれホットドッグって言うんだ?」

「ヘルハウンドの肉を使ってるからじゃないか」

「……ヘルハウンドの肉って、食えたっけ?」

「いや、普通に異世界での名前をそのまま持って来たんじゃないか？　たい焼きとかキューバサンドイッチと同じで」

そう言いつつ軽食を済ませて、公衆浴場に入る。因みに、巨人種以外の住人も増えたので人種サイズの浴槽も併設されている。時々巨人種アンデッドが「半身浴」している時もあるが。

「入りに来たぜ、お義父さん」

「その呼び方はまだ早いって言ってんだろ！」

「何でも屋」の親父だったリナの父親がフェスターに怒鳴って返した。

他の都市との交流も無く、全ての住民に住居が支給されたタロスヘイムでは宿屋の需要は無い。そこで、「事務官しません？」とのヴァンダルーの誘いを「宮仕えは性に合わねェ」と断って、この公衆浴場で働いているのだ。

そして資金を貯めて、タロスヘイムが他の都市と交易する時にまた商売を始めるつもりのようだ。

三人は入浴料を支払って、服を脱いで風呂に入る。因みに、この公衆浴場は男女別である。混浴の浴場は男女の出会いの場になっているので、フェスターが入れないのだ。

「ふぅ……風呂っていいなぁ」

肩まで浸かって、一言、残りの二人も「そうだな」と同意する。

カシム達がお湯の風呂に初めて入ったのは、タロスヘイムに来てからだ。サウロン領でも開拓村でも都合良く温泉が湧いているような事は無かったし、大量のお湯を沸かせる経済力も無かった。

地球の現代日本なら気軽にお湯を沸かせるが、ラムダでは薪を集めるか高価なマジックアイテムを使うか、火属性魔術でも習得しなければお湯を沸かせないのだ。

普通に薪を使うにしても、切り倒した後乾燥させないと木材は燃えにくい。手間と時間がかかり、風呂の為に毎日消費する事は出来ない。

それがタロスヘイムだと気軽に、安く入れる。最近ではボイラーに燃料ではなくフレイムゴーストが入っていたりするので、自然にも優しい。ゴースト達にとってもじっとしているだけでそこそこの給料が稼げるので、人気のバイトらしい。

「それに石鹸も安いもんな。ニアーキの町で見た時は一個百バウムだったけど、ここだと三ルナだし」

「確か、魔物の脂肪から作ってるんだっけ？」

「一番安いのはな。果物から作ったのは高いが、良い匂いがするぞ。女に贈ると喜ばれる」

ぐるぐると唸るような口調で居合わせたグールの男が話しかけてくる。

「あ、ボダンさん。どうも」

どうやらボダンという名のグールは、カシム達と同じ探索者で顔見知りらしい。

「……フェスター、俺はバデンの方だ」

「えっ？　あっ、すんません！」

顔見知りではあったようだが、他のグールと間違えたらしい。だが、仕方ないだろう。男グールの頭は獅子の物で人種とは作りが大きく違うので、余程見慣れないと見分ける事が難しい。

浴場で全裸になっている状態ではなおさらだ。

「ところでバデンさん、その石鹸について詳しくっ！」

「どれくらいの値段なんですか!?」

日々一人身の寂しさを感じているカシムとゼノが話題に食いついた事で、バデンも人違いについてはあまり気にしなかったようだ。

最近発売された蜂蜜石鹸を贈り物にすると良いかもしれないと、贈る相手も居ないのにカシムとゼノが結論を出した頃に、バデンは風呂から上がって行った。

バデン以外にもアヌビスやブラックゴブリン、オーカス、巨人種アンデッドがこの浴場では汗を（一部かかないのもいるが）流している。

カシム達を含めた元開拓村の面々も、タロスヘイムに移住した当初は驚いたがすぐに慣れてしまった。【眷属強化】による親近感の効果もあるが、話してみると意外なほど話が通じるからだ。

旧来の住民と新住民を交流させるためのイベントも開かれているので、起きるトラブルも精々ケンカぐらいで激しい対立には発展していない。

開拓村が難民の寄せ集めで村に複数の種族が暮らしていた事も、良かったのかもしれない。

それにこの一言で大抵の奇妙な隣人に対して納得できる。

「ヴァンダルーに比べると皆普通だしな」

本人はそんな言われ方をするのは不本意だろうけれど。

「でも、あいつって結構普通の子供っぽいところもあるよな」

「ああ、何考えてるか分かり易いし」

生前のパブロ・マートン辺りが耳にしたら「気でも狂ったのか!?」と聞き返しそうな言葉だが、カシム達は至って正気だった。

ヴァンダルーは無表情で声も平坦だが、実は顔以外を見ると存外何を考えているか分かり易い。手足や、最近ではある程度自由に動くようになった髪も使って動揺や驚き、感情を表現しているからだ。

自分でも表情と声に変化が無い事を分かっているので、顔以外の部分を使う事で感情表現のバランスを取っているのだろう。

緊張している時は完全に感情表現をしなくなるので、それはそれで分かり易い。

それに開拓村に居た時から気が付いていたカシム達が、ヴァンダルーに普通に接するのは当然の事だろう。

当人が聞いたら、自分の精神年齢の退行具合を客観的に思い知らされて、それなりに衝撃を受けるだろうが。

もうすぐ八歳のヴァンダルー。彼は地球とオリジンを含めると、四十代半ばで壮年も見えてくる年月を生きているのだ。

「それに、怖いとか『怪物』とか言われると落ち込むみたいだしな。俺達くらいは怖がらないようにしてやろうぜ」

「カシム、そう言うお前もこの前ヴァンダルーと公衆浴場でばったり会った時、悲鳴あげたじゃないか」

「いや、あれは……仕方ないだろ!?　お前らだってビビってたじゃないか！」

カシムが湯船に浸かっていると、実は先に湯船の中で（懲りずに）脳天まで浸かっていたヴァンダルーが音も無く真横に出てきたのだ。本人は湯の中で目を瞑っていて、息継ぎのために頭を出しただけだったらしいがあれは驚く。

不可抗力だとカシムが主張するのも無理は無い。

「まあ、確かに仕方ないよな。俺も気が付かなかったし。【気配感知】スキル、持ってるのに……」

斥候職としてのプライドが傷付いた事を思い出し、地味にゼノが落ち込んでいる。

「何にしても、俺達は『怖い』とか言わないようにしようぜ」

「そうだな」

そう言ってこのタロスヘイムの王兼友人との接し方を決めたのだった。


水銀鏡に反射される日光も弱くなる黄昏時。

リナとの待ち合わせの場所に向かっていた三人は、通りがかりに出来ていた人だかりに興味を惹かれてそれを見てしまった。

十数人の子供達が開けた土地に建てられた遊具で遊んでいる。

カシム達は見慣れていなかったが、地球では代表的な遊具の砂場や滑り台、ジャングルジム、鉄棒等を使って子供達が元気に遊んでいる図は、本来なら微笑ましいものかもしれない。

しかし、遊んでいる子供達が全員同じ顔で、一言の笑い声も漏らさず人形のような虚ろさだけを漂わせ、音も無く動き回っている光景は、とても微笑ましいとは思えない。

「「怖い……」」

「おや、奇遇ですね」

思わずカシム達が呟くのと、ヴァンダルーが彼等に気が付くのは同時だった。

その瞬間、無数に居たヴァンダルー達が輪郭を崩し、ただ一人そのままだった肉体を持つヴァンダルーに集約される。

幸い、カシム達の呟きは聞こえなかったようだ。

「えーっと、何をしてたんだ？」

「皆の憩いの場兼子供達の遊び場として公園を作ったので、設置した遊具に不具合が無いか確かめていました」

元々タロスヘイムには公園等が無かったので、ヴァンダルーが周囲の建物を「ちょっと横に動かしますね」と移築して、作ったスペースに公園を作ったようだ。

そして【ゴーレム錬成】で材料の形を変えて設置した遊具に不具合は無いか、自分で試していたらしい。

「公園か……都会にはこういう場所があるのか？」

「さぁ？　ナインランドにはありませんでしたね。でも、こういう場所はあると便利ですし」

「そういうもんか」

態々公園を作る理由とその価値に思い至らないカシム達もそう言うが、ヴァンダルーも「何となくあった方が良いだろう」という程度の感覚で作っているので、詳しく説明できない。

公園には親の目が届く子供の遊び場や親同士の交流の場、様々なレクリエーションに使える等の様々な利点があるのだが。

「それで、点検は終わったのか？」

「はい」

「じゃあ、これから早めの夕飯でもどうだ？　リナと待ち合わせしてるんだ」

「食べる場所を王城にしても良いなら。今日は新しい調理器具を使って新しい料理に挑戦する予定なのです」

「マジかっ!?　ラッキーっ」

「それで何を作ってくれるんだ？」

「カリーとナンです」

「えっ？　カリーと何だって？」

「ナンです」

どうやらヴァンダルーは、タンドリーオーブンを自作してカレーよりもカリーを先に作るつもりらしい。

「フェスターとリナが結ばれる時に作ると言ったので。ところで、もうすぐ情報収集も一段落するのでクリーム遠征が本格的に始まりますけど、カシム達はどうします？」

「あー、あれか。リザードマンかぁ……まだちょっと地力を鍛えたいな」

新作料理やもうすぐ始まる遠征戦について話しながら、和やかにリナとの待ち合わせ場所に向かう四人だった。

『鱗王』の二つ名を獲得し、広大な沼沢地に君臨する彼はその日も自分を崇める下僕からの奉仕を受けていた。

百年以上も昔、彼はただのアースドラゴンだった。

竜種の一種であり、土属性のドラゴンとして恐れられる存在だが、竜種の中ではやはり下等な部類だ。

しかも、彼は沼沢地に出現したダンジョンで生まれた魔物だった。ボスでも中ボスでもなく、ただ階層に生息しているだけの魔物だ。

周りに生息するのは自分と同格の魔物ばかりで苦労したが、ある日発生した大暴走で彼はダンジョンから解放された。

他の魔物と共に外に出ると、そこには自分より弱い魔物が数え切れないほど生息していた。

彼はそれを食った。襲って喰い、戦い、襲われて戦って、夢中で喰った。

気が付けば、彼はランクアップしていた。

そして暫くすると、〝暴邪龍神〟ルヴェズフォルの声を聞いた。

『貴様には素質がある。我を奉じるならば加護を与えてやろう』

彼はルヴェズフォルの言葉に従い、加護を獲得した。そして更に暴れて喰らい、ランク7だった彼はランク10のグレートマッドドラゴンに至っていた。

手足がヒレ状になり、頭と胴体はワニに似た外見になったが彼は気にしなかった。魔物にとってランクアップは喜びであり、それで形態が大きく変わったとしても嘆く事ではないからだ。

そしていつしか従うようになったリザードマン達を従え目ぼしい強敵を喰い尽くした後は、『鱗王』として君臨する甘美な日々を過ごしている。

食事はリザードマン共が運んでくるし、それが少なければリザードマンを喰えば良い。

自分では手が届かない背中の鱗をリザードマンに磨かせながら、集めた宝物を眺めながら微睡む。最高だ。

自ら戦う事は無くなったが、ルヴェズフォルもリザードマン共に祈らせるようにしたら叱責するどころか、より加護を強めてくれた。

このままいつまでも時間が過ぎていくだけだと思っていたが、最近僕のリザードマン共が騒がしい。従えていた群の内幾つかが言う事を聞かなくなったらしい。

面倒だったので、『鱗王』は何もせずにそのまま眠りについた。

次に目覚めた時、彼にもたらされたのは襲撃を受けているという知らせだった。

この『鱗王』に逆らうとは身の程知らず共め！　喰ってやる！

報告してきたリザードマンを朝飯代わりに喰い殺し、『鱗王』の二つ名を持つグレートマッドドラゴンは巣穴から久しぶりに出たのだった。

広大な沼沢地で、大勢のリザードマンと、リザードマンとグールやアンデッドまで含まれた連合軍が戦っていた。

押しているのは連合軍側である。

『圧倒的ですね、我が軍は』

久しぶりに将軍らしい仕事をしているチェザーレに、「それはフラグだ」と突っ込む必要も感じない程、圧倒的である。

「圧倒的になるようにしましたからねー」

じっとりと暑い夏の日差しの下でも、相変わらず蠟のように白い肌のヴァンダルーは応えた。

二百年前タロスヘイムと不可侵条約を結んだリザードマンの群れを、当時交渉の時に使われていたのと同じ色の旗を持って探す事から始めたが、見つけてみると当時沼沢地に君臨していたその群れは、現在では全員で三十四も居ない中小の群れへと転落していた。

人間の言葉を理解し文字が書けるような頭の良いリザードマンも居なかったため、ヴァンダルーが探索の過程で倒した敵対的なリザードマンをゾンビにして、通訳を任せた。

すると、何でもずっと前からこの沼沢地には強いドラゴンが君臨し、そのドラゴンに加護を与えた〝暴邪龍神〟ルヴェズフォルを信仰するリザードマンの群れが、支配しているらしい。

リザードマン達の話を聞いても、霊の話を聞いても、そのドラゴンが何処から来たどんな個体なのか要領を得なかったが、沼沢地に適応した個体で、複数のアースドラゴンやロックドラゴンを従えているらしい事は分かった。

そして『鱗王』傘下のリザードマンの数は、何と三千匹を超えるらしい。

敵側の群れはドラゴンの威を借りて幾つもの群れを傘下に収め、他の魔物や魚を獲って生計を立て、沼沢地に発生した二つのダンジョンの内一つで戦士を鍛えてその数を維持しているようだ。

リザードマンは素の状態のランクは3だが、亜人型の魔物の中では、ノーブルオーク等の上位種を除けば最も知能が高い。リザードマンの戦士達は下手な山賊よりも忍耐強く、冷静で、高い判断力を持つ。

二百年前のタロスヘイムと不可侵条約を結んだ事も、彼らの知能の高さを表している。

『鱗王』の群れにはランクの高いリザードマンも数多く居るそうなので、戦場になるのが足場の悪い沼沢地である事を考えると、そのまま力尽くで征服するのは得策ではないだろう。

特に、雑兵代わりの岩や木のゴーレムはすぐに沼地に沈んでしまう。

では、頭が良く【死属性魅了】が効かないリザードマンを従える『鱗王』の群れをどうやって切り崩し、逆に自軍の戦力にする事が出来たのか。

それは、圧倒的な力を見せつけた結果である。

『トカゲ共!　俺達に従うかこのまま死ぬか、どっちか選びやがれ！』

『オオオォォォォォン!!』

「早く選べっ！　我達は気が短いぞ！」

ランク10のゾンビヒーローのボークスやランク8のユニオンボーンのクノッヘン、ランク7のグールタイラントのヴィガロが殺気と怒気をばら撒きながら恫喝する横で、通訳のリザードマンゾンビが説得したり。

「ふふふ、手足を切断されるのは随分と苦しそうですね。殺して欲しい？　いえいえそんな、私共が欲しいのは皆様の命ではなく絶対的な服従のみ。どうか御一考を。頷いていただければ、あなた方の手足を元通り繋ぎ直して差し上げますので」

ランク10のベルモンドが営業スマイルを崩さず、リザードマンゾンビの通訳と一緒に説得したり。

「俺達に、従え！」

「分からない連中ね！　ヴァンダルー様に降れと言っているのよ！」

【魅了の魔眼】は使わないのか？」

「あれは視線を外した瞬間解けるから意味が無いのよ！」

ブラガやエレオノーラやバスディアが、群れ全員を半殺しにして実力の差を分からせたりした。

魔物は基本的に自分達より強い存在にしか従わないので、引き抜き工作に使えるのは暴力的な肉体言語のみだ。

「――――♪」

中には平和的に、群全体に麻痺毒をばら撒いたヴァンダルーが延々歌を歌っただけの時もあったが。

勿論【叫喚】と【精神侵食】を付けて。

麻痺毒が解けた時、その集落のリザードマン達は自分達がずっと以前から『鱗王』ではなくヴァンダルーの傘下にあると信じて疑わなかった。

以上の工作を沼沢地の外側にあった中小の群れに、二ヶ月程行った結果、千匹のリザードマンが味方になった。……その過程で何故か、最初から味方に付いてくれたタロスヘイムに友好的だった群れの忠誠度まで急上昇したが。

『これほどまでに一方的ですと、最初から力尽くで征服しても良かったような気もしますな』

「チェザーレ、それは流石に調子に乗り過ぎです。それにシャシュージャが哀しそうな顔をするから、止めて」

冗談交じりに怖い事を言うチェザーレに、ヴァンダルーは現在リザードマン達の纏め役をしているリザードマンジェロニモのシャシュージャを目で指す。

タロスヘイムと条約を結んでいた群れの子孫である彼は、捨てられた子犬のようにヴァンダルーを見つめている。爬虫類の冷たい瞳で、よくそこまで感情を表現できるものだ。

実際、ヴィダの新種族でもない、ただの魔物であるリザードマンにヴァンダルー達が配慮する理由は無い。

だがシャシュージャの哀愁を誘う泣き落としにヴァンダルーが屈した事もあって、『鱗王』を倒した後はリザードマンを併合する形になったのだった。

因みに、彼のシャシュージャという名はリザードマンの言語で本来発音される彼の名前を、人が発音できる言葉に直したものだ。

『……陛下、女子供に弱いならまだしも、何故リザードマンの泣き落としに落ちるのですか？』

「俺、元々動物は好きですから。地球に居た頃はペット飼えなかったし、オリジンでは俺が実験動物だったし」

それに結局、多少時間がかかっただけで特に皆が危険だった訳でもないので構わないだろう。

それに、広大な沼沢地を管理するにはやはり沼沢地に適応しているリザードマンを使うのが便利なのは事実だ。

「それより敵が切り札を出してきましたよ」

『おお、あれはリザードマンロイヤルガード！　本来リザードマンキングが存在しなければ発生しない魔物ですぞ、陛下』

他のリザードマンよりも体格と装備の良い、勇ましいリザードマンが洞穴からバラバラと出てくる。

チェザーレが言うには相当珍しい種族らしい。

そして前線に加わるが、傾いた戦況をひっくり返すには至らない。

何せ『鱗王』側はまだ約二千匹のリザードマンが居るが、ヴァンダルー率いる『蝕王』側には約千匹のリザードマンに加えて、千人以上のグールとアンデッドと魔物の混成軍が居る。

しかも、リザードマンはまだヴァンダルーの【眷属強化】の範囲外だが【従属強化】は効いている。

精鋭が数十匹前線に出て来ただけでどうにかなるはずがない。

それで焦ったのか、恐らく『鱗王』にとって四天王的な立場の側近だろうドラゴンも出てきた。

アースドラゴンとロックドラゴンが六頭。自軍の筈のリザードマンを蹴散らしながら前線に突っ込んでくるので、逆に戦線を混乱させている。

だが『鱗王』側のリザードマンはシャーシャーと歓声を上げ、士気を上げる。

そして『蝕王』軍も歓声を上げて士気を高める。

「旨そうな肉だ！」

『殺せっ！　殺せ！』

最近タロスヘイム周辺ではドラゴンが出なくなったので、皆大張り切りである。B級ダンジョンの『バリゲン滅命山』でもワイバーンなら兎も角、アースドラゴン以上の竜種の出現率は低いので、久々に竜の肉を食べるチャンスなのだ。

実際、ランク7やランク8程度では精鋭が含まれている『蝕王』軍の敵ではない。

「【大割斧】！」

『おおおおおぉぉんっ！』

ヴィガロの【魔王の角】製斧がアースドラゴンの首を叩き斬り、隣では巨大な骨の山にしか見えないクノッヘンがアースドラゴンを飲み込んで、生きたまま骨を抉り取る。

『新生黒牛騎士団の勇姿を見せる時だ！』

『走れ、我が愛馬よ！』

逞しくも何処か禍々しい馬に騎乗した、元ミルグ盾国軍の黒牛騎士団のゾンビナイト達がロックドラゴンを集団で攻めたてる。

岩がそのまま動き出したような巨体と怪力、そして何よりも頑丈さを誇るランク8の竜種を翻弄し、黒い死鉄製ハルバードやクレイモアで外殻を叩き割る。

因みに彼らが乗っている馬は、ハートナー公爵領でカールカンや赤狼騎士団から奪った軍馬が魔物化した物だ。

ランク3の魔馬で、戦場で無数の血と死者の断末魔の叫びを浴びた軍馬が稀に変化すると恐れられる存在らしい。

見た目は怖いがゾンビが近付いても怯えない、雑食性で弱い魔物なら踏み潰して喰らう便利な騎乗動物である。

他のドラゴンもベルモンドの移植した魔眼によって石化され、動きを封じられたところを金属糸で輪切りにされたり、バスディアとエレオノーラに惨殺されたり、悲惨な一頭はブレスを吐けないようブラガ達に喉を潰された後、未熟なブラックゴブリンやアヌビス達の生きたサンドバックにされていた。

絶対的な上位者だったドラゴンが次々に倒されていく光景に、リザードマン達は敵も味方も思わず呆然とする。ヴァンダルーと本陣に居るシャシュージャもだ。

「ランク7や8ぐらいならうちにあるダンジョンで出ますから。今更苦戦なんてしないのですよ」

ドラゴンそのものが出てくる事は少ないがドラゴン相当の魔物は出て来るので、これぐらいは普通なのである。

『陛下、そろそろ』

「はい。じゃあ、後はよろしく」

促されたヴァンダルーが【霊体化】で伸ばした翼を使って飛び立ってから数秒後、洞穴から一際巨大なドラゴンが咆哮を響かせながら現れた。

『GYAOOOOON!!』

四肢がヒレ状になった巨大なワニのような外見の『鱗王』の異様には、リザードマンだけではなく『蝕王』軍の者も少なからず動揺した。

ランク10となれば、一国を滅ぼしかねない強大な魔物だ。普通の魔物や並の冒険者ならパニックを起こし、逃げ出してもおかしくない。

『ようやく戦い甲斐のある奴が出て来たぜ!』

だからボークスが嬉々として巨大な剣を振り上げながら飛びかかって来たのは、『鱗王』にとって意外な展開だったのだろう。

魔剣の剣先で鼻面を切り裂かれるまで、『鱗王』は動きらしいものを何も見せなかった。血が飛沫を上げてから、ようやく怒りの叫びを上げる。

『ぼさっとしやがって! 寝ぼけてんじゃねェ! さっさと目を覚ませ!』

寝ぼけさせたままで良いのにとヴァンダルーは思うが、どうやらランク10に上昇した事でB級ダンジョンのボスでも物足りなくなってしまったボークスは、本気の『鱗王』と戦いたいようだ。

その望みは叶ったようで、闘争本能を目覚めさせた『鱗王』が呪文の代わりらしい吠え声を上げ、土属性や水属性の魔術を放ち、鞭のように撓る尻尾を振るい、ヒレを振り回す。

その様は暴力を超えて災害と言うしかなく、巻き込まれればどんな生物も翻弄され、磨り潰されるしかないだろう。

『ガハハハ! その調子だぜっ!』

しかしそれをボークスは物ともしない。同じランク10で、しかし竜種とアンデッドなら大体竜種の方が強いのが普通だが、ボークスは生前のA級冒険者だった頃の力を完全に取り戻したゾンビだ。その上、装備もA級冒険者並かそれ以上に充実している。

しかも、【眷属強化】や【従属強化】で能力値が強化されている。流石にランクが高くなると、【眷属強化】10レベルでもそれだけで上のランクの存在を圧倒する事は難しいが。

ランク1のゴブリンの腕力が五百キロ上がったら劇的な強化だが、岩を軽々と持ち上げるドラゴンの腕力が五百キロ上がっても、凄いは凄いが劇的な強化ではないのと同じだ。

だがボークスと『鱗王』は同ランク。片方だけが強化されているのだから、その差は大きい。

『ハァハッー！　坊主で出来た剣は切れ味が違うぜぇぇ！』

その上、ボークスが今振るっている刃渡り三メートルの巨大剣は、ヴァンダルーが生やした【魔王の角】を【魔王の血】で磨き、死鉄を合わせて鍛えた一品だ。

『鱗王』の鱗は一流の剣士でも歯が立たない程強固なのだろうが、アダマンタイトも切り裂く素材で作られた魔剣を振るう、超一流の剣士ゾンビの前に切り裂かれていく。

「そろそろか」

追い詰められる『鱗王』を上空から見下ろし、頃合いだと判断したヴァンダルーは鉤爪で自分の手首を切り、【魔王の血】を発動した。

赤黒い血が傷口から噴き出し、見る見るうちに筒状の形に凝血。そのまま【魔王の角】を発動し、指先ほど小さな流線型の角を生やす。

『GUOOOOOOON!!　GOGYAAAAAA!』

　すると、『鱗王』が一際大きく長い咆哮を上げた。すると、空から濃い紫色の光の柱が『鱗王』に降りてくる。

　以前ゴルダン高司祭が使った、神々に仕える御使いを自らの肉体に降ろして能力値を強化する【御使い降臨】スキルだ。

『鱗王』は魔物だが、〝暴邪龍神〟ルヴェズフォルの信者でもあるため御使いをその身に降ろす事が出来るのである。

　ただでさえ強力なドラゴンが、【御使い降臨】で更に強化されたらボークスでも危ないかもしれない。

「ファイエル」

　その【御使い降臨】で発生した邪悪な光の柱を、ヴァンダルーの【魂砕き】が乗った【念動】砲の銃弾が貫いた。

　何かの名状しがたい絶叫が響き渡り、光の柱が砕けるように消える。

　唖然とした様子のまま硬直している『鱗王』の上空で羽ばたきながら、一仕事終えたとヴァンダルーは息を吐いた後、首を傾げた。

「凝固した【魔王の血】で作った銃身で撃ち出す、【魔王の角】弾で【御使い降臨】を妨害するのは成功したようだけど、あの絶叫は何かな？　まさか御使いその者に当たったとか？」

『鱗王』が〝暴邪龍神〟ルヴェズフォルの【御使い降臨】を使えるのではないかという推測は、早い段階でエレオノーラやベルモンドがしていた。

邪悪な神々もそれぞれ御使いを従えており、それを信者は【御使い降臨】スキルで降ろす事が出来る。それは信者が魔物でも同じだ。

なら当然対策を考えようという話になるのだが、ヴァンダルーの弟子であるアンデッド研究者の元冒険者ルチリアーノが「師匠があの銃とやらで撃ち抜けば良いだけの話だろう」と、言い出した。

神様の御使いが銃なんかで降臨を妨害されるのだろうかと、最初ヴァンダルーは懐疑的だったのだが、皆「それだ！」とルチリアーノに同調。

『大丈夫っ、ヴァンダルーなら出来るわ！　悪い神様の御使いなんてイチコロよ』

「そうじゃ、自信を持て坊や」

「ヴァンダルー様はもう実質ヒヒリュシュカカの従属神だったテーネシアを滅ぼしているのよ。御使いなんてザコよ、ザコ」

ダルシア達にそう盛り上げられたヴァンダルーも「じゃあ、やってみようかな」とその気になった。

凝固するとオリハルコン程ではないがアダマンタイトより硬くなる【魔王の血】で銃身を作り、小さく生やした【魔王の角】をそのまま銃弾にして撃ち出した。

結果、本当に【御使い降臨】を防ぐ事が出来た。もしかしたら、念のために乗せた【魂砕き】スキルの効果で、御使い本体もダメージを受けたのかもしれない。

「じゃあ、後はよろしく」

『おうよ！　さて……じゃあ続きをしようぜ』

改めて魔剣を構えるボークス。切り札を妨害された『鱗王』の縦長の瞳が、初めて恐怖の色を宿した。

《【無属性魔術】、【魔術制御】、【砲術】、【神殺し】、【指揮】、【従属強化】スキルのレベルが上がりました！》

特に奇跡などが起こる事も無く、ボークスは『ちょっと物足りネェな』と言いながらそれなりの激戦を繰り広げ、『鱗王』の額を貫いた。

久しぶりの同格の相手を倒した事で、やっと纏まった経験値が入ったと喜んでいる。

そしてボークス達が得た経験値の約一割を得るヴァンダルーも、レベルアップを喜んでいた。レフディアも親指を立ててサムズアップしている。

「これでやっと【樹術士】のレベルが百になりました」

『今度はどんなジョブが増えるのか楽しみですね、坊ちゃん』

『次のジョブはやっぱり【魔導士】ですか？』

「その予定です」

マジックハイレグアーマーとマジックビキニアーマーのサリアとリタに、そう答える。

一度は普通そうなのが逆に怪しいと避けた【魔導士】だが、春頃に魂を砕いて滅ぼした原種吸血鬼テーネシアから絞った情報によると、勇者の条件に【導士】ジョブに就くというのがあるらしい。

【導士】ジョブとは自分だけではなく仲間を強くする事が出来るジョブらしい。具体的な事はテーネシアも知らなかったが、人に有効な【眷属強化】スキルのようなものを獲得できるのかもしれない。

そう考えると既に二つ名の『蝕王』の効果でタロスヘイムの民なら種族問わず【眷属強化】スキルの効果範囲内になるヴァンダルーが就く利点は無いように思える。

しかし、一般的にはそれ程知られていないらしいが勇者の条件に上げられるようなジョブだ。就けばそれだけで上流階級や冒険者ギルドのギルドマスター等からの信用が得られるに違いない。

名称に魔の字がつくのがやや不吉な気がするが、【導士】ジョブには幾つかの種類があるらしい。勇者ベルウッドはそのまま【導士】だったが、ザッカートは【共導士】だったとか。

それを考えると、魔がついてもそうおかしくないだろうとヴァンダルーは考え直した。

【魔術師】や【魔戦士】、【魔剣使い】や【魔物使い】等にも魔はつくが、どれも普通のジョブだ。【魔導士】の魔もどうせ魔物が仲間に多いとか、その程度の意味だろうと。

『【導士】ジョブになったら、父さんも飛べるようにして上げてくださいね!』

二人の父親、馬車に憑りついたアンデッドのサムはまだ空を飛ぶことを目指していた。助走をつけて高い所から飛び降りては、【衝撃耐性】スキルのレベルを上げていた。

どうも生前長く馬車の御者をしていた経験が、固定概念となって空を飛ぶ馬車型アンデッドに進化する事を妨げているらしい。

【精神侵食】スキルを使って固定概念を取り除くような事をすると、サムの精神にどんな影響を与えるか分からないので、ヴァンダルーも手助けできないでいた。

「うーん、頑張ってみます。ではそろそろ俺も戦後処理を手伝いましょうか」

『鱗王』討伐後、既に敵方のリザードマンで生き残っている者はシャシュージャ達に降伏と恭順を迫られ、武器を手放し、両手を上に上げて腹を突きだしている。

……別にふんぞり返っている訳ではなく、これは柔らかい腹を晒す事で降伏を表すポーズなのだ。獣が腹を見せるのと同じである。

地面に横にならないのは、主な生息地が沼沢地なのでそれをすると呼吸できなくなる場合があるからだ。

半分ぐらいは抵抗や逃亡を試みるかと思ったが、そんな事は無かったようだ。

「随分切り替えの早い。この『鱗王』、実は人望が無かったのかな？」

『そうじゃなくて、多分逆らったら命が無いと思ったからですよ。きっと』

リタの言葉にそれももっともかとヴァンダルーは頷く。

「ボークス達の活躍のお蔭ですね」

それまで頂点に君臨してきた『鱗王』相手に始終優位に立って倒したボークスに、四天王のような立場のドラゴンをザコ同然に倒したベルモンドやエレオノーラ、ヴィガロ達。

リザードマンが降伏するのも無理はない。

『いや、俺より坊主だろ』

しかし、全身を『鱗王』の血で赤く染めたボークスはヴァンダルーの方が活躍したと言う。

「えー？」

『えーって、心底意外そうに首を傾げやがって』

「だって俺が今回したのって、ただ【魔王の血】と【魔王の角】を組み合わせて作った【念動】砲を、大きな的に撃っただけですよ。確かに『鱗王』の【御使い降臨】を防いだのは大きいと思いますが、魔力もさほど使ってないし危険もほぼ無い、楽なお仕事です」

戦功としては小さくないが、それでも敵の大将を討ち取ったボークスよりも注目される程ではない。そうヴァンダルーは自分のした事を認識していた。

しかし、現実はちょっと違うらしい。

『あのな、あの『鱗王』って呼ばれていた奴はリザードマンが信仰してた〝暴邪龍神〟ルヴェズフォルって奴の、司祭でもあったんだぜ？　坊主がその司祭が呼んだ御使いを撃ち殺したとなりゃぁ、震え上がって当然だろう』

「いや、撃ち殺したとは限らないと思いますけど」

「それはそうですが旦那様、【御使い降臨】をスキル使用者ではなく御使いの方を攻撃して妨害したと言う話は私も聞いた事が無いので……旦那様なら出来ると確信してはいましたが」

ヴァンダルーの手術を受けて火傷で失明していた目にテーネシアの【石化の魔眼】を移植したベルモンドが、苦笑いをしながらそう言う。

「つまり、ヴァンダルー様は敵の心を圧し折ったのよ」

「うむ、リザードマンにとっては信仰対象を倒されたに等しい訳じゃからな。それに奴らはゴブリンやオークと違い生息する場所が水辺に限られる。ここを奪われた以上、勝者に恭順するしかないのじゃろう」

リザードマンにとっても世の中は世知辛いようだ。

「まあ、恭順する数が多いのは良い事だし……とりあえず生き残りで主だったリザードマンを集めて、後シャシュージャを呼んできてください」

こうしてヴァンダルーは、『鱗王』が君臨していた大沼沢地を手に入れたのだった。

因みに、この大沼沢地の総面積はハートナー公爵領を優に超える。

ヴァンダルー、八歳。未だ人間社会では只の一般人だが、既に公爵の領地よりも広い国土に君臨し、その戦力は中小の国では足元にも及ばない程になっていた。


「では、沼沢地のカプリコーン牧場化プロジェクトを開始します」

っと、ヴァンダルーは仰々しく発表したが、実際にやる事は小規模だ。山羊が変化した魔物のカプリコーンはまだ数十頭しかいないので、将来大規模牧場を作るための下準備しか出来ない。

まず約二千匹になったリザードマン達に、シャシュージャが纏め役になる事を告げる。ただランク5のリザードマンジェロニモでしかない彼が、二千匹の同族を纏めるのは厳しいように思える。

『GUOOOO……』

なので、彼の下にゾンビ化した元『鱗王』、改名してリオーとその配下だったドラゴンのゾンビを暫く置く。以前の支配者のゾンビがシャシュージャの下に就くのだ。実務的な能力は皆無だが、これだけで逆らおうと言う気も削がれるだろう。

「そう言えばドラゴンでゾンビ作るの初めてでしたね」

『ぉぉぉん……』

「クノッヘン、今回は我慢してください」

無数の骨の集合体であるユニオンボーンのクノッヘンは、リオーの骨が欲しかったようだが、今回はアースドラゴン一頭の骨で我慢してもらった。

更にまだ不安が残るので、魔馬に乗った黒牛騎士団と遠征戦時は留守番だった骨人を呼び寄せて、暫く駐屯して貰う。

『ぢゅう、お任せください主よ』

魔馬は【悪路走行】スキルを持っているので、ぬかるんだ沼沢地でも平地と同じように走れる。しかも元になった馬と違って、何でも食べるので世話がとても楽だ。

もっとも沼沢地が落ち着いたら骨人は魔馬からリオーに乗り換える予定だが。リオーは魔馬に比べると機動力にやや難があるが、彼にとって念願のドラゴンゾンビである。

「お願いします。まあ、骨人がいる間は俺もここともタロスへイムを行ったり来たりする予定ですけど」

『主は多才ですからな』

ヴァンダルーしか出来ない事や、ヴァンダルー以外の者でも出来るが彼がするとずっと早く簡単に出来る事が多いのだ。

「まあ、今回の作業はそれ程ではないですけど」

【装植術】で生やした樹を材木にして、木造の厩舎を【ゴーレム錬成】で建てる。

そしてタロスヘイムから連れてきたカプリコーン十頭で、リザードマンに酪農を教える。

狩猟採集で生活していたリザードマン達は、当然酪農は未経験だ。しかし、彼らの中にはワニに似た魔物をテイムして騎乗するリザードマンライダーなんて種族も居るので、魔物であるカプリコーンを飼育しろと言うヴァンダルーの命令はすぐに理解された。

それが戦いの為ではなく乳を搾るためである事は、最初首を傾げられたが。リザードマンは見た目通り卵生であるため、乳に馴染みが無い。

しかし飲めない訳ではない。彼らは肉食ではあるが乳は動物性蛋白質なので、「まずは一杯」と勧めるヴァンダルーに対して戸惑ったものの、杯を受け取って一口飲むと「安定的な食料確保の為か」と納得してくれた。

カプリコーンは普通の山羊よりもやや頭が良く、更に丈夫で病気にも強い。沼沢地に幾らでも生えている藻や水草を選好みせず食べてくれるので、「除草の役にも立つ」とリザードマン達にも好評だった。

そして牧場の下準備と並行して行ったのが戦いの結果小規模になってしまった群の統廃合と、地図の作製だ。数匹から十数匹程度の小規模な群では縄張りの管理どころか生計を立てる事もおぼつかなくなるし、支配する以上何処にどれくらいの規模の集落があるのか把握しておかないと不便極まりない。

群れの統廃合はヴァンダルーが畏れられているお蔭でとてもスムーズに進んだ。人間なら色々面倒な事が起きそうだが、リザードマン達には個々の縄張りへの愛着等は無いらしい。

そして地図は空を飛ぶ練習を中断したサムが、チェザーレ達を乗せて沼沢地を走り回って、目安程度になる程度の地図を手早く作製する。

それらの作業を数日かけて行った結果分かったのは、この沼沢地の広さだった。

「ここ、ハートナー公爵領よりも広そうですね」

正確な測量技術は無いが、大まかに人が歩いたら何日かかるか程度の目安は付けられる。すると、このタロスヘイム南の沼沢地は、ハートナー公爵領が――少なくとも一辺がニアーキの町からナインランドまでの距離、徒歩三十日前後の距離の四角形が三つは入りそうだと言う事だった。

リザードマンの中小の群れに寝返り工作をしていた時に、『鱗王』の支配地域の広さは大雑把にだが把握していた。そこから沼沢地の広さも推測していたのだが……実際にはそれ以上の規模だったようだ。

ただ、リザードマン以外に纏まった勢力を築いている魔物は存在しないようだ。沼沢地を更に南に向かうとノーブルオークの帝国があるらしいが、重量級のオークにとって沼沢地は魅力の無い土地らしく、これまで入ってきたことは無いらしい。

ノーブルオークのブゴガンはどうやってこの沼沢地を越えたのだろうかと、ヴァンダルーは不思議に思ったが……実はそもそも越えていなかったのだ。

ブゴガンは自分を追放した帝国から北上せず、すぐに西の山脈越えに挑戦し、彼でも通れる場所を苦労して辿ったら結果的にバルチェブルグの密林魔境の近くに出たのだ。

今は沼沢地を纏めるので忙しいので、ノーブルオークの帝国でオーク肉食べ放題を開催するのは後にしよう。帝国は逃げないし。

それは兎も角。

『陛下は既にオルバウム選王国の公爵達を超える存在という事ですな』

『いや、チェザーレ殿、流石にそれは言い過ぎかと。人口が少なすぎます。リザードマンを加えても、土地を持て余していますよ』

ハートナー公爵領の辺境の町であるニアーキだけでも人口は約一万人。対して、タロスヘイムはリザードマンを入れても約六千人だ。

これで公爵を超えたとは片腹痛いだろう。ヴァンダルーもサムと同意見である。

ただ、この沼沢地は資源の宝庫である。レンコンそっくりの植物が自生しており、沼にはナマズやドジョウ、そしてウナギに似た魚が生息している。

更に、リザードマン達が熱い泥が湧き出る場所があると教えてくれた。もしかしたら、それはヴァンダルーがこのラムダで初めて遭遇する温泉かもしれない。

それに二つのダンジョンが存在するので、そこでも新しい素材や食材が手に入るかもしれない。

「リザードマンは大人になるまで五年ぐらいかかるそうですし、沼沢地の繁栄はのんびりやりましょう。とりあえず、そろそろ一度タロスヘイムに帰りましょうか」

しかし、それらを検証や攻略するのはジョブチェンジしてからだ。

『鱗王』を倒してから十日、加護を与えた僕を倒され、御使いをどうにかされた〝暴邪龍神〟ルヴェズフォルが何か仕掛けて来ないかと心配していたヴァンダルーだが、その様子も無いので沼沢地から離れても問題無いだろう。

そう判断したヴァンダルーは牧場の下準備や地図の作製も一段落したので、サムに乗って一旦タロスヘイムに戻るのだった。


因みに、ヴァンダルーが復讐を企てているのではないかと警戒していた〝暴邪龍神〟ルヴェズフォルだが、その頃彼は痛みに悶えながらも必死に大陸南部から撤退していた。

『あんな化け物の居る場所で僕集めなんてやっていられるか！　我は魔大陸に帰らせてもらう！』

手下だったリザードマン達も知らなかったが、実は〝暴邪龍神〟の加護を得ていた『鱗王』は【御使い降臨】の上位スキル、【分霊神降臨】を習得しており、自らが奉じる神の分霊を一時的にその身に降ろす事が出来た。

その効果は【御使い降臨】の比ではなかったのだが……降臨途中の分霊を撃ち殺されるという非常識な攻撃を受けたため、ルヴェズフォルはかなりの痛手を受けたのだ。

それは致命傷ではないが、ルヴェズフォルに復讐心よりも大きな恐怖心を抱かせるには十分なもので、彼は数千匹の信者も惜しまず、本来の本拠地である大陸全土と周りの海域全てが魔境と化している魔大陸へ逃げ出したのだった。

タロスヘイムに戻ったヴァンダルーの姿は、探索者が集う交換所の二階にあるジョブチェンジ部屋にあった。

これで勇者の仲間入り……だと考えると微妙な気分になるが、それでもワクワクしながら水晶にヴァンダルーは触れた。

《選択可能ジョブ【大敵】【ゾンビメイカー】【屍鬼官】【病魔】【霊闘士】【鞭舌禍】【怨狂士】【死霊魔術師】【冥医】【迷宮創造者】【魔王使い】【魔導士】【魔砲士】（ＮＥＷ！）【ゴーレム創成師】（ＮＥＷ！）》

「おー、二つ増えた」

砲術に適応した新ジョブと、【ゴーレム錬成士】の上位ジョブだろう名称のジョブが増えている。

【操糸術】に対応したジョブが無いが、ベルモンドが就いている【糸使い】のようにそれらは既存ジョブなのだろう。

タロスヘイムの繁栄に大きく貢献している【ゴーレム錬成】が強化されそうな【ゴーレム創成師】には興味があるが、やはり選ぶべきは【魔導士】だろう。

きっと勇者っぽい世間体の良いスキルを獲得出来る筈。具体的には分からないが、きっと光り輝くような感じの名前で、効果も実用的で強力なのが。

「【魔導士】を選択」

そう期待に胸を高鳴らせながら選択する。

《【魔導士】にジョブチェンジしました！》
《【魔力増大】スキルを獲得しました！》
《【死属性魅了】、【死属性魔術】、【詠唱破棄】スキルのレベルが上がりました！》
《【死属性魅了】が【魔道誘引】に、【眷属強化】が【導き：魔道】に変化しました！》
《ユニークスキル、【深淵】を獲得しました！》
「……はい？」
光り輝く世間体が良いスキルとは、ほど遠い名称のスキル名に思わず脳内アナウンスに聞き返すが、答えは無かった。

・名　前：ヴァンダルー
・種　族：ダンピール（ダークエルフ）
・年　齢：８歳
・二つ名：【グールキング】【蝕王】【魔王の再来】【開拓地の守護者】【ヴィダの御子】【怪物】
・ジョブ：魔導士
・レベル：０
・ジョブ履歴：死属性魔術師　ゴーレム錬成士　アンデッドテイマー　魂滅士　毒手使い
蟲使い　樹術士

・能力値
生命力：856
魔　力：485761053（+485761105）
力　　：295
敏　捷：329
体　力：480
知　力：990

・パッシブスキル
【怪力：レベル5】【高速治癒：レベル7】【死属性魔術：レベル8（UP！）】
【状態異常耐性：レベル7】【魔術耐性：レベル4】【闇視】
【魔道誘引：レベル1（死属性魅了から変化！）】【詠唱破棄：レベル5（UP！）】
【導き：魔道：レベル1（眷属強化から変化！）】【魔力自動回復：レベル6】
【従属強化：レベル6（UP！）】【毒分泌（爪牙舌）：レベル4】【敏捷強化：レベル2】
【身体伸縮（舌）：レベル4】【無手時攻撃力強化：小】【身体強化（髪爪舌牙）：レベル3】
【糸精製：レベル2】【魔力増大：レベル1（NEW！）】

・アクティブスキル
【業血：レベル3】【限界突破：レベル6】【ゴーレム錬成：レベル7】
【無属性魔術：レベル6（UP！）】【魔術制御：レベル6（UP！）】【霊体：レベル7】

【大工：レベル6】【土木：レベル4】【料理：レベル5】【錬金術：レベル4】
【格闘術：レベル5】【魂砕き：レベル8（UP！）】【同時発動：レベル5】
【遠隔操作：レベル7】【手術：レベル3】【並列思考：レベル5】【実体化：レベル4】
【連携：レベル4】【高速思考：レベル3】【指揮：レベル4（UP！）】【装植術：レベル3】
【操糸術：レベル4】【投擲術：レベル4】【叫喚：レベル3】【死霊魔術：レベル3】
【装蟲術：レベル3】【鍛冶：レベル1】【砲術：レベル2（UP！）】
・ユニークスキル
【神殺し：レベル6（UP！）】【異形精神：レベル6】【精神侵食：レベル5】
【迷宮建築：レベル5】【魔王融合：レベル2】【深淵：レベル1（NEW！）】
・魔王の欠片
【血】【角】
・呪い
【前世経験値持越し不能】【既存ジョブ不能】【経験値自力取得不能】


「……聞き間違いではないのか」

ステータスを何度か見返して、ヴァンダルーは額に手を当てた。

【魔力増大】は別にいい。名前の通り、魔力が増えるだけのスキルだろう。問題は他のスキルだ。

【魔道誘引】に【導き：魔道】、そして【深淵】。名称からして、世間体が悪そうだ。光り輝くどころか、夜よりも深い闇に包まれていそうなスキルだ。

「でも前の二つの効果は何となく分かる。【魔道誘引】は元の【死属性魅了】の上位互換だろうし、【導き：魔道】もやっぱり【眷属強化】の上位互換だろう」

経験上、スキルが変化する場合変化前のスキルの効果から大きく変わる事は無い。魔の道に誘引するとか、魔の道に導くとか、物騒で妖しげな名称だが太陽が氷の塊に変わるような大幅な変化は無いはずだ。

ただ、深淵の方は分からない。

「……【深淵】、発動」

試しに口に出して言ってみるが、特に何かが起きる事は無い。どうやら、スイッチを切り替えて使用するアクティブスキルではなく、常に効果を発揮するパッシブスキルのようだが……。

「深淵って、どういう意味でしたっけ？」

あまり良い意味で使われなかったような覚えがあるヴァンダルーは暫く首を傾げたが、正確な意味は思い出せなかった。

後で調べてみようかとも思うが、ユニークスキルであるため情報があるかどうか不明だ。ジョブ同様、歴史上ヴァンダルーが初めて獲得したスキルである可能性も否定できない。

「あれこれ悩んでも仕方ない。獲得した以上手放せないのだから、害が無さそうなら経過を見るか」

一応勇者の条件のジョブで獲得したのだから、大丈夫。そう自分を納得させたヴァンダルーはジョブチェンジ部屋を出るのだった。

『御子よっ、この度はおめでとうございます！』

『勇者と同じ系統のジョブになるなんて凄いわっ、今も小さいけど、もっと小さかったヴァンダルーがこんなに立派になって……お母さん本当に嬉しい』

「今日はお祝いだな！　だからヴァン、今日はもう分裂して働いたらダメだぞっ」

「そうですわ、ヴァン様。今日の主役はヴァン様なのですもの」

そして外で待ち構えていた皆に捕まり、そのままこっそり用意されていたパーティー会場に連れて行かれた。

ベルウッド没後、約十万年の歴史の中でも【導士】のジョブに就けた者は少なく、就いた者は全員残らず歴史に名を残している事をベルモンドが皆に話していたため、これは祝わなければとなったらしい。

実際、他の国で【導士】ジョブに就いた者がいると明らかになれば国を挙げてのイベントになる。何せ英雄どころか、将来神の末席に加わる可能性が高い人物が出たのだから盛り上がらない理由が無い。

その人物が国家元首だったとしたら、上も下も熱狂する事だろう。

それと比べればタロスヘイムの人々は実に慎ましやかにヴァンダルーの【魔導士】へのジョブチェンジを祝ったのだった。

祝われた当人はその事に気が付いていなかったが。

「よーし、ではお菓子を――」

『美味しそうだけど、作らなくて良いのよ、陛下』

『じゃあ、スープを――』

「だからキングっ、増えちゃダメだって言ってるでしょっ」

「では、ちょちょいと簡単な一品料理でも――おぶっ」

『う゛ぁ゛ぁ』

「働いちゃメッ、でしょ」

【幽体離脱】して抜け出した霊体をラピエサージュに鷲掴みにされて肉体に突っ込まれ、レフディアのアイアンクローを受け、パウヴィナに圧し掛かられたヴァンダルーは、一切の抵抗を諦めた。


五感も四肢も全てが曖昧模糊な状態だというのに、何かが自分の近くに存在する事だけは明確に分かる。

その何かは人のようで、獣のようで、巨大で小さく、醜くて美しい。そんな、何者かも分からない何かだ。

だが、決してその何かは自分から近付いてこない。その気になればすぐに追いつけそうな歩みで、ゆっくりと進むだけ。

そのまま見送る事も、自分から遠ざかる事も出来た。だが気が付くと自分からその何かに近付いていた。

そんな夢を見る者がタロスヘイムの人々の中から出始めた。

ある者は、その『何か』を乗せて夜空を駆けた。

ある者は、自らを『何か』を守るための城壁とした。

ある者は、その『何か』の為になれる形が欲しいと求めた。

ある者達は、その『何か』から与えられる事を求め、変わる事に歓喜した。

ある者達は、『何か』の傍らでただただ安らいだ。そして目覚めと同時に埋まる事のない空虚さと絶望に涙を流した。

だが、その夢をヴァンダルーが見る事は無かった。


神域にて、ロドコルテはタロスヘイムに移住した人種やドワーフ達の記録を見る事で、ヴァンダルーを監視していたのだが——何かが千切れるような気配と同時に、映像が途切れた。

それは一人だけで終わりではなく、記録が見られなくなる者は増え続けた。

『何事だ？　アンデッドにでもされたのか？　いや……これはまさかっ⁉』

脳裏をよぎった嫌な予感。それが正解だと答えるかのようなタイミングで、輪廻転生システムから警報音が鳴り響く。

『タロスヘイムに存在する私の輪廻転生システムに属する存在が、システムを離れ、恐らくはヴィダ式輪廻転生システムに移っているのか！』

Death attribute Magician

第二章
変わる兆しと国民皆兵

次の日、【魔道誘引】や【導き：魔道】の検証をするためのアンデッドを調達するため、野良を探すか自分で作るかしようと思っていたヴァンダルーは、外から聞こえる聞き覚えのある笑い声と車輪の音に気がついて、窓から顔を出した。

『坊ちゃあああああん！　ご覧くださいいいいいいっ！』

サムが空中を走っていた。

まるでそこに地面でもあるかのように、空中を漆黒の馬が駆け車輪が回る。

『このサムっ！　遂に空を走る事に成功しましたぞ！　これも坊ちゃんのお力の賜物っ！』

「おめでとうサム、遂にやり遂げましたね。でも俺の力なんでしょうか？」

サムが空を飛ぶという、無謀にも思える目標を目指して努力を続けていた事は知っている。それが実ったのはとても嬉しいし、誇らしい。「飛ぶ」じゃなくて「走る」に変わっている事は問題ではない。

しかし、自分の力ではないのではないだろうか？

『何をおっしゃいます、坊ちゃん！　坊ちゃんが導士ジョブに就いた翌日にこのランクアップですぞ、関係があるに決まっているではありませんか』

確かにタイミング的にはそうかもしれない。

『それに私以外にも力を得た者がおりますぞ！』

「えっ？　誰ですか？」

『ご説明しますので、どうぞ私にお乗りください』

「はーい」

窓から【飛行】で飛んでサムに乗る。彼は漆黒の毛並みに血溜まりのように紅い目と、より禍々しく変化した霊体の馬を走らせ、タロスヘイムの外に向かった。

しかし、そこに着く前にヴァンダルーは異変に気がついた。

「……外に砦が増えていますね」

最初はクノッヘンだろうと思った。無数の骨を取り込み融合したクノッヘンの大きさは、既に大きな砦ほどもある。

しかし、だんだん近付いてくるその砦には何体もの見覚えの無いスケルトンが闊歩していた。

骨しか無いスケルトンに見覚えと言うのもおかしいが、ドラゴンや恐竜、マンティコア等大きさや形に特徴がある骨でスケルトンを作ったら、絶対に記憶に残っているはずだ。

そして近付いてくるヴァンダルー達に、砦のスケルトンは一斉に声を上げた。

『『『おおおおおぉぉーん！』』』

やはり聞き覚えのある声に、ヴァンダルーは頷いた。

「うん、クノッヘンですね」

どうやら、骨で出来た砦もスケルトン達も、クノッヘンであるようだ。

『はい。どうやら、ランクアップした結果身体の骨をスケルトンとして分離し、操れるようになったようですな。坊ちゃんと同じだと、喜んでおります』

『おおおおおおん！』

サムの言葉に同意するように、今度は骨の砦が鳴く。どうやら本体は砦の方で、スケルトンは分身のようだ。

確かに、ヴァンダルーが【幽体離脱】で身体から霊体の分身を出すのと似ている。

「確かに、二人もこのタイミングでランクアップしたのですから偶然ではありませんよね」

一度なら偶々かもしれないが、二度なら必然である。そう考えたヴァンダルーは、きっと本人達の資質や意思、そして努力の成果が最も大きいだろうが、【導き：魔道】の効果が後押ししたのだろうと推測する。

勇者の仲間が秘奥義を習得したり、新しい特殊能力に目覚めたりするのと同じだろう。

成長ではなく変化とか進化と評した方がよさそうな効果だが、これはヴァンダルーの仲間が人ばかりではなくアンデッドも含まれるからに違いない。

導士ジョブの効果は人間に限られるなんて事は無いだろうし。

そうヴァンダルーは考え、納得した。

「それでどんな種族になったのですか？」

『はい、私はランク6のナイトメアキャリッジという種族のようです。クノッヘンは、ランク9のボーンフォートだそうです』

それぞれ悪夢の馬車と骨の砦になったようだ。サムの方は元々希少なアンデッドだから記録があるかどうか不明だが、クノッヘンの方は何か残っているかもしれない。ユニオンボーンの段階で災害指定種だったたし。

後で調べてみよう。

「とりあえず、お祝いですね」

でも先にお祝いである。

だが、クノッヘンが出した分身スケルトンと輪になって盆踊りを踊っていたヴァンダルーは飛んできたセメタリービーに拉致されたのだった。

・名　前：クノッヘン
・ランク：9
・種　族：ボーンフォォート
・レベル：0
・パッシブスキル
【闇視】【怪力：レベル10（UP！）】【霊体：レベル6（UP！）】
【骨体操作：レベル7（UP！）】【物理耐性：レベル6（UP！）】
【吸収回復（骨）：レベル7（UP！）】【城塞形態：レベル1（NEW！）】
【分体：レベル1（NEW！）】

・アクティブスキル
【忍び足：レベル2】【ブレス【毒】：レベル6（UP！）】
【高速飛行：レベル5】【遠隔操作：レベル8（UP！）】【射出：レベル6（UP！）】

・名前：サム
・ランク：6
・種族：ナイトメアキャリッジ
・レベル：0

・パッシブスキル
【霊体：レベル6（UP！）】【怪力：レベル5（UP！）】【悪路走行：レベル5（UP！）】
【衝撃耐性：レベル7（UP！）】【精密駆動：レベル5（UP！）】
【快適維持：レベル5（UP！）】【殺業回復：レベル1】【空間拡張：レベル4（UP！）】
【空中走行：レベル2（NEW！）】

・アクティブスキル
【忍び足：レベル1】【高速走行：レベル4（UP！）】【突撃：レベル6（UP！）】
【サイズ変更：レベル3（UP！）】【槍術：レベル2（UP！）】
【恐怖のオーラ：レベル1（NEW！）】

サムとクノッヘンのランクアップ祝いの盆踊りを中断したヴァンダルーは、セメタリービーの群れに掴まれて運ばれていた。

「そろそろ朝ごはん食べたいのですけどー」

ヴヴヴヴヴヴヴヴ。

何やら急ぐ事情があるらしく、セメタリービーは空腹を訴えてみても止まらない。

テイムした蟲の意思をある程度理解できるヴァンダルーだが、流石に完全な意思疎通が出来る訳ではない。霊体を使って同化すればそれも可能だが――。

『女王、呼んでいる』

『呼んでいる、女王』

女王蜂に呼ばれている事しか分からない。

蜂の魔物だけに、働き蜂一匹一匹の思考は単純すぎて会話に向かないのである。

因みに、サムとクノッヘンは「行ってらっしゃい～」と手を振って見送ってくれた。

お腹が空いたので【装植術】スキルで腕から生やした葉物野菜を食べていると、また一回り大きくなったらしいセメタリービーの巣に着いた。

ヴヴヴヴヴヴヴ。

途端、働き蜂の三倍近い大きさのセメタリービーソルジャー……兵隊蜂が飛んでくる。

セメタリービーは通常の蜂や蟻のような生態をしているのだが、経験値やレベルは群れ全体で共有出来るものではない。だから敵を狩っても、経験値が上がるのはその蜂一匹だけ。

そしてランクアップして働き蜂から兵隊蜂になったセメタリービーは、折を見てヴァンダルーから離れて巣の防衛に就くのだ。本能的な欲求なので、仕方ないらしい。

蜂にとって巣と女王の防衛が最上位優先事項なのは理解出来るので、ヴァンダルーも【装蟲術】で体内に装備するのは働き蜂のみにしている。

問題は――。

「だから、流石に生は勘弁してください」

兵隊蜂達が芋虫の団子を、前足に抱えている事だ。

虫食も躊躇わないヴァンダルーだが、やはり生は嫌なようだ。

巣の中で火を使うのは躊躇われるので、結局芋虫団子は食べずに受け取るだけにした。

「髪をドレッドヘアーにするのはどうでしょうか？」

ふと思いついた事をそのまま口にすると、ダルシアは目を瞬かせた。

『ヴァンダルー、どれっどへあーって物を母さん達は知らないから、どんな顔をすれば良いのか分からないわ』

「こういう髪型です」

拷問の末火炙りの刑で殺され、僅かな骨片に宿る霊と化した今生の母ダルシアに、ヴァンダルーは【操糸術】で自分の髪型をドレッドヘアーにして見せる。元々髪の量が多いので、ドレッドヘアーにすると似合っていた。

髪も纏まって項や尖った耳の周りが心地良い。秋が近くなるまでこの髪型にしようかなと、ヴァンダルーは思った。

『わぁ、本当に白い芋虫がくっ付いているみたいだわ。ドレッドって、地球の言葉で芋虫って意味なの？』

「……多分違う意味です」

洒落にならない誤解が広まりそうな予感がしたので、ヴァンダルーはすぐに髪を戻した。

そうこうしていると、兵隊蜂よりも更に大きいセメタリービーの女王蜂が周囲に蜂を引き連れてやって来た。

その様子は急いでヴァンダルーを呼ぶ必要がある程、切羽詰っているようには見えない。

ヴヴヴヴーヴヴヴーヴヴヴ。

「キリギチヂギヂ」

羽を振るわせ、顎や外骨格を鳴らしながらクルクル踊るように回る女王蜂。

「なるほど。それで？」

頷き、続きを促すヴァンダルー。

そんなやり取りが何回か繰り返されるのを見ていたダルシアは、戦慄を滲ませて呟いた。

『わ、訳が分からない。ええっと、こんな時母親の私はどうすれば⁉』

息子とその友達が何を話しているのか分かりません。どうすれば良いでしょうか？

子育てをしている親なら珍しくない悩みなのだろうが、友達が巨大昆虫の場合はどんな答えがあるのだろうか。

「彼女はより進化するために今から産む新しい卵に生まれ変わりたいと言っています」

答え、息子に通訳を頼む。

『そうだったの。でも、ランクアップじゃダメなの？　まだ寿命はあるのよね？』

ラムダに存在する全ての魔物は、経験値を得てレベルが百に到達し、条件を満たせばランクアップする事が可能だ。

だから当然セメタリービークイーンも、ランクアップする事が可能なはずだ。それなのに、残りの寿命を放棄してまでヴァンダルーに疑似転生を依頼する理由があるのだろうか？

「それは俺も聞いたのですが、【導き】を得たのだそうです」

『それって、もしかして【導士】の？』

驚くダルシアに、ヴァンダルーは「そんな覚えないんですけどね」と言いつつも、頷いた。

サムとクノッヘンが早速影響を受けたのだから、セメタリービーが影響を受けていても不思議はない。

ただ、彼らを導いたはずの張本人であるヴァンダルーに、全く自覚が無いのが不思議だが。

伝説や英雄譚では、【導士】ジョブに就いた勇者が技を伝授したり、人の道を説いたり、友情や絆を確かめ合ったり、共に死線を乗り越えたり、そんなイベントを経験した者達が急成長を遂げるのが【導き】スキルの効果だとされているのだが。

ヴァンダルーの場合、初日に皆で宴会をしただけである。

「こんな事で皆がランクアップするなら、暫く毎日宴会を催しても良いのですけどね」

ヴヴヴヴヴ

「え、夢? そう言えば珍しく見ましたね」

『あら、いつも夢は見ないって言っていたのに。どんな夢を見たの?』

「暗い場所で一人歩いていて、寂しいので誰か来ないかなーと思っていたら皆が集まって来てくれて、遊ぶ夢ですね」

ヴァンダルーを乗せて星の無い夜空を一緒に走り回り、頼もしい城塞に案内してくれて、他にも色々と。

改めて思い出すと、あれがサムやクノッヘンだったのかもしれない。

『ふふ、良い夢を見られて良かったわね』

息子に微笑むダルシアだが、その結果がナイトメアキャリッジやボーンフォートの誕生である。アンデッドを敵視するアルダ神殿や討伐依頼で駆り出される事になる冒険者ギルドからすると、微笑ましいどころか悪夢だろう。

「とりあえず俺が導いたのなら、応えた者を止める訳にもいかないでしょう。希望通りにします」

「ギヂィ！」

女王蜂は嬉しそうに大きく顎を鳴らすと、ヴァンダルーが差し出す両掌に卵を一個産み落とした。

「では、また会いましょう」

そして女王蜂の魂を抜く。生きている身体から魂を抜くのは難しいかと思ったが、女王蜂が同意していたからか、それともこれも【導き：魔道】の効果か、するりと抜く事が出来た。

白い半透明な米粒に似た形をした、既に大きさが人の赤ん坊ほどもある卵に女王蜂の魂が宿り、それまで生きていた女王蜂の身体が地面に落ちる。

『ところでヴァンダルー、その卵の世話は誰がするの？』

「それはセメタリービーが……あれ？」

ふと気がつくと、他のセメタリービーは日常業務に戻っていた。

【鮮度維持】で女王蜂の身体の腐敗を止めた後、ヴァンダルーは卵を抱えて育てる事になったのだった。

「まさか二度目の子育てをこんなに早くする事になるとは」

因みに一度目はパウヴィナである。

しかしそのパウヴィナや、ジャダルやヴァービ、レフディアとラピエサージュは不満があるようだ。

「あたし、そんな風にしてもらって無いもんっ」

「あたしもーっ」

「して欲しいのにっ」

『うっうゥっ』

今年五歳になるパウヴィナは、既に身長が人の大人並に大きくなっている。大きさを無視しても、人の八歳児程度に見える。女の子は成長が早い……という事ではなく、人種に比べて成長が早く成体になると三メートルに達するノーブルオークの血の影響だろう。

ビルデの娘であるヴァービとバスディアの娘であるジャダルは、それぞれ五歳と四歳らしい可愛さで、レフディアとラピエサージュは……変わらない。アンデッドだから当然だが。

そんな彼女達が言う「そんな風」とは何かと言うと……舌を伸ばしてペロペロと女王蜂の卵を舐める事だった。

「……これは卵にカビが生えないようにしているだけなんですよ」

蟲が卵の世話をする時にしている事を、とりあえず真似ているヴァンダルーはパウヴィナ達の訴えにとても困惑していた。

「じゃあ、カビが生えないようにあたしも舐めてっ！」

「いや、お風呂入ってるでしょ。舐めなくても生えません」

「えー、舐めてよー」

「ペロペロ面白そうっ」

【身体伸縮】スキルで約四メートルまで伸びるヴァンダルーの舌がうねうね動く様子は、彼女達にとって見ていて面白いらしい。猫が猫じゃらしを好むのと同じかもしれない。

子供らしいと微笑ましく思うべきか、悩むところである。

『あゔぅ？・』

「いや、ラピエサージュとレフディアは本当に必要無いでしょう」

それに、舐めたら周りから誤解されそうだしと不満そうなラピエサージュとレフディアを見てヴァンダルーは思った。背中には翼竜の翼、腰には先端にセメタリービーの毒針が生えた蛇の尻尾を生やし、それぞれ肘と膝から先がオーガの物に置き換わっているラピエサージュだが、胴体は肉感的な女性の物で顔は幼さを残した美女の物だ。

そしてレフディアは、左手首から先だけだがこの国の第二王女のザンディアの物でヴァンダルーの婚約者とされている女性の一部だ。

その彼女達を舐め回すのを躊躇うのは、当然だろう。アンデッドだとか、体中に縫い目があるとか、左手首だけだとか、そんな事は言い訳にはならないのがこのタロスヘイムである。タロスヘイム以外では、別の意味で言い訳の機会も与えられないだろうけれど。

「お話の最中に申し訳ありませんが、宜しいでしょうか旦那様」

王城地下のヴァンダルーの個人工房に来るようにと言われていたベルモンドは、何故か年少組に囲まれて巨大な蟲の卵の世話をしている主人を見ても、動揺せずに話しかけた。

ベルモンドにとってこれくらいなら許容範囲内らしい。いや、もっと気になる物がすぐ近くにあるからかもしれないが。

「あ、ベルモンド、ご苦労様です。今日はあなたの手術プランを見てもらおうと思いまして」

「ベルモンドだー」

「こんにちはっ！」

「こんにちは、お嬢様方。それで旦那様、その手術プランと言うのは……まさかあれでしょうか？」

ベルモンドが視線で指す「あれ」とは、ライフデッド化したかつての主人テーネシアが謎の液体に浸かっているカプセルの横に置かれている物だ。

それは白い石製の女性型マネキンに似ていた。精巧な作りで、顔は無いが今にも手足が動きそうに見える。

ベルモンドと同じ背丈で、同じ手足の長さをしていて、胸の膨らみや腰回りはテーネシアのライフデッドと同じくらいに見える。

「はい」

特に後ろめたい所など何も無いと頷くヴァンダルーに、ベルモンドは胸を押さえた。

「……旦那様、私をあのような色気過剰な身体にしてどうなさるおつもりですか？」

「いえ、胸なんかは単に細かい成形作業は難しいので、そのまま くっつけようとしているだけですが」

「私は旦那様の僕。面白半分に身体を弄られ、弄ばれようとそれが運命と受け入れる覚悟でございますが――」

「人聞きが悪い。福利厚生の充実度では自信があるのですが」

「分かりました。どうか旦那様の意のままに」

最終的に納得してくれたらしいが、これは尻尾を付ける時にも色々言われそうだなとヴァンダルーは思った。

もっとも、本気で嫌がっている様子は無いようだが。寧ろ、嬉しそうである。

「ヴァン、吸血鬼ってエレオノーラみたいな人しかいないの？」

「……ノーコメント」

かなり真剣な目でパウヴィナに問われたが、答えを拒否した。違うとは思うが、もしかしたら……そんな風に考えてしまう自分を否定しきれなかったのである。

『ヴァンダルー、嫁入り前の女の子の身体に傷をつけるのだから、責任を取らないとダメよ』

『あの、ダルシア様、その理屈だと陛下は女の人を手術できなくなってしまうのでは？』

「いいえ、流石に責任までは……」

少し悪ノリが過ぎたかと、レビア王女とダルシアを諌めるベルモンド。実際、彼女はヴァンダルーから手術を受けるのが楽しみだった。

躊躇いを覚えない訳ではなかったが、それ以上にヴァンダルーから受け取る何もかもが喜びであったからだ。

あの夢のように。

「ただあまり下品にならない程度にしてくださると、幸いです」

かつてのベルモンドの主人、テーネシアは彼女の目から見ても美しい女だった。だが、その美しさは上品な性質のものではなかった。

当人の言動と普段の格好が殆どの原因だろうが、どうしても娼婦のように見えてしまう。……他人に媚びるどころか顧みる事すら無いので、その印象も長続きしなかったが。

「善処しますけど、多分大丈夫だと思いますよ」

実際にテーネシアと顔を合わせて数分程度のヴァンダルーには上記の印象すら薄いが、ベルモンドの首から下がそっくりそのまま彼女と入れ替わったとしても、下品にはならないだろうと思った。

「ベルモンド、ムチムチになるの？」

「キングが好きなキンニクはー？」

「ムチムチにはなると思いますけど、筋肉は移植しない予定です。既に十分ありますし」

「あまり身体が重くなるのは……両手足の指と舌が自由に動けば、私の場合問題はありませんが」

『どう、るぃ゛ぃ゛？』

「ええ、継接ぎのご同類になりますね。はい、指は大切ですから」

無邪気に自分と手術後の模型を見比べるヴァービ達や、「仲間？」と首を傾げるラピエサージュや「指が自由に動く事」に反応しているらしいレフディアにベルモンドは微笑みかけ、ふと先程からずっと黙ったまま血走った眼で蠢く何かを観察している人物に気がついた。

「ところで、彼はいったい何をしているのですか？」

「ルチリアーノですか？　彼は肉塊ちゃんの研究中です」

不完全ながら動くようになった蘇生装置でダルシアを蘇生させようとした結果出来た、骨も内臓も無いビクビクと痙攣する謎の肉塊。

同じように出来た肉塊同士をくっつけると、融合して一回り大きな肉塊になる等変化はしたが、いつまで経っても何をしても肉塊のままだった。

ヴァンダルーが試しに【魔王の血】を与えてみても、特に変化は無かった。

しかし、今朝からその動きが大きくなり、変化し始めているらしい。

「もしかしたら、新たな生命の誕生かもしれないと言っていまして」

「新たな生命、ですか」

ヴァンダルーとベルモンドの視線の先では、ルチリアーノの前に設置された巨大な鍋に似た装置の中で激しく蠢く肉塊があった。

ドロドロの肉色のスープのように変化した肉塊は、まるで煮えたぎるようにボコボコと膨らみ泡立ち、その表面から人の手や蛇の頭に似た肉の突起が生え、そしてある程度伸びると崩れて肉塊に戻る。

これを繰り返していた。

「私には地獄の窯に煮られて苦しむ亡者に見えますが」

「奇遇ですね、俺もです」

『時々人の頭っぽい物が出てくるのだけど……なんだか輪郭が私に似ている気がするのよね。私の頭がいっぱい生えてきたらどうしましょう』

どう見ても『新しい生命の誕生』ではなく、地獄から這い出ようとする亡者の図である事に異論は無いようだった。

今はまだヴァンダルーもステータスを見られないし、【鑑定】の魔術を使ってみても「謎の蠢く肉塊」としか出ないので、まだ生物かどうか微妙だが。

『そもそも陛下、あれは何故生き続けられるのでしょうか？　骨はまだしも、内臓が一つも無いのに』

「あたし達時々ご飯上げてたよー」

「お肉上げると喜んで食べてくれるの♪」

パウヴィナやジャダルが餌付けしていたらしい。

「食べるんだ」

ヴァンダルーが血を与えるまで肉しかない、口も胃も無いのに、肉塊ちゃんはご飯を食べるらしい。

恐らく、仕組みとしては単細胞生物が食事をするのと同じだろう。

触れた物を見境なく取り込む習性でもあるのなら、極めて危険だ。間違って子供達が落ちないように、周りに囲いを作るべきだろう。

「でもね、野菜は食べてくれないの」

「カエルも生きたままだと、ぺっするの。好き嫌いすると大きくなれないよって叱っても、聞いてくれないんだよ」

「なるほど、生き物は食べないみたいですね」

お説教を聞く耳と頭は無いが、意外と安全な存在なのかもしれない。単純にカエルを嫌がっただけかもしれないので、後で生きている鼠や魚、アンデッドを食べないかどうか確認してみよう。

『私って、子供達に餌付けされてるのね。しかも、カエル……』

自分の失敗作である肉塊ちゃんが餌付けされていた事実に、ダルシアはちょっとよろめいていたが。

「まあまあ母さん、カエルは美味しいですよ」

しかし夢中で研究するルチリアーノの期待をよそに、肉塊ちゃんが新しい生物になる事はまだなかった。

「どうやら、魔物であれ人であれ、生物になるのに必要な物がまだ足りないようだ」

ルチリアーノはそう結論付けると、肉塊ちゃんの研究を元の経過観察に戻した。


そろそろ涼しくなる九月の終わり、南の大沼沢地とタロスヘイムを結ぶ道が完成した。将来乳製品や魚、レンコン等を運搬する際に必要であるため、人海戦術で間にある巨大シダ植物の森を切り開き、地面を押し固め、【ゴーレム錬成】で作った石畳を敷いて道を作った。

有事の際には石畳が立ち上がって危険に対処し、その際多少壊れても破片を吸収して自己再生するメンテナンスフリーの街道である。

山賊の心配は無いが、山賊よりも危険な魔物が出現する魔境を突っ切る街道なのでそれぐらいの設備が必要なのだ。

もっとも、早くも南の森の魔物は大幅に数を減らしているので十数年後には普通の街道でも十分になるかもしれない。

そんなクリーム遠征の後処理と将来の発展のために必要な仕事を終えたヴァンダルーが取り組んだ事。それは……。

「ではこれから国民皆兵キャンペーンを始めます」

タロスヘイムの非戦闘民を集めての訓練だった。

「前もって説明した通り、このキャンペーンの意味は『国民皆に並の兵士一人ぐらいなら殺せるだけの戦闘力を持ってもらいたい』というものです」

「あたしの知ってる国民皆兵と意味が違う」

元冒険者ギルド出張所の非正規職員にして現交換所の受付嬢、そしてフェスターの恋人のリナの呟きが聞こえるが、ヴァンダルーは気にせず続ける。

「ご存知の通りタロスヘイムは魔境に囲まれていますし、またミルグ盾国やアミッド帝国が攻めてくるかもしれません。その時に備えて少し訓練して欲しいのです」

「それは聞いたが……俺達はレベルを上げてもあまり強くならないぞ」

家族が一人増えて、再び元気に石工として働いているイワンの言うように、生産系のジョブに就いている一般人はレベルを上げても能力値はあまり上がらない。生産系ジョブは、生産系スキルの補正に大部分が割かれているためだ。

それに生産系ジョブに就いている者は、戦闘訓練や魔物退治で手に入る経験値自体も【戦士】や【魔術師】のような戦闘系ジョブに就いている者よりも少なくなる。戦士が石工としての修行でレベルアップするのがおかしいように、石工だって魔物退治ではあまりレベルアップしないのだ。

「はい、分かっています。なので、皆さんにはスキルを獲得して貰います」

だからヴァンダルーが注目したのは能力値ではなくスキルだ。このラムダには地球と違って便利な事に、スキルシステムが実装されている。

そしてスキルは一度獲得すると、失う事は基本的には無い。あまりに長期間使わなければ勘が鈍り、身体が鈍る事はあるが、定期的にこうして訓練すればある程度使える状態を保てるだろう。

「なるほど、とりあえずレベル1のスキルを取らせようって事か」

元第五開拓村の村人、ヴァンダルーの背に乗って空を飛んだ事がある猟師のカインは【弓術】スキルをレベル3で持っているため、訓練を受ける側ではなく監督する側である。

彼が言ったように、一般人に粗末な槍や弓矢を持たせて、とりあえずレベル1のスキルを持たせる程度の訓練を施す為政者は、ヴァンダルー以外にも数多くいる。

一般人でも戦闘系スキルをレベル1持っていれば、山賊に襲われた時にもある程度は自衛できる。それに魔物が村に侵入してきた時も、総出で当たればランク3の魔物一体ぐらいなら追い返す事も出来る。

それに魔境ではない通常の野山に入って自然の恵みを採集し獣を狩って食料にし、毛皮を鞣して現金収入を得たり出来る。

それによって為政者は常駐させる兵士の数を減らせるなど、様々な利益を得るのだ。

勿論、反乱を起こされたり、村人が貧しさから山賊にでもなったりしたら問題だが、それを起こさせない自信が無いなら元から訓練を実施しない。

ヴァンダルーの場合は、純粋に国民の防衛力向上が目的だが。

「いえ、レベル1だと心許ないのでレベル2ぐらい。当然武技も使えるようになってもらえると助かります」

「ちょっと求める水準が高くないか⁉」

因みに戦闘系スキルレベル2とは、ヴァンダルーと初めて会った当時のフェスターの【剣術】スキルレベルである。

見習いとは言え、その道で食って行こうと決めた少年が、一年程冒険者学校で学び、日々ゴブリン等を相手に経験を積んだ状態でのレベルだ。

「でもスキルレベルが2で武技を使えるぐらいじゃないと、この辺りの魔境の魔物相手には時間稼ぎも出来ませんよ」

しかし、ヴァンダルーの言う事ももっともである。カインには過剰なまでに並び立つタロスヘイムの城壁を抜けて魔物が入って来るとは思えなかったが、「何事にも予想外の事態はあり得ます」と言われると反論できない。

「でもレベル2って、これからあたし達、地獄のスパルタ訓練をしなくちゃいけないの？」

「大丈夫です、腕利きの教官を用意しましたから」

数日でスキル補正も無いのにレベル2は無理だと顔を強張らせるリナ達の前に、ヴァンダルーは用意した教官を整列させる。

ガシャリガシャリと音を立てて現れた教官達は、リナやイワンも見覚えのある鎧だった。

そう、鎧だけ。

「元赤狼騎士団の連中を使ったリビングアーマーです。皆さんにはこのリビングアーマーを着てもらい、戦闘系スキルを体感しながら学んでもらいます」

鎧に霊が宿ったアンデッドを着て訓練する。

今までにない訓練法を実施しようとするヴァンダルーに、リナ達は硬直した。

「さあ、早く訓練を始めますわよっ！　私、早くスキルをレベル2まで獲得して、ヴァン様の角を加工する仕事に戻らなければなりませんの」

リナ達と一緒に訓練を受ける事になったタレアは、硬直する皆を尻目にさっさと自分が着る教官を選びにかかった。


ガチャガチャと音を立てて、金属製のプレートアーマーを着た人々が走り込みや、槍の素振りや弓の試し打ちをしている。

騎士の訓練ならそう珍しい光景ではないが、実際に訓練を受けているのは一般人、しかも若者だけではなく三十を超えた中年の男女や、中には白髪頭の老人も混じっている。

彼等からは普段畑仕事や石工や大工などの力仕事で生計を立てているからか、ひ弱な印象は覚えない。しかし、それでも何十キロもある金属鎧を着たまま激しい運動をするのはキツいはずだ。

「いや～、身体が軽いっ！　まるで羽でも生えているようだ」

「若返った気分だっ！」

「訓練ってのは、楽しいもんだねぇ」

しかし、一般人達は気軽にスポーツでも楽しむように気持ち良く汗を流していた。新人騎士が見たら、自信を無くす事請け合いである。

『身体に余計な力が入っています。もっとリラックスして』

『もう一度型を最初からです。構え、突き、戻して構え、払い』

だが彼らが纏っている鎧から彼ら以外の声がする事に気が付けば、自信を取り戻す事だろう。

彼らは、纏っている鎧……リビングアーマーの補助を受けながら訓練を行っているのだ。

「この訓練方法、思ったより効果的ですね」

発案者のヴァンダルーは楽しげな皆の様子を見て満足げに頷いた。

ハートナー公爵領の赤狼騎士団だった霊を、彼らが生前使っていた鎧に宿したリビングアーマー達は生前培った【槍術】や【弓術】スキルをほぼ取り戻している。平均してレベル4、二流以上一流未満程度だが、元開拓村の一般人の教官役には十分だ。

更に、彼らを纏う事によって一般人達はまるでパワードスーツを着ているような状態になるため、体力を補いながら長時間訓練を受ける事が出来る。

教えるリビングアーマー側も、指導対象の緊張や筋肉の強張りなどを敏感に察知して指導力を補える。

更に、当然鎧なので怪我をしないよう身体を守る事が出来る。

「リビングアーマー練兵術……これからもこの手で行こう」

「私は例外にしてくれないっ!?」

頬を赤くしてそう訴えるのは、リナだ。彼女もリビングアーマーを纏っているので別に疲れている訳ではない。

『そんなに恥ずかしがらなくても良いと思いますけど』

ただ、リナが纏っているのはマジックハイレグアーマーのサリアだった。赤狼騎士団のリビングアーマーの数が足りなかったのと、彼女に合うサイズの鎧が無かったからだ。

『別に素肌の上に着ている訳じゃないんですから』

「それはそうだけど、なんだか恥ずかしいのよっ」

リナは動きやすい簡素な服の上下を着た上からサリアを纏っているのだが、胸の谷間も臍も背中も見えるデザインのサリアの本体は彼女の羞恥心を掻き立てるようだ。

「せめて外套ぐらい着けさせてよっ」

『でも、動きにくいですよ? 私だけなら兎も角、リナさんは慣れてないんですし、もし足や腕に絡まったら危ないです』

リナは羞恥心からそう主張するのだが、彼女が何故恥ずかしがるのかがサリアには分からない。何せ問題になっているのは彼女の本体の形状なのだ。既に人を止めて約七年、サリアが羞恥心を覚えるポイントは生前とは大きく変化していた。

ただサリアが主張する事も間違いではない。身体を隠すような外套を纏った状態で、慣れない初心者に何かあったら大変だ。サリアがフォローするにしても、完全無欠ではないのだし。

『私よりも姉さんの方が良いって選んだの、リナさんじゃないですか』

「そうですわよ。そんなに恥ずかしがる事ありませんわ」

そしてこちらは同じくサイズの合うリビングアーマーが無かったため、ビキニアーマーのリタを纏っているタレアだ。しかも、彼女の場合リナのように服の上からではなく、ヴァンダルーが実験的に作っているインナーの上にリタを着ている。

肌にぴったり吸い付き第二の皮膚のように動きを阻害しないタイプのインナーなので、露出度は無いが胸や腰の形は丸わかりだ。

「私と同じで、肌は出ていないのですから」

ただ、ある意味肌を晒すよりも異性の関心を掻き立てる格好をしているのだが、タレアにそれを気にした様子はなかった。

普段から露出度が高い格好をするグールに元人種のタレアもしっかり染まっているようだ。

「あー……うん、確かに恥ずかしがるような事じゃないような気がしてきた」

ヴァンダルー以外の男性陣の視線を深い胸の谷間に集めつつも、恥じる様子のないタレアを見るとリナも思い直したようだ。

自分以上に慌てている人を見ると、つい冷静になってしまうのと似た心理かもしれない。

もっとも、タレアも筋肉が発達して太くなってしまっている腕はインナーの上から布をリボンのように結んで目立たないようにしているのだが。彼女にとって羞恥心を覚えるのは胸や腰ではなく、二の腕なのだ。

それをやや残念に思いながら、ヴァンダルーはシュルシュルと糸を吐き始めた。

「とりあえず、装飾を追加する形で体が見えにくいようにしましょうか」

常にリナの横にタレアが居る訳ではないので、ヴァンダルーは【操糸術】で手早く編んで行った。

あまり彼女を恥ずかしがらせるのも、フェスターに悪い。

因みに、タレアに纏われたリタは若干機嫌が悪かった。それはタレアに「ちょっと胸の辺りがきついのですけど、調整できませんの?」と言われたからだった。

『くっ、流石タレアさん。大きさではまだまだ私は勝てないようです』

『リタ、その分タレアさんはお腹も太いから――』

『でも姉さんっ、それは脂肪じゃなくて腹筋なんですよ!?』

「……あなた達、丸聞こえでしてよ」


一時間ほどの準備運動でリビングアーマーを着て身体を動かす事に慣れたリナ達は、【迷宮建築】スキルを試すために作られたE級ダンジョン、通称『グールキングの試験場』に早速潜る事になった。

勿論、いきなり実戦で技を磨けと言っている訳ではない。

「では始めー」

「おっ、おぅっ!」

多少ビビりつつも、ヴァンダルーの号令に応えてイワンがコボルトに向かって槍を突きだす。木偶人形のように動かないコボルトの胸に穂先が突き刺さり、背中から顔を出した。

イワン以外の者達もやはり動かない魔物に対して槍を突き、クロスボウの引き金を引く。それを魔物は避けるそぶりも見せずに受けて、そのまま倒れる。

「た、倒した……」

「あたしの矢が当たった？」

「ゴブリンなら退治した事もあったが、素早いコボルトを俺が……」

「うっ、思っていたより、嫌な手応えだな」

経験値が入る感覚や達成感に高揚する者、血肉のある生物……それも魔物とは言え人型の生物を殺す手応えに顔を顰める者。様々な反応がある。

『やはり、最初は木偶人形相手に慣れさせたのは正解ですね』

元赤狼騎士団の分隊長のリビングアーマーの言葉に、ヴァンダルーは頷いた。

イワン達が今倒した魔物は、ヴァンダルー製ダンジョンで創られる魂の無い木偶人形の魔物だ。

普段は通常のダンジョン産の魔物と同じく、侵入者を感知したら襲い掛かるように設定している。

ただ、戦闘不能になった相手等には止めを刺さない、逃げる者は追わない等の制限はつけているが。

しかし今は訓練のために完全に木偶人形……訓練用の木人と全く同じで何をされても動かないように設定し直している。

この状態だと既にある程度の戦闘技術を持っている者にとっては、草木を刈っているのと同じでスキルは殆ど上がらない。

しかし、スキルの無い素人が腕を磨くのなら理想的な訓練になる。

戦闘系スキルを手に入れたい場合、最も効率が良いのはやはり実戦だ。それは、相手に勝てば武器を使いながら経験値を大量に得られるからだ。

それが何のリスクも無く可能になるのだから、【迷宮建築】スキルは便利である。

しかも初心者にありがちな戦闘後の高揚感による油断や嫌悪感による放心、躊躇いを覚えなくなるまでノーリスクで慣れさせることが出来る。

イワン達もゴブゴブ作りのためにゴブリンを退治した経験は一度や二度ならある。鼠や野兎、魚や鳥を殺して食べた回数など、数えられないくらいある。

しかし、やはりランク2以上の魔物を倒す事で得られる経験値の量や、人型の魔物を殺す嫌悪感を無視して、油断なく次の危険に対応できる程では無い。

『まあ、ランク2程度なら油断してもいざとなったらリビングアーマーが殴り倒せば良いだけですけどね。あ、リナさん。背中に余計な力が入ってますよ。リラックスしてください』

「こ、こう？」

『そうです。そのまま引き金を引いてください』

ヴァンダルー糸製のフリルやレースを付けて動きを阻害しないまま、恥じらいを覚えにくい形状になったように見えるサリアを着たリナが、小型クロスボウの引き金を引く。真っ直ぐ飛んだ矢が、コボルトの胸に突き刺さる。

「あ、当たった……」

『次の矢を装填してくださいね～』

「は、はいっ」

　因みに二人の横では、同じようにフリルやレースだらけになったリタを着たタレアが、同じようにクロスボウでヒュージホーンラビットを射殺している。

「ところでっ、訓練するのは槍とクロスボウだけで良いのかしら？　非常事態に備えるのなら、短剣や投擲の訓練もするべきではありませんの？」

『確かに、いつも槍を背負ってクロスボウを持ち歩く普通の人って、居ませんね』

　イワン達が振っている彼らの身長程ある槍も、タレアが今持っているクロスボウも、携帯性に優れているとは言えない武器だ。一般人が携帯するには大きすぎるし、重い。

　折り畳み式や組み立て式にすれば携帯性も向上するが、いざという時すぐ使えないのでは本末転倒である。

『いえ、それはスキルを獲得した後でならどうにでもなりますので』

　しかし、元分隊長が言うには大した問題ではないらしい。

『神々は大らかですから。【槍術】スキルを獲得した後、長槍から短槍に持ち替えて少々型を覚えれば良いのです。クロスボウも、【弓術】スキルを獲得したら持ち運びがしやすい短弓に替えましょう』

　ラムダのスキルシステムは、武術に関してはかなり大雑把だ。

　例えば、身の丈よりも長い長槍も一メートルも無い短槍も、どちらも【槍術】スキルで扱える。【長槍術】や【短槍術】等のスキルは存在しない。

クロスボウにしても、【クロスボウ術】ではなく【弓術】で扱える。

棍棒でもハンマーでも同じ【棍術】。武器の大きさで【剣術】と【短剣術】で分かれている刀剣類は多少細かいが、片手で扱う繊細なレイピアも両手で振り回す豪快なクレイモアも【剣術】である。

勿論幾ら同じスキルで扱えるとは言っても形状によって発動できる武技に違いはあるし、実際に有効な間合いや重さ、形状が異なれば使い方も異なる。

普段クレイモアを両腕で振るい、連続して斬撃を放つ【三段斬り】を得意技とする戦士が、いきなり斬撃に不向きで軽い刺突特化のレイピアを使いこなせる訳がない。

だから本職の兵士や騎士が訓練を受ける時は、最初から将来使う武器と同じ物を使ってスキルを磨く方が良いとされる。

しかし、今彼らが行っているのは一般市民相手の訓練だ。多少不都合があっても、戦いに生きるプロではない。

『なので、まずスキルを獲得してもらい、その後携帯性に優れた武器の扱いを覚えていただきます。すると、スキルの恩恵を受けられるので、短い時間で扱いを覚えられるのです』

何でも、限られた期間一般人を徴兵する場合はこの方法で訓練を施すのが普通らしい。

神に劣等世界扱いされるラムダだが、魔物や国同士の戦いを続けて来ただけあって練兵術等はよく考えられている。

「なるほど。でも、重い長槍よりも軽い短槍の方が扱いやすいと思いますけど?」

『それはそうですが、今回の場合は我々が皆さんの筋力や体力をフォローしますから長槍でも問題ありません。それに、動かないとは言え人形ではなく生の魔物を相手に訓練しますので……離れていた方が良いかと考慮しました』

「あ、確かにそうですね」

短い短槍の方が扱いやすいが、その分殺す魔物との距離が近くなる。すると、返り血を浴びたり魔物が息絶える瞬間を間近で見てしまったりする。

それは戦闘経験の浅いイワン達の気力を削ぐには十分すぎるだろう。

『そうなんですか？』

「そうらしいですよ」

血の臭いに食欲しか感じないアンデッド歴の長いサリア達やヴァンダルーにはピンと来ないようだが。

因みに、【投擲術】の訓練が行われない理由は、単純に教官役のリビングアーマーに【投擲術】スキルを持っている個体が少ないからだ。

『投擲で敵を倒すには短剣や槍、斧が必要ですが、その度に使い捨てられるほど予算は無かったので。弓矢の方が多く携帯できますし』

「あら、矢が無ければ石を投げれば良いじゃありませんの。適当な大きさの石を普段から集めておけば、弾に不自由しませんわよ。ねぇ、ヴァン様？」

「ですね」

『申し訳ありません陛下、我々は生前【怪力】スキルを持っていなかったので、石では色々と無理でした』

地球では投石は庶民にとって有効な戦術なのだが、ラムダでは【怪力】スキルでも持っていなければあまり効果は無いらしい。

能力値が高ければ補えるだろうが……そんな高い能力値があるなら、そもそも投石に頼らなくても敵を倒せる。

こうして僅か一日でイワンやリナ達は【槍術】や【弓術】スキルを獲得したのだった。

次の日からは短槍や短弓に持ち替えて、基本訓練。その後同じ『グールキングの試験場』で今度はランク1の魔物と実戦の訓練。それに慣れたらランク2の魔物を相手に実戦。

そして十日で全員がスキルレベルを2に上げたのだった。

「なんだか腹回りがすっきりした気がするな！」

「あたしはレベルも上がったわ。もうすぐジョブチェンジ出来るわね」

「こうなったら俺も探索者を目指して……いてぇっ！」

「調子に乗るんじゃないよっ！　あんたじゃすぐ大怪我して迷惑をかけるのがオチだよっ」

イワン達は訓練で使った短槍や弓矢、そして十日分の平均的な収入分のお金を受け取って帰って行った。

『たった十日で素人が、それもジョブのスキル補正も受けていない、若くもない一般人が、スキルレベル2になるとは……』

「今までには無い事なんですか？」

がらんどうの鎧であるため驚いている事が分かり難いが、多分驚いているのだろう元分隊長にヴァンダルーが話しかけると、彼はガクンと兜を上下に振った。

『今までに無いと言うか……あったら正規兵は飯が食えません』

素人が十日で至れる程度の腕の連中に、高い給金は必要無いと言う事だろう。

一般的に、正規兵の平均的な武術系スキルのレベルは2であるとされる。それは別に「正規兵のスキルはレベル2」と決められている訳ではない。様々な都合の結果、平均してレベル2程度に落ち着くだけだ。

その都合とは日々の訓練や実戦経験の量と質だ。兵士であっても日々戦っている訳ではない。警備や護衛、パトロールにデスクワークもある。兵士を雇う側も、質を高めるのは重要だがそのために時間と金を際限無く使える訳ではない。

結果、平均してレベル2程度になる。

それなのにたった十日で一般人がそれと並ぶような事が頻発したら、為政者は大金を使って兵士達のスキルをレベル3以上に引き上げる必要に迫られる事になる。

「まあ、今までに無い方法で訓練しましたからね。そんなもんでしょう」

リビングアーマーの教官、安全で経験値まで得られる魔物の的。そしてフォローされながらの実戦経験。

歴史上、ここまで手を尽くして一般人を鍛えた者はヴァンダルー以外に居ないだろう。

『坊ちゃんが【導士】なのもあると思いますよ』

「かもしれませんけど……【導き：魔道】スキルって、常に発動している皆への能力値補正以外は使っている実感が無いんですよねー」

【導き】の有効範囲が自覚できない……そもそも自分が魔道なる道を歩いている自覚も無いヴァンダルーには、実感の伴わないスキルだった。

そんな事を言って遠ざかるイワン達の背中を眺めていると、リナを迎えに来たはずのフェスターが話しかけてきた。

「なあヴァンダルー、物は相談なんだけど……リナにサリアさんと同じ形の服って作れないか？　レースとフリル付きで」

「……鎧じゃなくて服ならできますけど、本人から了解は取りましたか？」

「いや、だって相談し難い――」

ご。

「馬鹿な相談してないでさっさと来なさいよっ！　あんたはあたしを迎えに来たんでしょ!?」

ずるずるとフェスターを引きずって帰って行くリナ。訓練は彼女をよりしっかりとフェスターの上に据える役にも立ったようだ。

『むぅ、何故姉さんの方なんでしょうか。私もセクシーなのに』

『坊ちゃん、作ってあげる時は色違いにするとか、私と見分けが付くようにしてくださいね！』

「若いですわね」

因みに後日、探索者として交換所を出入りしているザディリスを通じてリナから見積もりの依頼がヴァンダルーの所に回ってくる事になる。

式の時期が近いのかもしれない。

尚、二人とも成人している場合バーンガイア大陸では婚前交渉に対する戒めは無いに等しい。

そして職能班の女グール達も同じく十日程でスキルレベルを2に上げる事が出来た。こちらは今まで覚えようとしなかっただけで、元からある程度の素質はあったのでそれ程驚く事ではない。

「あのー、ヴァン様、私も【弓術】がレベル2になりましたの。ずっと御傍に居たいのはやまやまなのですけど、そろそろお仕事に――」

しかし、これまで職人としては高い技量を持っていてもグールとしてはレベルゼロだったタレアは、この十日の訓練で初めて経験値を稼ぎ、劇的にレベルを上げていた。

まだランクアップする程ではないが、能力値はぐっと上昇した。それは【武具職人】スキルには直接の関係は無いが、上昇した身体能力は仕事に役立つ。

何より、腰に良い。

「ギックリ腰解消のために、タレアは続けましょう。丁度沼沢地にある二つのダンジョンを攻略する予定ですし」

「ちょっ⁉ 一層目からアースドラゴンが出てくるような高難易度のダンジョンなんて入ったら、私死んでしまいますわ！」

「それは通称『鱗王の巣』の方ですね。そっちではなく、推定D級ダンジョンの『リザードマンの巣』の方ですよ」

『D級ダンジョンなら試験場の一つ上ですから、今のタレアさんなら大丈夫ですよ』

『私達もフォローしますから』

ヴァンダルー達に付いて後ろから矢を射る程度なら、今のタレアでもD級ダンジョンの攻略に付いて行く事が可能だと、サリア達も判断していた。

実際スキルのレベルが2あればボス戦は難しいが、上層で遭遇する魔物相手には通用する。それにタレアは能力値だけならD級冒険者に並ぶ。

「でもそのダンジョンはヴァン様が作った物では無いのでしょう!? 普通に魔物が襲ってくるじゃありませんのっ!」

だが、ほぼ実戦の訓練と実戦ではやはり必要な覚悟が違うらしい。

「大丈夫です、俺達が守りますから。ランクアップ目指して頑張りましょう」

「うぅ、分かりましたわ。分かりましたから……もう一度言ってくださいな。俺達がではなく、俺がで」

「俺が守りますから大丈夫です」

「はい、ヴァン様♪」

実際、D級ダンジョンなら既にヴァンダルーはソロで楽々と攻略できる訳だが。

『グールの皆さんって、歳の割に乙女ですよね』

『でもリタ、あなたは言われてみたくないの?』

『う～ん、興味が無い訳じゃありませんけど、私達って鎧じゃないですか。鎧が守られるって、結構矛盾している気がして』

『それもそうね……防具心と乙女心の板挟みか。難しい問題だわ』

「難しいのですか」

言って喜んでくれるのなら幾らでも言うのだがと、ヴァンダルーは首を傾げた。

　そろそろ寒くなっている頃、ダンジョンを攻略するために再び沼沢地を訪れたヴァンダルーは、まず骨人とシャシュージャに案内されて各地を視察していた。

　カプリコーン牧場での職業訓練が上手くいっているか、リザードマン達の陳情、暮らしぶりに問題は無いか。

　もっとも、そこはヴィダの新種族ではなく完全な魔物のリザードマン、不満を言うどころか「支配者が態々《わざわざ》そんな事を聞きに来るなんて！」と驚愕される事の方が多かったが。

「魔物って、結構支配しやすい人達ですね」

　人とはかなり精神構造が異なる。強い者が正しいという価値観が徹底されているのだ。

　例えば、人なら支配者が幾ら強くても仲間や親兄弟や子が下らない理由で殺されたり、喰われたりしたら恨むし、裏切りを考える。

　しかし、魔物はあまり疑問に思わない。裏切るようにより強そうな誰かから促されるか強制されたら別だが。支配者が弱ったその時、初めて裏切る事を考える。

彼らにとって支配者に無駄な犠牲を強いられて仲間が死ぬのと、他の魔物や人間に仲間を殺されるのでは全く意味が異なるのだ。

「シュゥゥ？」

そう呟くヴァンダルーに、その何が不思議なのか分からない様子のシャシュージャが舌で自分の目を舐めている。

『主よ、魔物としては我々の方が特殊なのです』

そう言う骨人の言う通り、生前の人格を残したアンデッドやブラガ達死属性の影響を受けた新種のように、人の価値観を理解する魔物の方が特殊なのだ。

実際、魔物の祖である魔王グドゥラニスは彼らを戦力として創りだした。強者である自分達に逆らう戦力は存在価値が無いという事だろう。

仲間を殺した恨み節を何年も聞かされるよりも良いので、ヴァンダルー達としては別に構わないのだが。支配下に収まった以上無体な事をするつもりは無いが、強いというだけで従ってくれるのなら楽で良い。

そんなリザードマン達が「これは困った」と珍しく自分達から報告してきたことが一つある。それを見に行ったヴァンダルーは、卵から孵化して数日程のリザードマンの子供達を前に首を傾げた。

「健康そうですけど？」

ギュー、クギュー、クギュー。

リザードマンでも子供は可愛いものだ。しかし、元気に鳴いている子供達は丸々として健康そのものに見える。食欲も旺盛で、カエルや魚を上げると頭からパクリと食べる。

しかしシャシュージャは子供達の頭を指差す。

「よく見ると……頭の形が違う？」

シャシュージャが頷くように、子供達の頭は普通のリザードマンと同じ形ではなかった。

一言で言うと、ワニっぽい。

何でも両親は間違いなくリザードマンなのだが、『鱗王』が倒された後孵化した卵は全て蜥蜴ではなくワニっぽいらしい。

『そう言う訳で主よ……こっそり卵を死属性の魔力に浸した覚えは？』

「全然ありませんけど……タイミング的に考えて【導き：魔道】の効果ですよね」

どうやら勝手に新種がまた一種誕生したようだ。

「とりあえず、アーマーンと名付けましょう」

《【導き：魔道】スキルのレベルが上がりました！》

Death attribute Magician

第三章
攻略！『リザードマンの巣』

ダンジョンに設置される罠は、基本的に地面を歩く者や壁際に立っている者を対象に仕掛けられる。

空中を飛んでいる者を対象にした罠は、滅多に無い。

何故なら、最初にダンジョンを創りだした魔王グドゥラニスにとってダンジョンとは、魔物を増やすための飼育場兼侵入した人間を殺すための施設だったからだ。

『時と術の魔神』リクレントは、それに介入して訓練場や資源や宝物を得られる場所にしたとされる。

だがリクレントは戦争が終わる前に眠りにつき、魔王は封印された。

だから魔王もリクレントも空を飛ぶ人間の存在を、ほぼ想定していないのだ。

現在ではヴィダの新種族の翼竜系竜人やハーピー、蝙蝠系獣人種等が翼を持って空を飛ぶことが出来るが、ヴィダの新種族が存在しなかった戦争当時は希少なマジックアイテムや高度な魔術の使い手、空を飛ぶ魔物をテイムしたテイマー以外は空中を移動する人間はラムダに存在しなかったのだ。

彼らにとって空を飛ぶのは魔物が大多数で、攻略者である人間は地面の上を進む事以外基本的に想定していない。

それでもB級やA級ダンジョンでは空中を進む者を対象にした罠が仕掛けられている事があるが、C級以下のダンジョンではまず無い。

しかし、洞窟や遺跡に似たダンジョンでは天井に張り付いて不意打ちを狙っている場合もある。

その粘液状の魔物、スライムもそれを狙って天井に張り付いていた。

ダンジョンで発生した魔物の本能として自身の生命よりも侵入者の撃退を優先するスライムは、辛抱強く獲物が下を通るのを待つ。

しかし聞こえてきたのは、天井を這い回るヒタヒタカサカサという音だ。他の魔物だろうかと、スライムは無視した。

だが音の主はそのまま近づいて来る。

同じダンジョンの魔物同士であっても、仲間意識はない。侵入者の撃退よりも優先度が低いだけで、お互いに殺し合う獲物でしかない。

スライムは本能に従って、近付いてくる魔物を獲物と定めた。

だが、近付いてきたのは魔物ではなかった。背中から蜘蛛、脇腹から蜂の足を生やして天井を掴み這い進んで来る、侵入者だった。

「…………っ！」

スライムは人間と同じように物を見ている訳ではないが、あまりに異様な気配に本能すら停止してしまった。

「ん？　急に反応が消えた？」

【危険感知：死】を使って危険が無いか……罠が仕掛けられていないか、先行して天井から探していたヴァンダルーは突然消えた反応に戸惑い、視線を彷徨わせた。

てっきり、天井に罠でもあるか魔物が待ち伏せしているのかと思ったが……勝手に罠が消える筈はないし、魔物が逃げたにしては物音一つしないのは不自然だ。

【生命感知】を使ってみると幾つか反応はあるが、あまり強い反応は無い。元々大きな危険は感じなかったので、毒虫か何かだろう。

そう判断して、進もうとしたヴァンダルーは手に触れた、ねちゃっとした感触に硬直した。

タレアのパワーレベリングと、そして自身に対するリザードマン達の忠誠を絶対のものにするためにD級ダンジョン『リザードマンの巣』に挑んだヴァンダルー達だったが、早速収穫があった。

「スライムをテイムしました」

内部に子供の握り拳程の大きさの核を持つ、タライ一杯分ぐらいの体積のスライムを連れ帰ったヴァンダルーは、とても嬉しそうだった。

「おー、確かにスライムだな」

「本当だ、初めて見た」

「珍しいな」

「私もただのスライムは初めて見ますわね」

『確かにスライムですね』

それを見せられたカシム、ゼノ、フェスター、タレア、リタはスライムを囲んで「珍しい」と感心する。

『確かに珍しいですけど、何で坊ちゃんはそんなに嬉しそうなんですか?』

しかし、サリアが不思議そうに尋ねると、そういえば何でだと皆ヴァンダルーを見る。

彼らにとって、スライムは確かに珍しい。この巨大なアメーバのような形状をしたランク2の魔物は、一般人や新米冒険者が不意を突かれれば厄介な相手だ。がむしゃらに農機具や即席の武器を振り回しても、打撃に強い耐性を持つため効果が無い。

しかし、所詮はランク2。武技を使えば力押しで十分倒せるし、刺突に向いた武器があるなら核を貫いてあっさり倒せる。

攻撃魔術が使えるなら、更に容易く退治できる。

メタルスライムやポイズンスライム等の上位種は油断できない敵だが、素のスライムは油断さえしなければ雑魚でしかない。

実際魔境でも他の魔物を積極的に狩るよりも、物陰に隠れて死肉を漁る事の方が多い。

そのため遭遇する事が少ない、単純に珍しい魔物なのだ。

テイムして嬉しい魔物とは思えない。特に、既に高ランクの魔物を何体もテイムしているヴァンダルーが喜ぶようには。

「スライムだからです」

しかし、ヴァンダルーにとってスライムはゴブリンと並んでファンタジーの代表的な魔物の一つである。

ヴァンダルーに抱えられてぷるぷると震えているスライムは、地球で大人気だった国民的ゲームに出てくるスライムと違い、外見はコミカルでもなければ可愛くもない。寧ろ、暗い色で粘々していて不気味ですらある。

しかしスライムなのである。

「今は弱いですが、これからきっと強くなります。骨人達や、ピートやペインのように」

今は魔馬やリオー（元鱗王）を乗り回す骨人や、災害指定種のボーンフォートに至ったクノッヘンも、元はランク1のリビングボーンだったのだ。今はランク2でも、将来ドラゴンを上回る災害指定種に成長する可能性は十分ある。

「キチギヂ」

そうだそうだと言うように、ずるりとヴァンダルーからピートと元ペインワームのペインが顔を出す。

ピートは頭部の角から電撃を放つランク5の雷光百足に、ペインはモコモコとした毛を大量に生やしたランク4のファーワームにランクアップしていた。

『「「「確かに……」」」』

確かな実績込みでそう言われると、納得するしかない一同だった。

「じゃあ、俺達はスライムに追い越されないように気を付けないとな」

「確か、約八年で骨人さんは……難しくないか？」

「私は追い抜かれても一向に構いませんけれど」

『坊ちゃんっ、私達もちゃんと育ててくださいね！』

元々別に不思議だっただけで反対していた訳ではないカシム達はヴァンダルーの力説に納得し、将来このスライムが大者になる事を確信したのだった。

普通、ランク5から6でも既に大物なのである。

『ところで陛下、名前はどうするのですか？』

スライムが怯えるので、やや離れた所に浮かんでいるレビア王女に聞かれたヴァンダルーは少し考えてから言った。

「では、キュールと名付けましょう」

オリジンの軍事国家の、響きがドイツ語に似ている言葉で「冷たい」という意味の言葉である。スライムには性別が無いそうなので、この名前で良いだろう。

「そうか。よろしくな、キュール。ところで、連れて歩くのか？　それとも誰かが背負うか？」

「ああ、大丈夫です。【装蟲術】で装備できますから」

そう言い終ると当時に、スライムのキュールはヴァンダルーの腕の中に吸い込まれていった。

「……スライムって、蟲だったの？」

『今日一番の驚きですね』

「多分、【装蟲術】の蟲には、蟲だけじゃなくて這いずる生き物って意味の蟲も含まれているのでしょう」

スライムも蟲に含まれるのなら、蛇や蜥蜴も装備できるかもしれない。流石に鰐や、ドラゴンは無理だろうけれど。


D級ダンジョン『リザードマンの巣』の歴史は記録が残っていないので正確な事は分からないが、多分古い。

シャシュージャ達リザードマンの知識層に伝わっている口伝では、このダンジョンで発生したリザードマンが彼等の祖先らしいからだ。

沼沢地の真北にあるタロスヘイムでは、何万年も前には既にリザードマンがこの辺りに存在した事が石板に記されていたので、その頃にはこのダンジョンが発生していたという事だろう。

『リザードマンの巣』から大暴走で溢れたリザードマン達は、沼沢地での生存競争に勝利してそのまま住みついた。そして、冬でも確実に取れる食料や戦闘経験を求めて『リザードマンの巣』を攻略した。

ダンジョンから大暴走で溢れた魔物がダンジョンを攻略するとは、中々皮肉がきいている。

更にいつの頃からか、このダンジョンを一匹で完全攻略したリザードマンは、彼らを創りだした神（名称不明）から認められた存在なので、この沼沢地の同族の代表者として敬意を払うという風習が出来上がったらしい。

タロスヘイムとの不可侵条約を結んだ当時の群れは、その代表者が長を務めていたのだ。

「じゃあ、俺達と攻略しても代表者とは認められないんじゃないか？」

「問題ありません。リオー（鱗王）が出てきた推定B級ダンジョンの方を攻略する時はソロでしますし」

上記の風習は、リオーの生まれ故郷であるB級ダンジョンが発生したと同時に廃れていた。

『ソロとは言っても、私達も憑いて行きますけどね』

「ギチギチィ」

そして、地下十二階層までのダンジョンをあっさり攻略した。リザードマンの生まれ故郷だけあって出現する魔物もリザードマンが多かったのでカシム達だけなら辛かっただろうが、ランク5のレビアにランク6のサリアとリタ、更にヴァンダルーまで居るのだ。

D級ダンジョン程度で苦戦するはずがない。しかも【迷宮建築】スキルで足を踏み入れた階層の構造まで理解できるので、迷う事すらない。

やろうと思えば数時間で駆け抜けるように完全攻略する事も可能だっただろう。

タレアやカシム達、キュールのレベリング。それにダンジョンの資産価値を検証する目的もあった。それに途中タレアの【暗視】スキルが『蝕王』の二つ名効果で【闇視】に変化し、カシム達も同様の効果で新たに【暗視】を獲得したので、変化した視覚に慣れるために少し訓練したりなど、二日の時間をかけた。

結果、カシム達はかなりレベルを上げた。何より、カシムが口で叫んだだけのなんちゃってではなく、本当に【シールドバッシュ】を発動する事が出来るようになった。

「見たか、俺の【シールドバッシュ】!? ボスのリザードマンジェネラルの大剣を砕いてやったぜ!」

「ええ見ましたわ! リザードマンジェネラルの武技と正面からぶつかり合って、大剣と相打ちになる貴方の盾をね! いくらダンジョンボス相手でも盾職が防具を砕いてどうしますの!?」

「え、いや、つい?」

「ついじゃありませんわっ! 自慢したければ盾を砕かずボスを武技ごと弾き飛ばせるようになりなさい!」

「は、はいっ！」

活躍したのだが、その活躍で盾職が盾を砕いてしまったので、タレアから説教を受けるカシムだった。

「……」

同じくカシムを注意しようとしたヴァンダルーは、出遅れて固まっていた。

「まあ、あの盾も傷だらけでしたし。タロスヘイムに来てから同格以上を相手に頑張って来たのですから、丁度寿命も近かったのでしょう」

その後、タレアにガミガミ言われて落ち込んだ様子のカシムにこれ以上説教するのもなんだろうと思ったので、結局慰め役に回った。

「ヴァン様、そんな甘い事でどうしますの。私はこの子の為を思えばこそ――」

「まあまあ、カシムだってもう分かっていますよ。ですよね、カシム？」

「お、おう。これから気を付けるよ、タレアさん」

タレアとヴァンダルーの様子に、子供の頃両親に叱られた時の光景を思い出すカシムだった。あの時も、確か母さんが怒って、父さんが母さんを宥めてくれたっけと。

外見は自分より数歳上にしか見えないタレアと、自分の半分以下のヴァンダルーなので、違和感が大きいが。

もっとも、タレアの実年齢は二百七十以上。ヴァンダルーも生きている合計年数は四十年以上なのだが。

「まあ、タロスヘイムに帰ったら装備を新しくしようぜ。俺の剣も大分ガタが来てるし」

次はヴァンダルーの監督無しで攻略だなとゼノと話していたフェスターは、刃毀れしているロングソードを見て言った。

「そろそろ死鉄製にしますか？」

「う～ん……そそられるけど、まだ俺達には勿体ないかな」

過ぎた道具に溺れると、技の研鑽を怠ってしまう。フェスター達はもうしばらく鉄や鋼の武器で頑張るつもりのようだ。

「それで、ダンジョンに使えそうな物はあったのか？」

『泥ですか？』

「鉱物の類はありませんでしたが、沼沢地でも獲れますがナマズ等の魚、沼海老や沼蟹、泥ですね」

「はい。このダンジョンの一部で取れる灰色の泥、粒が細かいので多分美容に良いと思いますよ」

地球にあった泥パック。勿論当時のヴァンダルーに泥パックや泥を使ったエステの経験は無いが、多分同じ事が出来るのではないだろうか？

「まあっ、本当ですの!?」

『良かったわね、タレアさん』

『そーですかー』

『それより坊ちゃん、ナマズをカバで焼くと美味しいかもしれないって言ってましたけど、どうやってカバで焼くんですか？』

『そう言えば、煮えたぎる溶岩に生息するラーヴァヒポポタマスって魔物が居ると、ハンナさんから聞いた事が……もしかして、それで焼くのかしら』

しかし、今居る女性陣の内お肌の美容に興味があるのはタレアだけだった。

何と言っても、タレア以外の四人には皮膚が無いので。肌に見えるのは、霊体である。

「蒲焼は手間がかかるので、帰ってからやりましょう。俺も自分で焼くのは初めてですし。因みに、カバは使いません」

そしてタレアとキュールはそれぞれランクアップした。

タレアはまずランク4のグールアーティザンに。そして今はランク5のグールハイアーティザンにランクアップした。姿は大きく変化しなかったが、腕を中心に刺青のような文様が浮き出ている。

そして種族名にアーティザン（職人）とあるだけあって、生産系スキルに補正があるようだ。

キュールはランク4のヴェノムスライムにランクアップした。身体の体積が増えて色が毒々しい紫色になったが、更なる成長を期待したい。

「ふふふふっ、帰ったら職能班のグールを順にレベリングして貰って、ランクアップさせなければなりませんわね」

以前よりも器用に、そして力強く動く腕にうっとりしながら、タレアがそんな事を企んでいる。約半月前、自分がどれ程レベリングを嫌がっていたのか、既に忘却の彼方に消えたらしい。

「ちゃんと気を付けてレベリングさせてくださいね。赤狼騎士団を着させて、交換所に依頼書を出してフォローしてくれる人達を募集するのも忘れずに」

「勿論ですわ。ヴァン様も、B級ダンジョンの攻略を頑張ってくださいましね」

「俺達は帰ったら装備の新調と、新しいパーティーメンバー探しだな」

「今回はヴァンダルー達が居たから良かったけど、そろそろ俺達三人だけじゃ辛いからな」

「ああ、頑張れよ。きっと二人にも俺のリナみたいな良い娘が見つかるさ」

「『そういう事じゃないから！』」


リオーが発生したダンジョン、通称『鱗王の巣』はリオーが生前巣穴にしていた洞窟の奥にある。

「では行ってきます」

そこに、大勢のリザードマンの注目を一身に浴びたヴァンダルーが、特に気負った様子も無く入って行った。

『鱗王』に仕えていたリザードマン達は、「本当に大丈夫か？」と懐疑的な様子でそれを見送る。魔物としては知能が高く高度な社会性を持つ彼等だが、やはり魔物の枠内の存在だ。

強者でなければ上位者、支配者として認めない。その絶対の本能で見ると、ヴァンダルーは『鱗王』と直接戦った訳ではないので、支配者としての資質に疑問を持つ者もいる。

鱗王に加護を与えた邪神の御使い（実際は神の分霊）を撃ち殺し、心を圧し折られたが、物理的に御使い（分霊）の死体が転がった訳ではないのでやはり時間が経過すると実力に疑いを持つ者も出てくる。

特に『鱗王』に直接仕えていた者達はそうだ。

別に問題が起きる度に骨人や黒牛騎士団がボディーランゲージで説得すれば良いだけの話だが、あまり繰り返されると面倒だ。そおため、レベリングも兼ねてヴァンダルーがソロで攻略する事になった。

ソロとは言っても、ダンジョンに入ってリザードマンの目が無くなると、すぐにヴァンダルーは仲間を出したのだが。

『流石ドラゴンが出てくるダンジョン、中も大きいですね』

「ギシャァァ」

『同じB級でも、バリゲン滅命山とは違いますね。あそこの内装は全部山でしたし』

『そりゃあ、山ですからね』

姿を現したレビア王女、身体から生えるピート、そして普通に荷物の中に収納されていたリタとサリアが出てくる。本体である鎧の体積が少なく、霊体を消せば畳める二人は簡単に持ち込む事が出来たのだ。

骨人は全身の骨をバラバラにして大型のワームに飲み込ませれば何とかなると力説していたが、消化されてしまう可能性があったので、今回はお留守番である。

「皆は大丈夫ですか?」

「ぅっく、大丈夫じゃが……やはり慣れんのぅ」

「中々、きついな」

ピートに続いてずるずると出て来たのは、ザディリスにヴィガロだ。更にバスディアもいる。

「蟲を寄生させるのは平気だが……どうも【装蟲術】でヴァンに装備されるのは……」

「そう言えば、俺の中ってどんな感じなんですか？」

「……暗くて何も見えない。装備されている間は寄生されている私達は動けないが、蟲達は動くので身体の上を這い回られている感じがして……耳元で蟲の羽音が聞こえるし」

「うわぁ」

蟲が苦手とか、そんなレベルではなく人にとって不快な空間になっているらしい。

「まあ、【装蟲術】じゃからな。蟲の方が主役なのじゃろう。後、エントやモンスタープラントの立てる音は聞こえなかったからの。多分じゃが【装植術】で装備された存在は別の場所に居るのじゃろう」

「しかし、よくエレオノーラやルチリアーノは自分から装備される気になったな」

「確かに。まあ、ルチリアーノは研究意欲が湧けば多少の不快感ぐらい気にしないのでしょう」

『うーん、蟲が這い回るのってそんなに気持ち悪かったでしょうか？』

『どうだったかな？　あまり気持ち良くなかった覚えはありますけど』

『普通の触覚……二百年前に身体を無くしてしまったので、思い出せません』

『気持ち良くなかったのは確かなのよね』

リタやサリア、レビア王女にダルシアの皮膚が無いカルテットが話に付いていけずに首を傾げている。

　そうして騒いでいるのが魔物に聞こえたのか、ズシンっと地響きがした。

「そろそろ最初の魔物が来たようなので、話はこれくらいにして……レベリングを始めましょう」

　こうして百年以上誰も攻略した事が無い推定B級ダンジョンを舞台にしたパワーレベリングが始まったのだった。

・名　前：タレア
・ランク：５
・種　族：グールハイアーティザン
・レベル：１７
・ジョブ：武具職人：名工
・ジョブレベル：９０
・ジョブ履歴：見習い武具職人　武具職人↓奴隷（４レベル７時強制ジョブチェンジ）
　見習い娼婦、娼婦、武具職人（４レベル８）
・年齢：２７１歳（肉体＆外見年齢１８歳）
・パッシブスキル

【暗視→闇視（変化！）】【痛覚耐性：レベル2（UP！）】【怪力：レベル2（UP！）】
【麻痺毒分泌（爪）：レベル1】【色香：レベル4】
・アクティブスキル
【目利き：レベル7（UP！）】【防具職人：レベル8（UP！）】【武器職人：レベル8（UP！）】
【枕事：レベル5】【舞踏：レベル2】【房中術：レベル2】【弓術：レベル3（NEW！）】

『鱗王の巣』は未攻略であるため遭遇する魔物の数が、現在では毎月攻略されている『バリゲン滅命山』よりも多かった。

次々に現れる強力な魔物は単純に強いだけではなく、毒を帯びた胞子をばら撒き、血走った瞳からレーザーを撃ち出すような特殊能力や、炎や氷の弾丸を放ち幻覚を見せて油断させようとするなど、厄介な魔術を使う個体も多い。

仕掛けられた罠も殺傷力の高い物ばかりで、階層の環境も過酷なものが多かった。上層こそただ広いだけの洞窟や谷だったが、中層以降は灼熱の砂漠に常に毒性の胞子をばら撒く巨大茸の森、所々溶岩が湧き出る岩場の次は極寒の氷原、そして中には一面猛毒の沼地なんて階層もあった。

このダンジョンを攻略できるのは、ドラゴンも上回る生命力の持ち主か——

「これで三十八階層目クリアー」

若しくは、常識を超越した魔力を持つ死属性魔術師が存在するパーティーぐらいだろう。

魔物の特殊能力の内、毒や病気は事前に無効化され、攻撃魔術は【吸魔の結界】でやはり無効、幻覚は【異形精神】スキルで元から見ない。仕掛けられた罠は【迷宮建築】で大掛かりな物は階層に足を踏み入れた瞬間に分かるし、小規模な物も【危険感知：死】で近づけば発動前に感知できる。

巨大茸の森は、やはり【消毒】や【無毒化】で無毒に。灼熱の砂漠はサンドゴーレムで日差しを防ぎ、周囲の熱を奪って燃える【鬼火】の魔術で囲えば快適な気温を保てる。溶岩地帯も【鬼火】を大量に使って熱を奪えば、やや暑いだけの岩場に変わる。

極寒の氷原は【死霊魔術】スキルを使って、レビア王女達に頑張って燃えてもらい、適温を保って進んだ。

無限に毒が湧き出る猛毒の沼地は無毒に出来なかったが、それも【装植術】で出したイモータルエントに乗って進めば問題無い。

単純に強い魔物や、魔物が放つ熱線やブレスはヴィガロやリタ達に頑張ってもらったが。

「存外苦戦しませんね」

「我達も同じ程度の相手は、『バリゲン減命山』で戦っている。楽勝とは行かないが、ヴァンダルーに助太刀を頼むほどじゃない」

「まあ、戦闘以外でここまで世話になっていては自慢出来んがの」

『まあまあ、同じパーティーじゃありませんか』

『ぎしぃぃぃぃぃぃ』

『アイゼンさんもそう言ってますし、気にする事ありませんよ』

リタがアイゼン……鉄のように硬いリンゴの実を付けるイモータルエントの声（軋み？）を適当に解釈して伝える。

因みに、鉄リンゴの実はエントシロップで煮詰めると柔らかくなることが今回の探索途中で判明した。ゴースト化して【筋力増強】スキルを失ったレビア王女も、これで実を食べる事が出来る。

「ところで、後何階層あるのだろうな。B級ダンジョンなら、大体四十階層以下のはずだが」

「次に他の魔物より強い個体が出て来たら、それがダンジョンボスかもしれませんね」

そして降りた三十九層で出現した、通常のロックドラゴンを二回り程大きくして、外殻にドリルのような棘を無数に生やしたランク10、ジェノサイドロックドラゴンが【鱗王の巣】のボスだった。

本来ランク10の魔物はA級以上のダンジョンでなければ出現しない。だが『鱗王の巣』が長い間攻略者も無く放置され続けたため、ダンジョンボスが通常よりもずっと強化されてしまったのだろう。

『GOAAAAAAAAAA!!』

常人なら晒されただけで意識を狩り取られるだろう咆哮を上げる巨大なドラゴンに、ヴァンダルーは呟いた。

「『鱗王の巣』なのに、ダンジョンボスに鱗が無い」

ジェノサイドロックドラゴンの体表は、分厚い岩のような外殻に覆われていた。

それは兎も角、やはりこのボス戦も苦戦と言う程の苦戦はしなかった。

何せ、ジェノサイドロックドラゴンはランク10とは言っても、ただのダンジョンボス。生前のリオーのように特定の神から加護を受けている訳でもないので。

スキルの練習台に死なない程度に痛めつけた後、皆で止めを刺すような余裕すらあった。


ごくごくとポーションを飲み下す度に、傷が癒えていく。

『くぅ～っ、仕事終わりの一杯は格別ですね』

『この坊ちゃん特製のポーション、私達アンデッドにも効くから驚きですよね』

陶器製の瓶に入った紅いポーション……数量限定のポーションは効果も高くて味も甘くてフルーティ、更にアンデッドにも有効と、至れり尽くせりである。

「原料は五十パーセント俺ですし」

特性ポーションの原材料は、【魔王の血】を発動させた状態で採血したヴァンダルーの血液と、各種薬草や果汁、【魔王の角】の粉末であった。通称、ブラッドポーション。半分は優しさではなくヴァンダルーで出来ています。

効果は怪我以外にも疲労や魔力の欠乏、特殊な物でない限り病気や毒にも効くのでほぼ万能薬だと言える。

そしてザディリス達に渡している事から分かるように、【魔王の欠片】を使っているのに副作用は無い。【蝕王の果樹園】の魂の無い魔物や、タロスヘイムの周辺で生け捕りにしたゴブリン、外で生け捕りにした山賊などで試しながら一月ほど経過観察したが、肉体及び精神に悪影響が出る事は無かった。

【魔王の角】を素材にして作った物品同様、ヴァンダルーから離れて暫く経った欠片は独自の意思を持たないようだ。

恐らく、ヴァンダルーから生える欠片は派生物に過ぎず、欠片の本体、若しくは核のような物はヴァンダルーの内部から動かないのだろう。

そうでなければ今まで生やした【魔王の角】の数だけ欠片に寄生された生物が増える事になる。

もう瓶から一滴も滴らない事を確認したバスディアは、ぺろりと舌で唇を舐めた。

「道理でエレオノーラやベルモンドがヴァンの血に夢中になる訳だな。このポーションを一度使うと、普通のポーションは使う気になれない」

「うむ。怪我の治り自体は三級……いや、二級ポーションと同じくらいじゃが、魔力まで回復するからの。何より、味が良い」

普通の青いポーションは効果が高ければ高い程、味が不味くなる。五級ポーションでさえ、口にすれば思わず「うえ」っと呻き、三級ポーションになれば暫く味覚が麻痺する。そして二級ポーションでは、それが必要になる程の傷を負った事やその際の恐怖ではなく、口にしたポーションの味がトラウマになるらしい。

その点、ブラッドポーションなら飲みやすいので需要がありそうだ。薄めて一度に作れる量を増やす代わりに効果を四級ポーション以下に落としても、買い求める者は幾らでもいるだろう。

「外に売り出す予定はありませんけどね。タロスヘイム限定商品です」

だが外で迂闊にブラッドポーションを売り出すと、ヴァンダルーの血を求めて錬金術師が殺到しかねない。半吸血鬼が血を奪われるなんて、皮肉が過ぎる。

原材料に魔王の欠片が含まれる事を知られれば、風評被害で人気も沈静化するだろうが。いや、逆に裏社会で流行するかもしれない。

それを推測した訳ではないが、ダルシアも限定商品化の方針に賛成のようだ。

『確かに、このポーションは無責任に売れないわね』

彼女が見る先には、今やヒグマも飲み込めそうな程大きくなったキュールがぷるぷると揺れている。

『鱗王の巣』に入る時は紫色だったキュールの体色は、静脈の血液と同じ赤黒い色に変わっていた。

瓶に残っていたブラッドポーションを舐めたらしいキュールは、ランク5のブラッドスライムにランクアップしたのだ。

特に血を好む性質を持ったスライムで、鮫よりも血の臭いに敏感で獲物を見つけると吸血鬼より貪欲に血を搾り取る事で恐れられている。

『……』

ただキュールの場合、貪欲に求めるのは血ではなく、ブラッドポーションの方が好物のようだが。伸ばして作った触手で空の瓶をヴァンダルーに差し出す。その姿は、「ひっくっ、もう一杯」とお代わりを要求する酔っぱらいを連想させる。

「今日の分は終わりです。後はドラゴンの血で我慢してください」

そう言われると諦めたのか、仕方ないと地面に出来ているジェノサイドロックドラゴンの血溜まりを啜りに行く。

「俺の血から作るポーションって、ランク10の魔物の血より旨いのでしょうか？」

『きっと甘党なんですよ。もしかしたら女の子かもしれませんね』

「ギシャアゥ」

そう言うレビア王女と同意するように鳴くピートもランクアップしていた。

レビア王女はランク6のブラッドフレイムゴーストに。ランクアップのタイミングもキュールと同じで、ポーションを飲んだ直後だ。

ピートもランク6の黒雷光大百足に。ますます外見の凶悪さに磨きがかかっている。

『飲んだらランクアップしちゃうポーションなんて、危なくて売れないもの』

「ゴブリン等で試した時はランクアップしなかったはずじゃがのぅ」

相性でもあるのか、これも【導き：魔道】の効果か。

後者だったとしても、意識して対象を選別できるスキルではないのでブラッドポーションの販売はやめた方が良いだろう。

そしてキュールとレビア王女以外の皆もランクアップしている。

ヴィガロはランク8のグールグレートタイラントに、ザディリスも同じランク8のグールウィザードに。二人とも外見はあまり変わっていないが、能力値は大きく上昇したらしい。

二人ともジョブのレベルは上がっても魔物としてのレベルは壁にぶつかっていたので、やっとランクアップできたと喜んでいる。

バスディアはランク7のグールアマゾネスリーダーに。彼女も外見は文様の色が濃くなったぐらいであまり変わっていないが、能力値は魔力と知力が大幅に上がったようだ。姿も何処か威厳のような物を漂わせており、リーダーと名のつく種族になっただけはあると納得出来る。

「リーダーか……出来たらアマゾネスクイーンとか、そんな種族名が良かったのだが。『グールキング』のヴァンの隣にいるのだからな」

その威厳もヴァンダルーをひょいと持ち上げて横に抱えながら笑っていると、すぐ薄れるのだが。

「ところでヴァン、ジャダルーが弟か妹を欲しがっているのだが」

「じゃあ、帰ったら後八……いえ、七年程待ってくれるよう頼んでおきますね」

「むぅ、つれないぞ、ヴァン」

「つれてどうします」

まだ身体的に無理なので無茶を言わないでほしい。そう思うヴァンダルーである。

『キングの横にはクイーンなら――』

『周りにはメイドが侍るものですよね、坊ちゃん』

サリアとリタは、それぞれランク7のリビングメイドアーマーにランクアップした。ヴァンダルーが冥銅や吐いた糸で作った装飾やレース、フリルを追加装甲として二人の本体に取りつけた状態で戦っていたら、そうなっていたのだ。

『【家事】スキルも上がりました！　もうなんちゃってメイドなんて誰にも呼ばせません！』

『なんちゃってメイド……どちらかと言うと殺人メイドって呼ばれた事の方が多かったような気

が？』

レースやフリル型の追加装甲は本体の鎧と一体になっており、一見すると露出度が下がり可愛らしさが増したように見える。

だが実際には豊かな胸の谷間や形の分かる腰つき等はほぼそのままなので、そう見えるだけでしかない。

もしかしたら、その手の趣味がある貴族が作った改造メイド服を着ているように見えるかもしれない。

「ふむ、ならば知恵袋の魔術師も近くに居た方が良いじゃろうな」

『あ、えーっと、私は何処に居れば良いのでしょう？　王女では娘になってしまいますし』

そしてザディリスまで自然体で擦り寄って来る。更に上ではレビア王女がおろおろと右往左往している。

タロスヘイムに帰ればここにエレオノーラとタレアとカチアとビルデが加わるのだと思うと、自分の将来は好色王一択だなと、遠くを見つめるしかないヴァンダルーである。因みに、ベルモンドはきっと柱の影からじっと見ているだけで声をかけないと近付いて来てくれないだろう。

「まあ、最近は若干嬉しくもあります」

八歳。初恋等を経験してもおかしくない年齢なので、その手の事に興味を覚えなくもないヴァンダルーである。

『皆、まだダンジョンの中なんだからその辺でね。ヴィガロさんもアイゼンさんの果物を食べながら傍観してないで止めてくださいそれとヴァンダルー、その調子よ』

「はーい」

カシム達が聞いていたら「えっ、止めないの？」と聞き返しそうだが、ダルシアも従属種吸血鬼のヴァレンと道ならぬ恋に走った情熱の人である。

双方に同意があるなら、難しい事は言わない。それにヴァンダルーは成人するまで待つよう皆に言っているので、止める理由が無いのだ。

「ギシャー」

ピートやペイン達蟲の魔物や、植物の魔物もそれぞれランクアップしてる。特にセメタリービーは全てセメタリービーソルジャーにランクアップしてしまったが、彼女等はタロスヘイムに戻っても巣に戻るつもりは無いそうだ。

女王の生まれ変わりである卵を体内に持つヴァンダルーに付いて、卵から孵った幼虫の世話を手伝ってくれるらしい。

「では、解体を終えて一休みしたら宝物庫を見て帰りましょうか」


《【高速治癒】、【死属性魔術】、【魔術耐性】、【詠唱破棄】、【毒分泌（爪牙舌）】、【敏捷強化】、【身体伸縮（舌）】、【身体強化（髪爪舌牙）】、【糸精製】、【限界突破】、【ゴーレム錬成】、【錬金術】、【格闘術】、【高速思考】、【装植術】、【操糸術】、【投擲術】、【叫喚】、【死霊魔術】、【装蟲術】、【砲術】、【迷宮建築】、【魔力増大】スキルのレベルが上がりました！》

ヴァンダルー達が向かった宝物庫では、初攻略に相応しい様々な宝物やマジックアイテムが並んでいた。

ただ周囲に存在した主だった種族が長い間リザードマンだったためか、リザードマンの体格や好みに合った物がやや多い。

尻尾、それもしなやかさと逞しさを併せ持つ尻尾に着ける防具等は、人種や獣人種でも不必要だろう。

「ラピエサージュやヤマタが喜びそうですね」

ただヴァンダルーには贈る相手がいる。尻尾専用の防具は、タレアやダタラも作るのに苦戦するだろうから、手に入ったのは幸いだった。

金貨や銀貨は無いが、その代わりに金塊や銀塊はゴロゴロしているし、指輪にしたら指が疲れそうな大粒の宝石が幾つもある。

そうしたマジックアイテムではないただの財宝だけでも、集めて持って行けば爵位ぐらい軽く購入できる価値がある。

実際、B級ダンジョンの初攻略成功は名誉貴族位が得られる程の功績なのだ。認められればだが。

幸いな事に、ヴァンダルーはその事に気が付かなかった。

「あの大きな水晶、いや、オーブか？　どうする？」

ヴィガロが指差した、一抱えほどのオーブに意識を取られたからだ。

「とりあえず運び出して……いや、ストップ。それは危険物です」

【危険感知：死】に、反応がある。それはつまり、あのオーブが自分達に死をもたらす可能性を秘めている危険物であるという事だ。

そして音を立ててオーブに罅が入った。

「何ぃっ⁉」

「離れろ、ヴィガロっ！」

『皆、坊ちゃんの周りに！』

結界を張るヴァンダルーの周りに集まり、身構える一同。

そしてオーブが砕け散った。

『『GURUOOOOOOOOOO！！！』』

その瞬間、オーブから巨大な異形の龍が出現した。

まるで巨大な鱗に覆われた人の手の指を、単眼の蛇の頭に置き換えたような姿の龍が響かせる咆哮は、ランクアップしたヴィガロやザディリス達の精神を揺さぶり、身体を竦ませた。

ヴァンダルーの結界の中にいるというのに。その龍の異様に、彼も大きく目を見張った。

『きゃあああぁっ⁉』

そして弱い霊であるダルシアの姿が、ぐにゃりと揺らめく。

殺そう。

『『GAOOOOO――待て待て待て待てマテェ！』』

『落ち着いてくれぇっ！』

『話せばっ、話せば分かる！』

『悪気は無かったっ、本当にっ、信じてくれ！』

両腕から凝固した【魔王の血】製の銃身を幾つも生やしたヴァンダルーに対して、異形の龍は慌てて咆哮を止めて速やかに命乞いを始めた。

〝五悪龍神〟フィディルグは、〝暴邪龍神〟ルヴェズフォルと同じ寝返った存在であった。違うのは、元々所属していた陣営だ。

〝暴邪龍神〟ルヴェズフォルは元々ヴィダやアルダと同じ最初の十一神の一柱、〝龍皇神〟マルドゥークの配下であった。しかしマルドゥークが魔王グドゥラニスに敗れると、命惜しさに魔王に忠誠を誓ってしまった。

逆に、〝五悪龍神〟フィディルグは元から魔王配下の邪悪な神の一柱だった。ただ特別忠誠を誓っている訳ではなかった。生き延びるための選択肢が他に無かったから、魔王に仕えていたに過ぎない。

そして生き延びるために、魔王の命に従いこのラムダ世界を崩壊した自分達の世界の代わりにしようと、侵略戦争を仕掛けた。

だが勇者ザッカートによって新たな選択肢が提示された。

「異界の神々よ、もし魔王と決別し私達の仲間となってくれるのなら、この世界の新たな神として迎えよう」

嘘偽りの無いこの申し出は、フィディルグにとって驚愕であると同時に、心躍る物だった。

魔王は自分に逆らう者、期待に応えられない者には容赦の無い暴君であった。見せしめに無用な配下の魂を砕く事もあったほどだ。それでも反旗を翻す者が居なかったのは、魔王が圧倒的に強かったからだ。

だが、この世界の神々が受け入れてくれるというのなら話は別だ。

それにこの申し出は、ただの人間の戯言ではない。自分達神々と対等に戦える勇者の言葉だ。それを軽く考える者はいなかった。

そしてフィディルグはこの申し出に乗った。

だがその後魔王には勝ったものの、ザッカートは他の勇者三人と共に魔王に魂を砕かれてしまった。恩人の消滅を嘆くフィディルグがヴィダに協力するのは、当然の成り行きだった。

だが続いて起きたアルダとの戦いで、フィディルグは五つある頭の内四つまでを叩き潰され、大幅に力を失った。

何とか封印を免れ、命からがらヴィダと共にこのバーンガイア大陸南部に落ち延びた彼は、そのまま数万年の眠りを余儀なくされた。

そして何とか活動出来るまで回復すると、彼は魔力を振り搾ってリザードマンが発生するダンジョン、『リザードマンの巣』を作った。完全回復の為には大勢の信者が必要だったが、彼はそれを人間ではなくリザードマンで賄う事にしたのだ。

幸いな事にフィディルグの周りにはヴィダや他の神の眷属も居ない。リザードマンを増やしても、同士討ちは避けられるだろう。

その思惑は上手く行き、叩き潰された頭も三つまで回復した。まだ地上に降臨する事もおぼつかないが、後一万年もあれば完全回復も可能だったかもしれない。

しかし、そこに〝暴邪龍神〟ルヴェズフォルが現れた。ルヴェズフォルはこのB級ダンジョン『鱗王の巣』を出現させ、フィディルグをオーブに封印し、司祭役に一頭のドラゴンを選出して加護を与え、リザードマンの信仰を彼から奪い取ってしまったのだ。

そして百年以上の時が流れ——

「封印が解けたので、解放感からテンションが上がってしまい、つい喜びの咆哮を上げてしまったと」

『はい、その通りです』

『悪気は無かったんです。ただちょっと、テンションマックスになってしまって』

『許してください、本当に悪気は無かったんです』

五つの頭の内、回復済みの三つ全てを床に擦りつけるようにしてフィディルグは土下座していた。

彼も〝五悪龍神〟の名で知られる存在で、まだダンジョン内等の限られた場所以外では実体を持てない程度にしか回復していないが、それでも普通なら人間や魔物相手にここまで低姿勢にはならない。

相手は解放してくれた恩人であり、本意ではなかったにしても過失から害を与えてしまったのは確かだ。しかしそれでもフィディルグは神である。心から詫びるにしても、土下座まではしない。

しかし、目の前に居るのは彼の目から見ると人間ではない。

(対応を誤れば、こっ、殺される！)

そんな相手である。

「…………」

何かを考えるように、若しくは何も考えていないような虚ろな瞳でヴァンダルーはフィディルグを見つめていた。

両腕の【魔王の血】の銃身と装填された【魔王の角】製弾丸は、いつでも撃てるよう彼に向けられたままだ。

その銃口を見て、あれはザッカートが作ろうとしていた『銃』ではないだろうかと、フィディルグは気が付いていた。

魔王との戦争当時、幾つか試作品が完成していた。しかし、ザッカートが試行錯誤を重ねても上位ランクの魔物に対しては通用しなかった。弾丸をミスリルやアダマンタイト、そしてオリハルコン製にしても上位ランクの魔物に致命傷を与えられなかったのだ。おそらく、原因は火薬だろう。弾丸が特別製でも、弾丸を撃ち出す火薬の爆発力が足らなかったのだ。

そして増産体制を整えられなかったので、下位の魔物用に配備するにも至らなかった。

だからヴァンダルーが構える銃がザッカートの作った物と同じなら、フィディルグも恐れない。しかし、かつて魔王の配下だった彼には分かる。あれは魔王グドゥラニスの欠片で出来ている。

マルドゥークやシザリオンを含めた幾柱もの神々を滅ぼし、倒した魔王の欠片である。流石に単体ではオリハルコン程ではないが、それに準じた性能を持っている。

そして当然、それはフィディルグの命にも届く。

だが彼が恐れたのはヴァンダルーの欠片だけではない。その膨大な魔力だ。

(完全体の俺の倍以上はあるっ、こいつは本当に人間か⁉)

怒りを振りまいている状態のヴァンダルーから滲み出ている魔力から、全体の総量を推測したフィディルグは、自分の感覚を疑った。

しかし三つの頭で何度計算し直しても、神である自分よりも目の前のダンピールの方が魔力の総量が多いのだ。

その魔力量で、何故かまるで手足同然に扱っている魔王の欠片を攻撃に使ったらどうなるか。これは計算するまでもない。

『『『どうかっ、どうかご慈悲を！』』』

もう神としてのプライドも捨てて命乞いをするしかないのだった。

「坊や、とりあえず落ち着いてはどうじゃろう、な？」

「怒るな、ヴァン。角が大きくなってるぞ」

『そうよ、お母さんちょっと驚いただけで、ほら、もう元気いっぱいだからっ』

フィディルグにとって幸いな事に、ダルシアが受けたダメージは軽微ですぐにヴァンダルーから魔力を供給されて回復した。

更に、彼女達はフィディルグに同情的で、ヴァンダルーを宥めようとした。彼が今は味方であるリザードマンの元々の信仰対象であったことも無関係ではないだろう。

『陛下、女神様のお味方ですし、どうか穏便に』

「……そうですね」

音も無く【魔王の血】の銃身が崩れ落ちる。それを見たフィディルグは「助かったぁ」と脱力して地面に崩れ落ちた。

「思い返せば、俺にも同じように失敗した覚えがありますし」

ヴァンダルーが思い浮かべるのは、オリジンでアンデッド化した直後に大暴れした時の事だ。

今から考えると、あれは失敗だった。どうかしていた。

二度目の人生初めての自由と全身に漲る神の如き万能感に酔いしれ、ハイになってしまった。そして復讐に勤しんだ訳だが……結果仲間の筈の転生者に始末されてしまった。

あの時の自分は理性の無い化け物にしか見えなかっただろうから仕方ないと、今なら思える。

アンデッド化した後も冷静さを保って、憎い研究者達も邪魔な警備員も誰一人殺さず傷つけもせず、施設も出来るだけ破壊しないで逃げだして潜伏。外の世界の情報を収集して、独自に他の転生者達とコンタクトを取るべきだった。その際、同じ境遇の被害者を助けて人道的救済を行う理性と自我があるとアピール出来れば、ベストだ。

……これは全て今だからこそ考えられる事だし、可能かどうかは考慮していない。それに自分自身だからこんな冷静に反省も出来るが、同じ事を他人に……特に転生者達に指摘されたら殺意しか抱けないだろうが。

しかし、とりあえず目の前のフィディルグに対して寛容になる事は出来る。

「母さんもこう言っていますから許しますけど、次は止めてくださいね。それで、それとは別に助けたお礼とか期待して良いですか？」

『はい、もちろんです』

『まだ力が回復しきっていないので、実体はこのダンジョンの中でしか保てませんが……』

『とりあえず、加護や称号などを。ええと、まずは次代の鱗王として二つ名を贈ります』

「……俺、鱗無いのですけど、良いんですか？」

《『鱗王』の二つ名を獲得しました！》

どうやら、ヴァンダルーが【導士】にジョブチェンジしたようだ。

あのベルウッドやザッカートが至った、勇者の条件であるジョブに。

信じがたい事だが、事実である。

だが、その結果彼が起こした事態の方が信じがたい。

『まさか、人を人のままヴィダの輪廻転生システムに導くとはっ！』

一斉に起こったエラーに対応しながら、ロドコルテは戦慄を禁じ得なかった。

これまで吸血鬼やグール等のヴィダの新種族は、儀式で人間を自分の種族に変えて来た。それは自らの血を与える事だったり、自分の血を混ぜた泥に数日漬ける事だったり、種族ごと内容に違いはあるがそれなりに手間や時間のかかる物だった。

それに種族が変わるというのは、人間にとって魅力以上に大きな忌避感を抱かせる。抱かせるように、アルダ達も教えている。

吸血鬼なら永遠に近い寿命を得られるが、代わりに二度と日光の下を歩けなくなる。それに、他者の血を啜って生きなければならないのも抵抗があるだろう。

それにグールや他のスキュラやラミア、アラクネ等の種族は人間だった時と比べて姿が目に見えて変わるので、忌避感や嫌悪感を抱かせやすい。

それらを促すために聖人の逸話や英雄の叙事詩、自らの神話で、ヴィダの新種族に変化する事を忌避するよう工夫を凝らしてきた。

地球等にあるその手の話以上に、吸血鬼は花嫁にしようとした乙女に拒まれ滅びるのだ。「君も太陽を選ぶのか」と嘆きながら。

それでも自らの意思でヴィダの新種族へ変わる者が出続けるのが頭の痛い問題だったが、今起きている事と比べれば微痛と言える程度だった。

何故ならヴァンダルーは【魔導士】にジョブチェンジした事で無自覚に人を導くようになった。

ヴィダの輪廻転生システムへ！

既にタロスヘイムの国民だった人種やドワーフは、人種やドワーフのままヴィダの輪廻転生システムに組み込まれてしまっている。

何故ヴァンダルーが国民をヴィダの輪廻転生システムに導くのかは、彼自身がヴィダのシステムに組み込まれているからだろう。

これはロドコルテにとって疑似転生と同等に恐ろしい事態だった。

『種族も何も変わらない以上、人間達には何が起きたのか全く自覚が出来ない。輪廻転生の秘密を知るのは我々神のみ、無論それを明かす事も出来ない』

タロスヘイムの国民達は、自分が属していた輪廻転生システムが変わった事を自覚できない。導いたヴァンダルー自身でさえ気が付いていないだろう。

人にとって何か目に見える儀式を行う訳ではなく、システムが変わっても肉体や精神に変化はなくそのままなので、何が起きたか分からない。これではアルダ側の神々が事態を知ったとしても、何を禁じれば良いのか分からないだろう。

名指しでヴァンダルーを神敵と定めて、討伐を促す等極端な手段しかないはずだ。

それでは今までと何も変わらない。

『やはりヴァンダルーを抹殺するしかない』

一度導士に至った以上、ヴァンダルーはこれからも無自覚に他人を導く。全ての人間が応える訳ではない、だがあのタロスヘイムの生活水準の高さは大きな魅力になる。

結局ロドコルテに出来るのも、今まで通りヴァンダルーを抹殺する事だけか。

「いや、和解への道を模索するとか色々あるでしょう?」

「それ以前に、訳が分からないのだが。何で俺達は死んだんだ?」

それを半眼で見つめるのは、二人の転生者だった。

生真面目そうな女、島田泉《しまだいずみ》。何処かぼんやりとした顔つきの男、町田亜乱《まちだあらん》。二人はいつの間にか、特に亜乱は死んだ自覚すら無いまま、この場に居た。

そしてよく分からない理由で唸っているロドコルテを暫く眺めていた訳である。

二人も輪廻転生システム等の詳しい事情は知らないが、目の前の神が酷く極端な思考プロセスを経て結論を出した事は分かった。

「島田さん、何があったか分かる?」

「貴方ね、唯一の取り柄の【演算】はどうしたの?【ラプラスの魔】でも良いけど」

亜乱のチート能力は【演算】、オリジンでは【ラプラスの魔】のコードネームで呼ばれていた。それはスーパーコンピューター並みか、それ以上の演算能力だった。十分な情報さえあれば、ある程度の未来予知すら可能とする程だ。

「無茶言わないでくれよ。情報も無いのに何を計算しろって言うのさ」

だが十分な情報が無ければ未来予知のような超高度な演算は不可能だ。後、あくまでも出来るのは演算なので想定外や未知の事態にも弱い。

「分かるのは、島田さんは俺を殺してない事くらい?」

「正解。貴方は爆殺されたのよ。壁から数珠繋ぎになった手榴弾が突然飛び出してきて、そのまま。

私は距離があったから即死では無かったけど、魔術を使う間もなく意識を失って、そのまますぐ死んだみたいね」

「ああ、俗に言う『ほぼ即死』ってやつ？」

「そう、『ほぼ即死』よ」

「じゃあ、犯人は……村上《むらかみ》達かな？　壁から手榴弾って手段だとカナタが思い浮かぶけど、あいつ死んだし」

「各国の諜報機関って線は？　私達の能力は便利だけど嫌われていたからあり得ると思うけど。今考えると、寛人《ひろと》の理想も考え物ね」

「特定の組織や国家に属さない国際NGOとして活動する。所謂正義の味方をしてきたから、確かに色々な人達に好かれたけど、同じくらい嫌う人も出来たからね～。特に俺の【演算】と島田さんの【監察官】は」

島田泉のチート能力は、あらゆる偽りを見抜く【監察官】だ。単純に嘘を見破るだけではなく、変装や偽造、映像のCG合成やあらゆる幻術を見破る事が出来る。

お蔭で地球では好きだったマジックショーが、酷く退屈になったと彼女自身は愚痴を零していたが。【メタモル】の獅方院真理《しほういんまり》を捕まえる事が出来たのも、実は亜乱の【演算】と泉の【監察官】の活躍があったからこそだ。

だが二人は強力な能力を持つが、戦闘能力に乏しかった。魔術の才能はそれぞれ高かったし、それなりに訓練も受けた。しかし、カナタや真理のように戦闘要員として第一線で戦える程ではない。

そのため二人は危険な場所には出ず、ブレイバーズでは後方での情報処理を担当していたのだが……それを狙われたらしい。

「でも、手口とタイミングを考えると……村上達の中にカナタみたいなことが出来る奴って居ないよね？」

「多分。でも複数の能力を組み合わせれば、似たような事が出来るのかも」

「まあ、死んじゃった以上分かってもどうにもならないけど。あー、こんな事ならフライドチキンとピザとテラバーガーをもっと食べておけばよかった」

「そうね、私も一度くらい結婚……無理ね。男の嘘が嫌でも分かるから」

二人とも死んだ直後だというのに落ち着いているが、これが二度目の死であるし、地球とオリジンで合計約四十六年生きている。それに突然だったので、怒りや悔しさを覚える時間も無かった。

更に目の前に居るのは加害者ではなく一緒に死んだ仲間なので、取り乱す気にもなれない。

『それで、君達の来世についてだが――』

あ、再起動した。そんな顔付きで自分に視線を向ける亜乱と泉に、ロドコルテはラムダに転生して貰う事と、ヴァンダルーの抹殺を依頼したい事を、カナタの時のように説明した。

二人はカナタとは違い、落ち着いて話を聞いた。オリジンでブレイバーズが対峙したアンデッドが、天宮博人《あまみやひろと》であり今のヴァンダルーである事を知っても、取り乱す事はなかった。

「絶対にNO」

「寧ろ、そんな無謀な事するぐらいなら死んだ方がマシだよね」

『やはりか』

そしてロドコルテもカナタの時と違って、二人が断る事は想定していた。カナタやその後死んだ田中《たなか》達と違って、この二人は全く戦闘に向いていなかったからだ。

素質が無い訳ではないのだが、二人はオリジンでそれらの力や技術を身に付ける以外の道を選択したのだ。

しかしオリジンで結果的に見殺しにしてしまった罪の意識や、彼が元々同じ学校の生徒だった事を考えると、ただ断るだけというのも気が引ける。

このまま黙って居ると、自分達以外の転生者とヴァンダルーが殺し合う事になるのが目に見えているし。

「この人のやってる事を考えると、雨宮さんもどうするか分からないわ。私達が彼を助けられなかった負い目を差し引いても、地球とオリジンの常識や倫理で考えると彼のやっている事は……」

「犯罪やテロだね。勿論、地球とオリジンの常識や倫理で考えればだけど。特にアンデッドを作るのは死体損壊罪以前に、死者の尊厳を踏みにじる行為だし」

ヴァンダルーがラムダでしている事は、泉達から見るとそうなってしまう。だが、国どころか世界が異なるのだし、死属性以外適性の無い彼が何かしようとすればそうなってしまうだろう事を考えると、一概に責められない。

寧ろ、ヴァンダルーがオリジンで受けていた仕打ちを考えると、その精神に敬意すら覚える。少なくとも、自分達ならあの後『情けは他人の為ならず』なんて実践できない。

実際、ハートナー公爵領では百人以上殺したが、千人以上を助けている。

しかし、二人以外の転生者がそう考えるかは分からない。雨宮達ならいきなり抹殺は無いだろうが……。

「事情を分かった上でもう一度聞くけれど、和解や懐柔は出来ないの？　元々は同じ日本人なんだし、貰った情報から判断すると交渉は可能だと思うけど」

少なくとも、ヴァンダルーは話を聞いてくれそうだ。聞くだけで、話が終わったら何も言わず立ち去る可能性も高い気がするが。

泉達はヴァンダルーが二度目の人生を終えた時あの場には居なかったが、彼から見たら限りなく同罪に近いだろうし。

「島田さん、懐柔って、どうするの？」

「そりゃあ、説得……聞きそうにないわね。他に、有利な条件を提示するとか」

「俺達やこの神さんが提示出来る、彼にとって有利な条件って、すぐに思いつく？」

「……無いわね」

オリジンで生きていた時なら考えるまでもない事だった。

軽微な犯罪を見逃す、該当する司法機関へ司法取引を納得させる、身の安全を保障する、刑期を軽減する、仮釈放。それらがブレイバーズとして活動する中で行った犯罪者に対する代表的な懐柔策だが……どれもこれもラムダに転生しているヴァンダルーには意味が無い。

自分達との和解を提示して、ヴァンダルーが転生者と殺し合いをする事を止める事は可能かもしれない。しかし、彼がアンデッドを作る事を止める事は出来ないだろう。彼にとって、天秤があまりにも釣り合わないからだ。

それに、泉と亜乱にはもう組織もコネクションも何も無い。ラムダに転生したら、特殊能力を持っているだけの個人だ。

生まれる先が大国の王侯貴族や、巨万の富を持つ大商人の元だったとしても、権力を手にするまでは早くても十数年以上かかる。

そんな二人が保証出来る程度の事が、ヴァンダルーにとって意味があるとは考えにくい。

「考えられるのは他の転生者の情報だけど……それで手に入るのは和解じゃなくて、俺達の身の安全だしね」

「でしょうね。じゃあ、他に……」

「普通なら金、地位、名誉、女だけど、何かある？」

既に人口は少ないが自分の国を治め、国民から絶対的な支持を得ていて、何人もの異性を侍らしているヴァンダルーを、懐柔しロドコルテと和解させる事が出来るほどの物があるかどうか。

「無理ね」

「だよねー。俺達の能力を使って御仕えしますって言っても、『面倒だから要らない』って言われそうだし」

「そうね……あの様子じゃね」

懐柔や和解を考えるうえで、一番厄介なのはヴァンダルーが持っている自分達への感情である。

憎しみや殺意など衝動的な感情なら、まだ二人には希望がある。ロドコルテの情報によると彼は理性的か、理性的であろうとしている。だから直接彼に何もしてない二人なら、方法によっては交渉が可能かもしれない。

しかしヴァンダルーが転生者達に持っている感情は、食傷と嫌悪だ。

ただひたすら面倒で、関わるだけでうんざりする。邪魔で目障りだから見たくないし、関わりたくない。カナタに向けた態度から推測すると、そんな感情だ。

二人に関わられるだけで、ヴァンダルーにとっては不愉快なのだ。

「他に何か……そうだ、彼のラムダでの母親を生き返す事は出来ない？　あんた神様でしょ？」

『無理だ』

「いや、ほら、規則を曲げるべきではない的な事はこの際いいじゃない？」

『規則の問題ではなく、無理なのだ』

亜乱は死者の蘇生を拒否する理由が規則や摂理にあると思ったようだが、単純にロドコルテにはヴァンダルーの母親、ダルシアを生き返す事が出来ない。

ダルシアはダークエルフであり、ヴィダ式輪廻転生システムによって輪廻転生する存在だ。ロドコルテが直接どうこう出来るものではない。

そうした事情は転生者と言えど人間には話せないので、泉と亜乱は納得しかねていた。しかしロドコルテがそれ以上話す意思が無いと見てとると、別の案を検討し始めた。

だが妙案は思い浮かばなかったらしい。結局、説得としてはとても単純な作戦に落ち着いた。

情に訴えるのだ。人質を持って立て籠もる犯罪者の身内を連れてきて、説得してもらうあれである。

「島田さん、どうなの？　元クラスメイトでしょ？」

「……私自身も含めて、友達は居なかったと思うわ。二十年以上前だから確かじゃないけど、人と話しているところを見た覚えが無いのよ」

地球ではイメージ通りクラス委員だった島田泉だが、その頃のヴァンダルー、天宮博人の事を殆ど覚えていなかった。

一切問題は起こさず、逆に特に優れた事もしない。他の生徒に関わる事も無い。常に背景のような少年だった。

言われて記憶を探っても、思い出せるのは「何も覚えていない」事だけだ。

強いて挙げれば、彼が地球で死ぬ前に命がけで助けようとした成瀬成美《なるせなるみ》ぐらいだろうが……流石にそれを提案するのははばかられた。彼がオリジンで死ぬ時止めを刺した一人でもあるし、今もヴァンダルーが彼女に関心を持っているか分からない。

「ならオリジンではヴァンダルーを説得出来そうな人物は……居ないよね？」

『私に聞いているのかね？』

「ごめん、気の迷いだった。忘れて」

『念のために答えておくが、家族親類縁者友人恋人、誰一人存在しない』

「だろうね」

オリジンでの両親、自分を売った父親と母親が説得役に適していないのは当たり前だ。

他には研究所の関係者だが、それは彼自身がアンデッド化した後殺せるだけ殺している。

「後は彼が助けた『第八の導き』のメンバーだけど……彼女達は俺達を敵視してるからねー」

「まず、私達に協力してくれないでしょうね」

『第八の導き』の指導者であり、アンデッド化した天宮博人に助けられた実験体の少女、死の司祭を自称する「プルートー」は、ブレイバーズと死属性の研究を行う機関を激しく憎悪している事がこれまでの犯行声明で分かっている。

それでありながら何故村上達元ブレイバーズを仲間として受け入れたのかは不明だが、泉や亜乱が死んだ事と彼女は無関係ではないはず。

彼女や他の組織の中心メンバーはテロ組織と言うよりもカルト集団めいた狂信で知られている。一度死んだ後ここに連れて来てもらっても、転生者達に協力する事は無いだろう。

『ヴァンダルーに対して人質としては使える可能性があるので、死亡したらここに招く予定だが』

そうロドコルテが告げると、泉と亜乱は思わず顔を見合わせた。

(こいつ、神様なのに卑劣すぎない?)

(神様だから卑劣なのかもね)

そんな二人の無言のやり取りは、神であるロドコルテには筒抜けなのだが、勿論彼はカナタの時のように気にも留めない。

「じゃあ、地球に誰か彼を説得出来そうな人はいないの？　ああ、答えなくていいわ。私達に記録を見せて、それで判断するから」

「後、能力も使えるように出来ない？　多少は役に立つと思うし」

『良いだろう』

泉と亜乱はロドコルテから渡される映像や音声を伴った地球での情報を見て、説得役に適した人物が居ないか検討した。

あの修学旅行で助かった、自分達以外の高校の生徒や関係者には……いない。修学旅行に参加していない上級生や下級生にも、ない。天宮博人はアルバイトの為に部活動や委員会活動をしていなかったので、クラスメイト以外の顔見知りが存在しなかった。

ではそのアルバイト先はどうかと言うと……郵便局で延々手紙を仕分け、早朝の新聞配達、チラシ配りなど碌に人間関係が存在しない仕事ばかりだ。頼りになる先輩とか、親しい同僚や後輩とか、そんな人も居なかったようだ。

では時間を遡って中学生活で誰か居ないかと探してみたら……マイナスの人間関係で埋め尽くされていて思わず眩暈がした。

小学校ならまだ何とかと思って記録を探ってみたら、やはりマイナスの人間関係で埋め尽くされていて頭痛がした。

「……中々悲惨な少年時代を過ごしていた訳ね」

「壮絶な訳でも劇的に残酷な訳でもなく、延々と『何処にでもある暗い学校生活』が続くって、ある意味凄い物があるね。これに比べたら高校はまだ居心地が良かったのか。しかし、小学生の彼って高校の頃からは想像出来ない程挙動と言動がおかしい」

普通、一人ぐらい親しい存在が居そうなものだが、天宮博人の人生にはそれが一人も存在しない。勿論全員が彼を苛めた訳ではないが、それは単に苛めていないだけの人で、仲が良い訳でもない。背景のような存在だ。高校で彼自身がそうだったように。

ここまで来ると、これまで嫌な予感がしたから見ていなかった天宮博人の家族の記録を見るしかない。

「子供の頃の挙動不審な様子を見ると、結果は分かりきってる気がするけど……」

そう言いながら亜乱が記録を見ると、予想は的中してしまっていた。

だがそこで諦めず、天宮博人を引き取った伯父夫婦と年下の従兄弟は地球でまだ存命だったので、その記録も二人は見た。もし改心していたら、地球での仕打ちを謝罪するという形で説得の足掛かりに出来るのではないかと考えたからだ。

結果は惨憺たるものだった。

伯父家族は天宮博人が事故で死んだ後、彼に掛けていた生命保険と実の親である兄夫婦が残していた遺産の全て、そして見舞金も受け取って、今までより数段贅沢に暮らした。

しかし、その金で始めた事業が失敗。その損失を取り戻すために手を出した事業も、また失敗。それを繰り返して徐々に財産を失っていった。

更に伯父夫婦は、金回りが苦しくなると実の息子を虐待するようになった。夫婦の精神はサンドバックである天宮博人の存在なくして保てないようになっていたのだ。

それでも経済的に豊かな内は何とかなったが、行き詰まって来るとストレスをぶつける対象が必要になったが天宮博人はもう故人だ。だから、実の息子がサンドバックとして選ばれた。

当然息子が大人しくサンドバックになる筈がない。子供の頃からそう扱われて諦めていた天宮博人とは違い、息子はその頃には大学生になっていた。彼は自分を虐待しようとする両親から離れるべく、家を出た。

そしてそのまま一家は離散。ストレスの捌け口を失った伯父が会社の部下相手に酷いパワハラを働き訴えられた事が止めになり、遂に全ての事業は壊滅。全ての財産を失った伯父夫婦は離婚した。

その後、伯父はホームレスに。伯父の妻だった女は一時生活保護を受けて暮らしていたが、窃盗罪で逮捕。その後は窃盗や寸借詐欺を繰り返して刑務所と外を行ったり来たりしている。

息子は、皮肉な事に天宮博人が高校を卒業したら就職していただろう、住み込みの仕事をして糊口を凌いでいる。ただ、真面目に働かなかったようで今も下働きである。

恐らく、伯父が路上で人知れず冷たくなった数年後には、今度は彼が路上で生活するようになるだろう。

今彼らに共通しているのは、「あの頃に戻りたい」という呟きだけだ。それも天宮博人が死んで多額の金を自由に使えた頃に戻りたいという意味だ。

以上の記録を見た泉と亜乱は、頭を抱えた。

「死んだ後会わせたとしても、心から謝罪するとは思えないわね」

「心の無い謝罪はするかもしれないよ、今の彼は権力者だからね」

少なくとも、説得の足掛かりにはなりそうにない。

「でもここまで悲惨だと、フェリーで死ぬまでによく人生を儚んで首をくくらなかったなと感心するよ、俺は。彼、意外とプラス思考で前向きだったんだね」

「みたいね。でもおかしいわ、三度目の人生が始まった途端に人気者になるなんて。いきなりコミュニケーション力が身についた訳でもないのに。それなら地球で友達の一人くらい居ても良いはずよ」

実際、過去の記録とラムダに転生してからを比べると、周りの環境が全く異なる。それまでは周囲に敵か敵じゃない人しか居なかったのに、ラムダでは敵も多いが味方も多い環境に居る。

単純にヴァンダルーの力目当てとも考え難いのだが。

その泉の疑問には亜乱が答えた。

「多分、【死属性魅了】ってスキルの効果だろうな。これまでの記録を見ても、実際彼の他人に対する方針自体は地球の頃からあまり変わっていない。自分から他人との距離を縮めるのは今も苦手なようだし。でも、オリジンに居た時から似たような力はあったと思うよ。それなら『第八の導き』の狂信も説明出来るからな」

「なるほどね……道理でアンデッドに好かれるはずだわ」

とりあえず、ラムダでの人間(?)関係の充実ぶりの説明はついたが、二人にとっての事態は何も進展していない。

「念のために確認するけれど、彼の地球での実の両親に説得して貰う事は出来ないの?」

物心つく前に事故で死んだ、地球で天宮博人に愛情を注いだ唯一の人物を呼べないかとロドコルテに質問するが、やはり返事は芳しくなかった。

『既に天宮博人の地球での両親は転生している。前世の記憶を失い、新しい人生を別々の場所で生きている最中だ。それでも良いのなら、それぞれが死亡した時にここに招くが？』

「ああ、何の意味も無い」

ロドコルテの輪廻転生システムには天国も地獄も存在しない。現世で死んで成仏したら、さっさと転生させるのが常だ。

なので、唯一ヴァンダルーが会いたいと思いそうな親も、とっくに全ての記憶を無くして別人に生まれ変わっている。

「一応質問するけど、御両親は今何処で何してるの？」

『父親はフランスで飲食店を経営しながら二人の子供を育てるシングルマザーに生まれ変わっている。母親は飼育されている』

「し、飼育？」

『ある家庭で、ペットの陸ガメとして』

流石輪廻転生。人種や性別どころか、種も異なっている。

「だ、ダメだ。もう色々とダメ過ぎる。島田さん、もう諦めよう」

「待って亜乱、どんな時でも可能性はあるって言うのがあなたの口癖でしょ!? 【演算】はどうしたのよ!?」

「さっきからやっているけど、説得できる可能性がほぼ無い。俺達だけの命乞いとか、不可侵の約束なら逆にほぼ百パーセントなんだけど……」

その様子を見て、ロドコルテも二人をラムダに転生させない方が良いと考えた。刺客にはならないだろうとは分かっていたが、このままではヴァンダルーと関わろうとしないどころか、他の転生者がヴァンダルーを抹殺しようとするのを妨害をしかねない。

だが今更ラムダ以外に転生させる事は出来ない。ヴァンダルーに対して行ったように呪いをかけるのは、流石に考えなかった。そんな事をしても、二人がヴァンダルーに味方する動機を増やすだけだ。

他にも二人の記憶や人格を全て消去してから転生させる方法もあるが、それよりもずっと良い案がロドコルテにはあった。

『では、転生を止めて私の御使いになるというのはどうだ？』

それは、二人をこのまま自分の御使いにするというものだった。それを聞いた泉と亜乱は胡乱気な顔でロドコルテを見上げた。

普通なら神直々に声をかけられるのは名誉な事なのだが。二人の中でロドコルテの株は既に暴落していたようだ。

「御使い？　シスターにでもなれと？」

『いや、聖職者や信者ではない。君達には、天使と表現した方が分かり易いかね』

「もっと俗に表現して」

『……アシスタント、サポートスタッフ、システムエンジニア』

亜乱の要望通りに表現するなら、そうなる。神秘も神々しさも無いが、実際そうなのだから仕方がない。

答えを聞いた亜乱はげんなりとした様子を見せたが、逆に泉は表情を引き締めて質問を重ねた。

「その御使いになった場合、何が変わるの？　私達の意思や行動の自由に影響は出るの？」

『肉体を持たない生命体に昇華……変化すると解釈してくれていい。君達の意思や行動の自由を縛るつもりは無いが、背信行為があれば罰する事になる』

「なるほど……つまり、会社に就職するのと同じか。人間に戻れそうにない事以外は。それで、私達に何をやらせたいの？」

『ラムダや地球、オリジンの輪廻転生、魂の運行の補助だ』

ロドコルテは、島田泉と町田亜乱を御使いにして輪廻転生システムのサポートをさせようとしていた。それなら直接ヴァンダルーは勿論、輪廻の環に還った魂以外のラムダ世界の存在に二人が関わる事は無い。

心情的にはヴァンダルーの味方かもしれないが、実質的に何もできないのだ。

逆に、敵として何か害のある行動をする訳ではないので二人も頷きやすいだろうという狙いもある。

それにヴァンダルーのせいで起こるエラーやバグに対応するサポート要員が欲しかったのも事実だ。

泉と亜乱は顔を見合わせて相談するが、すぐに答えは出たようだ。

「分かったわ」

「天使ってガラじゃないけどね。ここに来た時の村上達の顔も見てみたいし」

泉と亜乱はロドコルテの御使いになる事を同意した。

それは不老不死が存在しない以上いつかはオリジンで死んでここに来る、ブレイバーズの仲間達が無謀な事をしないよう忠告が出来るからという理由以外にも、「地球とオリジンの為」という理由があった。

　ロドコルテは全く危機感を覚えていないようだが、このまま彼がヴァンダルーを狙い続ければ、最終的には彼かヴァンダルーのどちらかが死ぬか、それに近い状態になるのは確実だ。

　だがロドコルテはラムダ以外にも、泉や亜乱にとって故郷である地球、そしてオリジンの輪廻転生も司っている。それを停める訳にはいかない。

　だから彼に何かあったとしても、地球とオリジンの輪廻転生を運行出来るようにしておかなければならない。

　それを自分達でしようと言うのだ。

　当然その狙いもロドコルテには分かっているが、自分自身の身が危うくなると思う程の危機感を抱いていない彼は、「寧ろそれぐらい出来るようになれば役立つだろう」と、二人を御使いにした。

『では、これよりお前達は私、輪廻神ロドコルテの御使いとなる。以後励むように』

　ロドコルテが翳した手から光の粒子が泉と亜乱に降り注ぎ、二人の存在が昇華した。その時二人は、こう思っていた。

（見かけだけは神々しいな。サポートスタッフなのに）

Death attribute Magician

第四章
狂乱の原種吸血鬼

とりあえず、ヴァンダルーは鱗も無いのに『鱗王』の称号を手に入れた。

本来『鱗王』の称号は、D級ダンジョン『リザードマンの巣』をソロで完全攻略した強者に、沼沢地の新たな支配者の証明として〝五悪龍神〟フィディルグが与えるものなので、鱗の有無はどうでもいいらしい。

次に、どれほど効果があるかは不明だが〝五悪龍神〟フィディルグの加護を得ようと（正確には、差し出させようと）したが、フィディルグに「無理でした」と頭を下げられてしまった。

「はぁ……どういう事です？」

『それが、私の格が及ばないと言いますか……』

『加護というのは、通常上位の存在が下位の存在に与えるものですので……』

『例えると、狐が虎の威を借りられれば効果的ッス。でも虎が狐の威を借りて何の意味があるのか、みたいな……』

信仰心が砕け散りそうな、分かりやすい加護の説明だった。

しかも〝五悪龍神〟フィディルグが狐で、ヴァンダルーが虎であるらしい。

「なるほど。まだ完全回復していないから無理だと」

実際には、フィディルグが完全体だったとしても、【魔王の欠片】を完全に使いこなし魔力の総量で彼を超えるヴァンダルーが彼より格下という事はないだろう。寧ろ自前の肉体を持ち神の命に届く武器を持つヴァンダルーの方が、フィディルグよりも自由が利く分、上位と判断されてもおかしくない。

しかし、ヴァンダルーはそう解釈していた。

目の前で土下座して命乞いをしている存在にどれほど威厳が無くても、神なのだ。天地創造や凄い奇跡を起こし、恐ろしい祟りで人々を呪う存在だ。

きっと完全回復したら自分より凄いのだろうと、無条件に考える。

『い、いえ、私など完全回復したとしても、程度は知れていますので』

そう正直にフィディルグは答えたのだが、ヴァンダルーは「この期に及んで自分を小さく見せようとは、侮れない奴」と評価を上げていた。

傍からは死んだ瞳で眺めているようにしか見えないので、フィディルグ本人も誤解された事に気が付かなかったが。

『しかし、加護を与えようとした時に魂に触れたのですが、何と言うか、その形が……』

『人間離れするにも程があると言いますか……』

『もしかして、我々悪神か邪神か、その眷属を吸収したりしてないっスかね？』

それにフィディルグも誤解に気が付くどころではなかった。ヴァンダルーの魂がおおよそ人の物ではない事が分かったからである。

魂の形や色は指紋のように一つとして同じ物は無いが、それにしても形が奇妙過ぎるのだ。魔王の欠片を含めても。

「いや、覚えがありませんが」

『何か、呪われた品を身につけたとか、その直後に能力値やスキルが変化したとか、そんな事は？』

「それなら前に、呪われた本を読んだ時にありましたね。魔力が五千万増えて、舌が伸びるようになりました」

『『『それだ！』』』

ハートナー公爵領のニアーキの町の魔術師ギルドに不法侵入してヴァンダルーが読んだ、曰く付きの禁書。それに邪悪な神か、それに近い眷属が宿っていてヴァンダルーはそれを吸収したのだろうとフィディルグは推測した。

「坊やっ、吐けっ、早く吐くのじゃっ！」

『坊ちゃんっ、変な物食べちゃダメじゃないですかっ！　お腹壊しますよ！』

「いや、お腹を壊すだけで済んだら凄いと思うが……別に食べた訳じゃないのだろう？」

『それに、一年以上前の事ですし、今更吐き出せないのでは？』

ザディリスとリタに逆さまに持ち上げられて上下に振られながら、ヴァンダルーは「あ、既視感を覚える」と呑気に考えていた。

『もしかしてお友達だったの？　なら本当にごめんなさい。うちのヴァンダルーにも悪気があった訳じゃないのだけど』

『いえ、本に潜む奴に寝返り組は居なかったと思うので』

『それに禁術書の曰くを聞くと、その書を読んだ人間の精神を乗っ取る罠を張っていたようだし』

『ぶっちゃけると、吸収されてもそいつの自業自得ッス』

謝るダルシアに、疑問が解決してすっきりしたフィディルグはそう答える。

実際ヴァンダルーに喰われた『魔書の悪神』ブブルドゥーラは魔王残党の悪神でフィディルグとは仲間や友人ではなく、敵対的な関係にある。更に彼らに同族意識は無いも同然であるため、同じ異世界から来た存在が消滅したとしても、味方でなければ「敵が減った」としか感じない。

『ですが、多分それもあって加護を付けられないのかと』

寧ろ、今の場合は「決して自分が残念だからじゃないよ」と言い訳する理由になってくれた事に感謝すらしていた。

「な、なるほど。まあ、無理な物は仕方無いだろう」

『そ、そーですね、仕方無いですよね』

「うむ、そろそろ頭を上げてもらってはどうじゃろう?」

ヴィガロやリタ、ザディリスを含めたヴァンダルー以外の全員は、フィディルグにやや及び腰である。皆は魔力の総量から、二人の格の違いを見抜く事は出来ない。だから、当然〝五悪龍神〟であるフィディルグの方を恐れる。

目の前で土下座しているのに何故恐れるのかと思うかもしれないが、その情けない存在が城より大きな怪獣だと思えば理由は察せられるだろう。

どんなに情けなく哀れに見えても、ヴィガロ達にとって神は神なのである。

「じゃあ、代わりにリザードマンを含めたタロスヘイムの適した者に、あなたの加護を与えてください。その代わり、神殿に貴方の神像を置きますから」

アルダ派の神々の像は全て撤去したので、ヴィダ神殿のスペースは幾らでも空いている。

『『なんと、それは願っても無い事です』』

自分に対して祈る者が増えるという事は、そのまま力の回復が早まる事を意味する。そしてそれは、別に自分だけに祈る信者でなくても構わない。

「後、幾つか質問しますから答えてください」

『『分かりました』』

そしてヴァンダルー達は、現在の人間が殆ど知らない十万年前の真実を知る事になる。

既に魂を砕いたテーネシアからもある程度当時の情報は得ていたが、彼女はヴィダとアルダの戦争当時それ程高い地位にはいなかった。対して、フィディルグは有力ではなかったが一応部隊の指揮官だった。

何より、テーネシアは正気を半ば以上失った状態だったので、昔の事になるほど記憶の欠落や歪みが酷かった。だが人とは違う精神構造をしているフィディルグの記憶はほぼ正確だ。

ザッカート達生産系勇者の功績、そして魔王に滅ぼされてしまった顛末。十万年前吸血鬼の真祖の片親となった時のザッカートの状態。

そしてザンタークや他の従属神も多くがヴィダの側で戦い、今は敗れて散り散りになっているだろう事も聞いた。

もっと孤立無援の状態でベルウッド達と戦ったのだと思っていたヴァンダルーにとっては、ヴィダに味方した存在も多かったという事実は嬉しい事だった。それに邪神悪神とされている存在の中にも、味方が居ると分かったのも大きな収穫だ。

今味方でなくても、交渉が可能な場合もあると分かった事も。

「まあ、ヒヒリュシュカカとは交渉しませんけど」

父の仇なので当然である。テーネシアによるとヴァンダルーを殺すように神託を下したそうだし、向こうも話し合うつもりは無さそうであるし。

因みに、当然だがフィディルグはヴァンダルーの魂がザッカートやアーク等の生産系勇者の魂の欠片を強引に繋ぎ合わせた物である事は知らない。

神であっても魂の、それも十万年以上前の来歴を見ただけで分かる程の目は持っていない。

「そんな事になっておったのか。当時から碌な事をせんな、アルダの連中は」

「この事を外の人間に教えれば、アルダの信者を大混乱させられるんじゃないか？　どうだ、ヴァン？」

「……俺達が訴えても無理でしょうね」

『そうね。ヴァンダルーはダンピール、バスディアさん達はグール、私は霊でレビアさん達はアンデッド。そして教えてくれたのは悪神さんだし』

明らかにアルダの信者にとって良くて迫害、悪くて抹殺の対象である。融和派ならヴァンダルーの言葉を聞く事はあるだろうが、それでも自分の信仰対象とその英雄にとって都合の悪い真実を、それも自分達が物心つく頃から聞かされた事実とは異なる真実を信じるとはとても思えない。

しかも情報元が異形の悪神で、『動かぬ物的証拠』は一つも無い。

存在するか不明だが、身に着けると嘘が吐けなくなる類のマジックアイテムを着けて訴えたとしても、「かわいそうに、悪神に唆されて偽りを真実だと思い込んでいるのか」と思われるのが関の山だろう。

「では、気分を変えて他の質問をしますね。貴方は現在ヴィダ側だそうですが、配下のリザードマンにヴィダを信仰させなかったのは何故ですか？」

自分の復活も大事だが、ヴィダの復活も彼にとっては重大事の筈だ。だがリザードマン達にはヴィダを信仰していた様子が無い。人種より早く世代交代するにしても、祠の跡ぐらいは残っていても良いと思うのだが。

フィディルグがリザードマンをダンジョンで発生させ、信者にしてから何万年も過ぎている。その間、全体の一割程度でもヴィダを信仰させれば女神の復活も進んだのではないだろうか。

そう思ったヴァンダルーだが、フィディルグには彼なりの、そして切実な理由があった。

『それはそうなのですが、俺にとってそれはあまりに辛い事なのです』

『ヴィダはアルダから神格を剥奪されたようですが、それでもこの世界で最も知られた神の一柱。今でも彼女に祈る者は一定数居るはず』

『しかし、俺は名も無き悪神の一柱。自ら信者を創らなければ、祈る者は一人も居ないっス』

つまり、知名度の問題らしい。今でも外にはヴィダの信者が新種族以外にも一定数居る。アルダの信者からも生み出した種族の是非は兎も角、ヴィダはアルダと同格の神としてそれなりの敬意は払われている。

だが、フィディルグの名前は歴史に欠片も残っていない。名も無き悪神の一柱でしかない為、自然に信者が増える可能性は零。実際、目覚めたとき彼の信者は居なかった。

だからリザードマンに自分への信仰のみを課したようだ。別の神に祈る者からの信仰でもそれなりに力にはなるが、やはり自分一柱のみを信仰する者からの祈りの方が力になるからだ。

それにもしリザードマン達にヴィダへも祈らせても、フィディルグにとっては大きな献身だが、ヴィダにとっては雀の涙程度の力にしかならないらしい。

極端な例えだが、コップ一杯の水の内半分を湖に注いでもあまり意味が無いのと一緒という事らしい。

「なるほど、理解出来ました。じゃあ、他の魔王の欠片についてですが……」

魔王の欠片や、他のヴィダに寝返った邪神や悪神や『太陽の巨人』タロス等の神々、ヴィダの新種族の現在、大陸南部の現状、そして今のヴィダの状態に関して、次々に尋ねるヴァンダルー達だったが、フィディルグが知っているのは十万年前の戦いからヴィダと共に逃げる途中までだった。

『何分、その後何万年も眠っていたので、今他の連中が何をしているのかはさっぱり』

『特に、一応目の届く範囲内は探しましたが……この沼沢地の半分程度が俺の限界で。百年少々前に、何か聞こえた気がしたんスけど、その時には〝暴邪龍神〟ルヴェズフォルに封印されてたんで気のせいかも』

『ですが、ノーブルオークの帝国には多分〝堕肥の悪神〟ムブブジェンゲが居ると思うッス』

「ダコの悪神？」

『いや、堕肥。堕落し、肥えるって意味ッス』

一瞬半漁人や海産物の神かなと思ったが、実際には肥満等を司る悪神らしい。

元々オークやノーブルオークは獣神ガンパブリオの下から寝返った猪の獣王が、魔王グドゥラニスから授かった力で生み出した魔物だ。まずはオークが作られ、後にそれを指揮する指揮官としてノーブルオークが作られたらしい。

だがその猪の獣王は勇者ファーマウンによって倒され、封印されてしまった。その後、猪の獣王の後任を見つけられなかった魔王は、〃堕肥の悪神〃ムブブジェンゲを含める複数の部下にオークの指揮と生産を割り振ったそうだ。

それで〃堕肥の悪神〃ムブブジェンゲがザッカートの誘いに乗った時に、当時仕えていたノーブルオークとオークを連れて寝返ったらしい。

「……ええー、あいつ等味方なんですか？」

「むぅ、なら追放なぞせずに処刑してくれても良かろうに」

ブゴガンに大きな被害を受けたグール達のキングであるヴァンダルーとザディリス達は、嫌そうにそう言った。

ノーブルオーク帝国は権力闘争に敗れたブゴガンを追放しただけで、境界山脈に対する悪気は無かったのだろうが、いきなり「実は味方でしたブヒブヒ」と言われても反応に困る。

「沼沢地が落ち着いたらノーブルオーク肉食べ放題を企んでいたのに」

「皆楽しみにしていたのにな」

『……』

最低でもランク6で、十万年前はランク10を超える個体も少なくなかったノーブルオークの、恐らく現在でも人間の中小国以上の武力を誇る帝国なのだが、フィディルグの脳裏には、ヴァンダルー達によって豚肉料理のビュッフェ会場と化す帝国の姿がはっきりと浮かんでいた。

『えー、とりあえず当時は味方でしたけど、今味方かどうかは不明なんで……』

『あの戦いの後、また勝手にやってる連中も居るかもしれないんで、断言は出来ませんが……』

『でも、一応確認してからの方が良いかと思うっス』

かなり微妙な意見だが、フィディルグもムブブジェンゲの性格を保証出来ないのだ。元々魔王軍に属していた彼ら邪神悪神はお互いに隙あらば手柄を奪うため裏切るような関係だったので、信頼関係が存在しなかったことが関係している。ザッカートの誘いに乗って寝返った後はある程度コミュニケーションも取っていたが、「出身が同じだけの顔見知り」程度で、邪神悪心同士では深い絆は生まれなかったらしい。

中には例外的に仲が良い邪神や悪神同士も存在したが、それは大抵の場合関係を表す言葉の頭に「病的」の二文字がつく。

やはり元々邪神悪神であるため、神である点を除いても精神構造が異なっているのだ。

それにフィディルグは実例を知らないが、テーネシア達邪神派の原種吸血鬼のような例もある。一度は寝返ったが、ザッカート達生産系勇者が滅び、ヴィダも行動不能である状況で今も味方とは限らない。

「まあ、分かりました。時が来たら接触してみましょう」

『ん？　帰ったらすぐじゃないので？』

「その前に、ちょっと個人的に行きたい所がありまして。多分、そうかからないとは思いますが」

『そうですか』

「それより最後の質問ですが、ホムンクルスを創るのにあなたの力が役立ったりしますか？」

役立つなら今すぐ寄越せ。言外に莫大なプレッシャーをかけて尋ねるヴァンダルーに、フィディルグが思わず後ろに下がりながら、答えた。

『ほ、ホムンクルス？　俺は錬金術には詳しくないので……』

『魔物を創る時も、リザードマンぐらいしか……後はダンジョン任せでして』

『た、多分ウロコなら、何とか出来ると思うッス』

「……ウロコ」

『ウロコは、私には生えてなかったわね』

非常に残念な答えに、ヴァンダルーとダルシアは首を横に振ったのだった。


『鱗王の巣』から帰還し、見事宝物と『鱗王』の二つ名を獲得したヴァンダルーにリザードマン達は完全な忠誠と服従を誓った。

『鱗王』の効果なのか、リザードマン達の中にも『魔道誘引』の効果を受ける個体が増え始めている。

この分なら、ヴァンダルーが存在する限りリザードマンはタロスヘイムの忠実な民として、千年でも二千年でも存在し続ける事だろう。

そしてレベリングも終わったヴァンダルーは、エレオノーラと、そしてベルモンドの手術に取り掛かるのだった。

・名　前：ヴァンダルー
・種　族：ダンピール（ダークエルフ）
・年　齢：8歳
・二つ名：【グールキング】【蝕王】【魔王の再来】【開拓地の守護者】【ヴィダの御子】
　【怪物】【鱗王】（NEW！）
・ジョブ：魔導士
・レベル：68
・ジョブ履歴：死属性魔術師　ゴーレム錬成士　アンデッドテイマー　魂滅士　毒手使い　蟲使い
樹術士
・能力値
　生命力：1438
　魔　力：815878554+（1631757 10）
　力　：601
　敏　捷：552

体　力：806
知　力：1663

・パッシブスキル
【怪力：レベル5】【高速治癒：レベル8（UP！）】【死属性魔術：レベル9（UP！）】
【状態異常耐性：レベル7】【魔術耐性：レベル5（UP！）】【闇視】【魔道誘引：レベル1】
【詠唱破棄：レベル6（UP！）】【導き：魔道：レベル2（UP！）】
【魔力自動回復：レベル6】【従属強化：レベル6】【毒分泌（爪牙舌）：レベル5（UP！）】
【敏捷強化：レベル3（UP！）】【身体伸縮（舌）：レベル5（UP！）】【無手時攻撃力強化：小】
【身体強化（髪爪舌牙）：レベル4（UP！）】【糸精製：レベル3（UP！）】
【魔力増大：レベル2（UP！）】

・アクティブスキル
【業血：レベル3】【限界突破：レベル7】【ゴーレム錬成：レベル8（UP！）】
【無属性魔術：レベル7（UP！）】【魔術制御：レベル6】【霊体：レベル7】【大工：レベル6】
【土木：レベル4】【料理：レベル5】【錬金術：レベル5（UP！）】
【格闘術：レベル6（UP！）】【魂砕き：レベル8】【同時発動：レベル5】【遠隔操作：レベル7】
【手術：レベル4（UP！）】【並列思考：レベル5】【実体化：レベル4】【連携：レベル4】
【高速思考：レベル4（UP！）】【指揮：レベル4】【装植術：レベル4（UP！）】

【操糸術：レベル５（UP！）】【投擲術：レベル５（UP！）】【叫喚：レベル４（UP！）】
【死霊魔術：レベル４（UP！）】【装蟲術：レベル４（UP！）】【鍛冶：レベル１】
【砲術：レベル３（UP！）】

・ユニークスキル
【神殺し：レベル６】【異形精神：レベル６】【精神侵食：レベル５】
【迷宮建築：レベル６（UP！）】【魔王融合：レベル２】【深淵：レベル１】

・魔王の欠片
【血】【角】

・呪い
【前世経験値持越し不能】【既存ジョブ不能】【経験値自力取得不能】


熟した果実が砕けるような音を立てて、血と骨肉の欠片が飛び散った。

「ヒィィィッ、グーバモン様がっ、グーバモン様が乱心された!?」

「おっ、お鎮まりくださいませっ、グーバモン様っ！」

飛び散った血と骨肉の元になった者も、それを見て引き攣った悲鳴を上げる者も、全て吸血鬼。それも貴種として最低でも数百年以上生きた存在だ。

英雄伝承歌や聖人の逸話で主人公達を苦戦させ、やっとの思いで退治される敵役達。そして現実では裏社会の更に奥に巣食う強大な闇の貴族。

だが今は、たった一人の老人から悲鳴を上げて逃げ惑う哀れな者達だ。

「なんじゃぁ……儂のする事に文句でもあるのかぁぁ……貴様、さては裏切り者じゃなぁっ！」

グーバモンは血走った目で適当な吸血鬼を睨みつけた。

「ひっ!?　へぎゃべびぃっ！」

次の瞬間、貴婦人然とした美貌の女吸血鬼の全身がぐにゃりと歪曲し、そのまま破裂するように砕け散った。

「逃げろっ！　殺されるぞっ！」

「うあああああああっ！」

「いやあああああああっ、だずげでえええええええ！」

貴種吸血鬼達は、普段自分達が犠牲者に出させている、涙や鼻水や悲鳴を垂れ流して逃げて行く。

それを追いもせず大きく肩を上下させるグーバモンは、吐き捨てるように言った。

「どいつもこいつも、裏切り者がっ、儂の、このグーバモンの血を与え、永遠の寿命をやったというのにっ、ビルカインの、狗がっ！」

呪詛にも似た罵りだが、あの吸血鬼達が裏切り者であるという証拠がある訳ではなかった。

そもそも、原種吸血鬼のビルカインが仲間のはずの彼に害意を抱いているという証拠も情報も無い。

だがグーバモンはそう思い込んでいた。ビルカインは、テーネシアを傀儡に落とそうとしたように、今度は自分を操り人形にしようとしているのだと。

そして手下の中に、ビルカインに寝返った裏切り者が紛れ込んでいると。

それらはグーバモンの猜疑心が作りだした妄想に過ぎないが、彼の曇った眼を覚ます存在は無かった。

〝悦命の邪神〟ヒヒリュシュカカを奉じる原種吸血鬼同士の、辛うじて保たれていた信頼関係が崩壊した今、グーバモンにとって自らの血を分けた吸血鬼達ですら信じる対象ではない。

何故なら多くの時間を趣味に耽溺してきたグーバモンは、優秀で忠誠心の高い『五犬衆』のような側近や腹心を囲っていたテーネシアと違い、信用出来る部下が存在しなかったのだ。

実際、グーバモンは先程殺した吸血鬼達の名前も顔も思い出せなくなっていた。

「このままでは儂はあのビルカインに……どうすれば、どうすれば良いのじゃ？　おおっ、そうじゃ！　何も信用のおけない者を周りに置く事はない！　手下共を全てアンデッドにすれば良いだけではないか！」

そして偏り歪んだ精神は、最悪のアイディアを生み出した。

それを名案だと疑わないグーバモンは、早速目の前の肉片を空間属性魔術でひょひょいと集め始める。

「こいつ等では儂の英雄アンデッドコレクションに加えるにはちと格が足りんが、まあ良かろう。儂は寛大じゃからのぅ、ヒヒヒッ。手下共も儂の愛しのコレクションになれるのじゃ、きっと大喜びで儂に命を差し出す筈じゃ。何せ、奴らに永遠の寿命を与えてやったのは儂なのじゃからのぅ」

・名　前：ザディリス
・ランク：8
・種　族：グールウィザード
・レベル：70
・ジョブ：賢者
・ジョブレベル：51
・ジョブ履歴：見習い魔術師、魔術師、光属性魔術師、風属性魔術師
・年　齢：297歳（若化済み）

・パッシブスキル
【闇視】【痛覚耐性：レベル3】【怪力：レベル1】【麻痺毒分泌（爪）：レベル2】
【魔力回復速度上昇：レベル7（UP！）】【魔力増大：レベル2（NEW！）】

・アクティブスキル
【光属性魔術：レベル8（UP！）】【風属性魔術：レベル7（UP！）】
【無属性魔術：レベル3（UP！）】【魔術制御：レベル7（UP！）】

【錬金術：レベル４（ＵＰ！）】
【詠唱破棄：レベル４（ＵＰ！）】
【同時発動：レベル３（ＵＰ！）】
【限界突破：レベル３（ＵＰ！）】
【家事：レベル１（ＮＥＷ！）】

アミッド帝国に占領されている旧サウロン公爵領のある山に、数人の男達がいた。

彼等のすぐ前で、ぐねぐねと触腕が蠢き水面を叩き泥水が跳ねる。

「こいつっ、まだ生きてる⁉」

「う、撃てっ、撃てぇっ！」

それに狼狽した弓兵が慌てて緑色の液体が付いた矢を短弓につがえ、弦を引き絞る。

「狼狽えるなっ、もう死んでいるっ！」

そう癖のある前髪を伸ばした整った顔立ちの青年が制止するが、弓兵達の放った矢がかくんかくんと不気味に揺れるそれの上半身に幾本か突き刺さった。

だが、触腕は蠢くのを止めない。青年は舌打ちをして、弓兵達を叱責した。

「事前に説明しておいたはずだぞ、こいつ等の下半身は死んでもすぐに動きを止めないと。首を落されても、それこそ上半身を切断しても暫く蠢き続けると。タコと……」

タコと同じだと説明しようとして、青年は止めた。海沿いの町で育った自分とは違い、弓兵達の多くが内陸出身でタコという生き物が居る事は知っていても、干物や酢に漬けた状態でしか見た事が無いのを思い出したのだ。

「蜥蜴の尻尾と同じだ。あれも暫く跳ね回るだろう」

実際には違う理由なのだが、今青年が弓兵達に与えるべきは正しい教養ではなく落ち着きだ。

「な、なるほど」

「確かに……流石リック副団長は博識だなぁ」

狙い通り、弓兵達は落ち着きを取り戻すと弓を下げた。彼等が使う矢と鏃に塗った毒は特別な物なので、無駄撃ちさせる余裕は無いのだ。

「あまり気を緩めるなよ、動かなくなったらそれを晒さなければならないのだからな」

「魔石や素材はどうします?」

「当然手を付けるな。資金難だが、万が一にも我々がこいつ等を殺した犯人だと露見するのは拙い」

「それもそうですね」

部下が解体用のナイフを鞘に納めるのを見届けてから、リックは触腕の動きが鈍くなってきたそれに視線を戻す。そしてバランスを崩して沼に倒れ込んだそれ……スキュラの女性に歩み寄った。

信じられないといった様子で目を開いたままの彼女の、だらりと垂れさがった泥まみれの手を取る。

「悪いが、これは返してもらう。次も使うのでね」

そして細い指から、つい先ほど渡した指輪を抜き取った。

「処理しろ」

リックの指示に従って、短弓から手斧に持ち替えた弓兵達がスキュラを醜悪なオブジェに加工していく。

全ての触腕を切断し、首から下の上半身、特に乳房を中心に傷を付ける。

「毎回思うのですがリック副団長、何でここまで胸を切り刻むんで？　それに触腕一本一本を切断するより、腰から一気に【斧術】で切断してやれば早いじゃないですかい？」

「こいつ等にはこの方が屈辱的なのだ。私には理解出来ないが、下半身の触腕はスキュラにとって人の女の髪に匹敵する、誇るべき部位らしい。そして胸はヴィダ様を信仰する女にとって母性を象徴し、聖印のモチーフであるハートを納める場所だ。それはこいつ等にとっても同じことが言える。こいつ等の死体を辱めるなら、面倒でもこの方が効果的だ」

そして顔を傷つけないのは、死体を発見した他のスキュラ達が身元を特定しやすいように。

「なるほど……」

つまり無駄なく文化的にも信仰的にも重要な部位を狙い撃ちにしているのだ。相手が人ではないと言え、ここまで合理的に死体を壊せるものなのかと、質問した男は顔色を悪くした。

「そんな顔をしてくれるな」

そんな部下にリックは小さく苦笑いを浮かべて見せた。

「私が楽しんでやっているように見えるか?」

「え? でも、副団長はスキュラを嫌っているんじゃないんですかい?」

「確かに私はスキュラを軽蔑している。だが、それだけで自分に好意を持っている、仮にも女性を毒殺して死体を弄ぶ猟奇趣味は持ち合わせていないつもりだ」

苦笑いを深くしたリックはそう言い、言葉を一度切ると表情を引き締めて真剣な顔で言った。

「この作戦は確かに誰にも誇れない、恥ずべきものだ。とても正義とは言えない、下衆な行いだ。しかし、忘れないでほしい。我々は圧倒的に弱い立場だ。手段を選んでいては勝利など出来ない、そして我々が勝利出来なければ、この国は救えない。今まで死んでいった仲間達も、我々が殺したスキュラ達すらも無駄死にになる。決して失望はさせない。私と兄を信じ、付いて来て欲しい」

「「「はいっ! リック・パリス副団長! 何処までも付いていきます!」」」

リックの演説に感極まった部下達が口々に賛同する。自分の手を汚す事も厭わない指揮官と自分達を孤高のヒーローか何かと同一視しているのか、崇高な目標の為に戦っているという優越感に酔っているのか。

そしてリック達はスキュラの死体を沼の縁に生えている木の幹に縛り付け、最後に仕上げを施してから去って行った。

血と泥にまみれた凄惨な死体と、沼の泥に混じった触腕や肉片が放置された。

赤毛の美女が、手術台に四肢を頑丈な鎖で幾重にも拘束されていた。

「…………」

身に着けているのは薄い妙な布一枚で、真っ白な背中や腿の付け根が晒されている。そしてそこには、縮れ引き攣った傷跡が残っている。

美しいが妖しげな歌声が響くなか、音も無くその傷跡に蠟を縫ったような白い手が迫る。

「メス……では無く鉤爪」

「切開」

『ポーション投与』

『三番パーツ』

そして手際良く何かが進んで行く。

迷いの無い手つきで美女の肌を、その下の肉をメスよりも鋭い鉤爪が切開する。その手際は正確で、驚くほど出血が少ない。

しかし麻酔もせずに外科手術をしているため、その度に美女の背筋や肩がビクリと震え、小さく呻くような喘ぎ声が洩れる。

「最後にポーションをかけて、手術終了。ご苦労様でした」

「うむ、良い仕事だったよ、師匠」

『『『～♪』』』

「ええっ⁉　もう終わってしまったの⁉」

うつ伏せになっていたエレオノーラが顔を上げると、「終わってしまったのですよ」と答えるヴァンダルーが居た。

鉤爪を納めた彼はエレオノーラを拘束していた鎖を解くと、手術助手のヤマタと整形手術の後片付けを始める。

「エレオノーラの手術は、そんなにかからないって前もって説明したじゃないですか」

ライフデッド化したテーネシアのパーツを移植して行う整形手術は、エレオノーラの傷跡が数カ所だけだったとしても、地球なら大手術と評されるはずだ。何故なら移植は皮膚だけではなく、その下の肉や血管、神経にまで及んだのだから。

しかし、執刀医がヴァンダルーで患者がエレオノーラだと、簡単な施術だ。

【霊体化】した一部を患者の身体と同化させて体内から出血を抑え、巧みな鉤爪裁きと、そこから分泌する薬剤で再生を促す。

エレオノーラも、部位欠損を再生させる事が出来る貴種吸血鬼だ。【状態異常耐性】スキルのせいで麻酔は殆ど効かないが、そもそも痛みに強いのでこれくらいなら問題無く耐えられる。

……それなのに何故四肢を拘束されていたのかというと、「万が一、身体が動いてしまったら大変だし、ね？」とエレオノーラ本人が希望したからである。

「でもっ……もうちょっとっ……」

「現在の医学では手の施しようがありません」

健康体に医学は無力である。

エレオノーラは味方を求めて思わずヤマタに視線を向けるが、返って来るのは歌っている三つの首以外の六つの首の輝きの無いどろりとした瞳だけだ。

テーネシア謹製の、竜種のヒュドラの中でもランクアップした個体をベースに九人のそれぞれ種族の異なる美女の上半身を首にくっつけた合成ゾンビで、ヴァンダルーも「この人凄い便利」と気に入って色々【手術】スキルで手を加えているが、知能自体は普通のゾンビのままだ。

命令された事以外は殆ど何もしないし、思考力も幼児並だ。

「私はもう少し見せてもらっても構わないのだがね」

代わりに味方になったのがルチリアーノだ。

平気な顔でこの場にいる彼だが、エレオノーラは彼を異性として認識していない。彼自身の「あ、私はアンデッド以外に興味無いから」という手術前に放たれた言葉の説得力が大き過ぎるのである。

「君とテーネシアのパーツが融合する過程は、非常に興味深い。最初は互いに反発し合うのに、師匠の血から作ったブラッドポーションをかけた途端、見る見るうちに一つになって縫合の必要すら無い。まさしく、変化だ」

ルチリアーノが言うように、エレオノーラの身体には縫合等の手術痕が全く見られない。流石にパーツを移植したので、肌の色がやや異なる部分があるのは仕方ないが、この分ならすぐに融合して馴染みそうだ。

「そういう訳で師匠、もう少し移植手術をしてくれないかね？」

「だからもう健康体です。エレオノーラ、念のためにブラッドポーションをもう一本飲んで、後は安静にしていてください」

「仕方ないわね……あぁっ……！」

諦めて白い喉を小さく鳴らしてポーションを飲むと、エレオノーラの瞳が妖しく光る。やはり材料に血を使うからか、ブラッドポーションは吸血鬼に通常とは異なる効果を及ぼすらしい。

「良いのかね、師匠よ？」

「んー、害がある訳ではなさそうなので、良いでしょう」

「旦那様、私は若干不安なのですが」

手術を部屋の端で見学していたベルモンドは、妖しげな様子のエレオノーラに若干冷や汗をかいていた。

(私があんな顔を？　とんでもない。私のような醜い者があんな表情をして見せたら、旦那様に疎まれて……その前に自己嫌悪のあまり自害するのを抑える自信が無い)

そう怯えるベルモンドだが、既に手術の準備は整っており、今から止めて欲しいと言える空気ではない。

「せ、せめて完全に意識を落として手術をするのは……？」

「意識が無いと逆に【高速再生】スキルの効果が落ちますし、ポーションを飲んでもらう時に困るので起きていてくれると助かります。大丈夫です。ヤマタの歌もありますし、痛いのは最初だけではなく最後までですが、出来るだけ抑えるので」

でも天井の染みを数えている間に終わる事はない。ベルモンドの場合はエレオノーラと違って移植する部分が多いので。

「では、私を旦那様の魔術で【幽体離脱】させるのは如何です？」

「出来なくはありませんが、それで【並列思考】の枠が一つ埋まってしまうので。万が一の事態を考えると、余裕は確保しておきたいのです」

患者が生命力の強い貴種吸血鬼のベルモンドなのでまず重篤な医療事故は起きないだろうが、それでも万が一を想定するべきだろう。

「くっ、流石旦那様。隙が無い」

「それは無いだろう、私情も私欲も挟んでいないのだから」

呻きながら賞賛するベルモンドに、ルチリアーノが自分で淹れたシダ茶を啜りながら言う。

「ふふふっ、安心なさい。すぐに何もかも快感になるわ」

「エレオノーラ、そろそろ部屋を出て服を着て休んでいてくださいね。ベルモンドが不安がりますから」

『こっちですよー』

『安静にしましょうねー』

「ああ、ヴァンダルー様がいっぱいいっ♪」

【霊体化】で増えたヴァンダルーの分身が、やはり若干トリップした様子のエレオノーラを手術台ごと運び出していく。どうせこうなるだろうと、もう一つ作って置いた手術台を設置し直して、準備万端。

「それにしてもこのブラッドポーション、そんな効果が本当にあるんですかね？」

自分が飲んでも回復等のポーションとしての機能以外は、ただ甘くて飲みやすいだけなのだが。

「それはそうでしょう。ご自分の血なのですから」

どうやら、流石の吸血鬼も自分の血には食欲を覚えないらしい。

「……じゅるり」

しかし、それまで常に虚ろな顔をしていたヤマタがブラッドポーションを見る時だけは、瞳に原始的な食欲の輝きを宿らせる。ヴァンダルー以外の吸血鬼やゾンビにとって、ブラッドポーションは美味であるらしい。


ベルモンドの手術はヴァンダルーの技術でも、十時間を超えた。

エレオノーラのように皮膚とその下の肉だけではなく、場所によっては骨や、そして幾つかの臓器まで移植したので、たった十時間しかかからなかったと誇るべきかもしれない。

「【霊体化】で調べたところ、幾つかの臓器が傷付いたままなので、この機会にリニューアルしましょう」

ベルモンドは吸血鬼化しているため、別にそのままでも日常生活は勿論戦闘にも問題は無い。しかし、物はついでと言わんばかりに生体臓器移植までやってしまったのである。

将来治したくなった時、テーネシアライフデッドが何かの事情で使えなくなっていたら面倒だからと言って。

(旦那様は楽観主義なのか悲観主義なのか、良く分からない方だ)

そう溜め息をつくベルモンドは、ベッドから立ち上がると「手術後に見たいだろうから」と用意された姿見の前に向かった。

レビア王女が砂を熱し、それをヴァンダルーの【ゴーレム錬成】で不純物を取り除いて形を整えたガラスを使った姿見である。

「つくづく、とんでもない方だ。この姿見を見たら、王侯貴族も放っておかないだろうに」

ガラス製の滑らかな鏡がどれ程の価値があるのか、旦那様は知らないのだろうか? そう思いながら曇り一つ無い鏡面に映る自分を見つめる。

そして覚悟と共に、羽織っていたローブを落とす。

「……っ!」

鏡には、ベルモンドであってベルモンドでない存在が映っていた。思わず息を呑み、驚きのあまり魔眼を発動させかけてしまう程に。

傷痕だらけだった肌は移植する時に変色したのか妙な形の痣になっているが、とても滑らかだ。

無きに等しかった……場所によっては肋骨に皮膚が張り付いているだけだった胸は、大きく柔らかに膨らんでいる。その重さには手術直後から驚いていたが、改めて見ると恐ろしい迫力だ。少し動く

度に揺れるし、重い。

腹から下腹部にかけては、やはり皮膚だけではなくその下の肉や臓器の一部を移植したので、やや太くなってしまった。

しかし太ったようには見えない。元々ベルモンドが細すぎたのだ。今の方が女性的な曲線がついたと、好む者は多いだろう。

だがヴァンダルーがベルモンドの手術で最も時間をかけたのは、それ等ではない。時間をかけたのは、魅惑的な曲線を描く尻――の上に移植された長い尻尾である。

艶やかな毛並みのベルモンドの背程も長いその尻尾は、『鱗王の巣』で討伐した猿……っぽい魔物の尻尾だ。

キマイラの変種らしいが、誰も名称を知らなかった。ヴァンダルーは「ヌエっぽいかな?」と首を傾げていたが、ダンジョンを発生させた〝暴邪龍神〟ルヴェズフォルが逃げたので、誰も正確な名前を知らなかった。

ただ銀色の光沢が艶やかな毛並みの長い尻尾は美しく、不満は無い。

その尻尾を付けるだけなら簡単だったが、尻尾を自由自在に動かせるようにと腰だけではなく筋肉や神経を繋ぎ、何故か頭の中まで少し弄られた。

何でも、元は密林猿系獣人種であるベルモンドの脳には尻尾を動かすための場所があるそうだが、それは尻尾を無くした後時間が経つと無くなってしまうらしい。

そこで死属性魔術でそれを再生させたそうだ。

「……ルチリアーノ氏に退出を願ったのは幸いでした」

この世界に存在しない医療技術の話は、ベルモンドの理解も追いつかない。彼女に分かるのは、手術中……特に脳を施術されている間、自分がどれ程見苦しい状態だったかという事だけだ。

だが、それに耐えた甲斐あってベルモンドの尻尾は彼女の意思で自在に動いた。あまり覚えていないが、先天的に生えていた尻尾よりも器用に動く気さえする。

尻尾以外の身体もそうだ。移植されて一日と経っていないというのに痺れるような感覚は無く、抓れば痛みを感じる。指先でくすぐるように撫でても、それを感じる事が出来る。

この皮膚や肉が他人の物だったとは、とても思えない。

流石に体つきが大きく変わったので、やや違和感は覚える。手足の指は手術前と同じように動かせるが、普段の生活などで気を付けなければならないだろう。

少なくとも、服は全て新調しなくてはならないだろう。以前の服では胸も腰も臀部も収まりそうにない。替えなくて良いのは、靴くらいか。

「それは旦那様に骨を折っていただきますか。私をこんな体にした責任を取っていただかないと……これは？」

念のためにベルモンドが自分のステータスを確認した、その時だった。

「どうしました？　あ、でもその前に目を開いても大丈夫ですか？」

ベルモンドの隣のベッドで寝ていたヴァンダルーが声を出した。当然だが、十時間の手術は彼にとって重労働だったのだ。

単純に、今が子供は寝る時間というのもあるが。

「起きていたのですか。しかし、瞼を開かずに目覚めるとは器用ですね」

「地球では寝起きに何かを見てしまうと、色々な悲喜劇が起こるものなので」

俗に、ラッキースケベと呼ばれる現象である。因みに、この手のそういう現象にヴァンダルーは地球で遭遇した事は無い。

「既に手術室で飽きるほど見ているでしょうに。それに、私は旦那様の情けで拾っていただいた身分なのですが……それは兎も角、ステータスに異常が少々ありまして」

「異常？　状態異常か何かが出ましたか。ではすぐに再手術を」

瞼を閉じたままヴァンダルーが、ベッドから起き上がった。筋肉や脂肪、臓器や骨、神経や脳まで施術を行ったので、元々何かの副作用が起こる事は予測していた。

その可能性はエレオノーラよりもずっと高い。それもあって近くで休んでいたのだ。

「いえ、恐らく旦那様が心配している異常とは、趣が異なるかと」

「ベルモンド、今すぐ命の危険が無いのは分かります。ですが、副作用を放置すると悪化する危険性が――」

「ステータス上の種族が、貴種吸血鬼から、深淵種吸血鬼に変化しました」

「うわー、それは想定外でした」

まさか副作用で種族が変化するとは、想像しなかったヴァンダルーだった。

ベルモンドによれば、ランクや能力値は変わっておらず、また新しいスキルを獲得した訳でもないそうだが……種族が変わって何の変化も無い筈が無い。

まだ変化が表に出ていないだけと考えるべきだろう。

その後、エレオノーラの種族も深淵種に変わっている事が判明した。

「ブラッドポーションの飲み過ぎでしょうか？」

とりあえず、悪い事ではなさそうなので経過観察が必要だろう。

《【手術】、【錬金術】、【導き：魔道】スキルのレベルが上がりました！》

ガラガラと夜空に車輪の回る音がする。

『はははははっ！　実に爽快な気分ですなぁ！』

ナイトメアキャリッジのサムは、紅い目を炯々と輝かせ、月夜を爆走していた。

『坊ちゃんも如何ですか⁉』

「御者台に出ると風圧で顔が歪みそうなので、遠慮しておきます」

荷台で寛いでいるヴァンダルーは、そう答えた。

現在サムが【空中走行】スキルで走っているのは、雲よりも高い上空だ。気圧も地上とは異なり、
冷気は真冬よりも厳しく感じる。

アンデッドであるサムとその一部である馬は問題無いが、御者台に出るとそれらが容赦無く襲ってくるので、爽快感と引き換えにするにはやや厳しい。

「でもやっぱりサムは便利ですね」

『ちゅう、空を飛んで……走っているとは思えない快適さですな、主』

『高……い゛ぃ』

「ねえヴァンっ、お外見たいっ！」

だが荷台は地上と同じ気圧に保たれている。密閉性皆無の筈なのだが、サムの【快適維持】スキルのお蔭で気温だけではなく、気圧や風圧の影響が抑えられているのだ。

「パウヴィナ、地上に降りる前に見ましょうね」

「え～」

『え゛ぇぇぇ』

『『『え～♪』』』

「ヤマタ、謳わなくて良いですよ」

『あんてんしょんぷり～ず、お飲み物は如何ですか～？』

『リタ、あんてんしょんじゃなくて、アテンションですよ』

この夜、ヴァンダルー達は現在アミッド帝国に占領されている旧サウロン公爵領に向かっていた。

目的は、勿論地球のジャポニカ米に近いらしいサウロン米の種籾を手に入れる為。そしてヴィダの新種族であるスキュラ族に会うため、そして情報収集である。

サウロン領出身のカシム達によると、彼らは実際には見た事が無いが、サウロン公爵領には昔からスキュラの自治領が存在するらしい。限られた商人や貴族以外殆ど行き来が無い為、詳しい事は知らないらしいが。

スキュラに死属性魅了……【魔道誘引】の効果があるかは不明だが、一応ヴァンダルーは『ヴィダの御子』だ。それなりに好意的に接してくれる可能性はある。……それを信じてくれればだが。

それでももし困っているようなら取引を申し出て、ダンジョンを設置して行き来出来るようにし、交易やもしもの時の軍事条約を結んでおきたい。

（領土も戦力も増えたけど、タロスヘイムがあるのは閉ざされた僻地。内側に籠るだけではなく、外と積極的に関わらないと、いつか詰む）

勿論、積極的にただ外交すれば良いという訳ではないが――。

（それに将来俺が魔王呼ばわりされて世界の敵扱いされても、味方になってくれる勢力が欲しい）

既に魔王の欠片が二つに、危険な名前のスキルや二つ名を数える気にもならない程獲得してしまった。もし将来名誉貴族になるのに失敗したら、貴族どころか世界的な討伐対象にされてしまうかもしれない。

なので、まずサウロン領のスキュラを味方につけたい。今サウロン領を支配しているのは、どう転んでもヴァンダルー達の敵にしかならないアミッド帝国だ、多少周りを荒らしてもオルバウム選王国と揉める事にはならないだろう。

後、残り二人の原種吸血鬼とハインツの情報が手に入るなら手に入れておきたい。テーネシアから手に入れた情報でグーバモンやビルカインの隠れ家などを幾つか見つけ出したヴァンダルーだが、既にそこは引き払われた後だった。

どうやら、既に対策を打たれてしまったらしい。

また一から情報を収集しなければ。その際、二人の側近を殺させるのにハインツを利用出来れば楽なのだが……。


『坊ちゃん、そろそろ山脈を越えますぞ！』


因みに、【迷宮建築】スキルで転移せずに空路を進むのは、転移だとヴァンダルー以外は植物とゴーストと蟲、蟲に寄生された者しか運べないが、サムだと一度に大勢運べるからだ。

だが、山脈の上層部や上空にはランク10のハリケーンドラゴンを始め、飛行可能な高ランクの魔物が住みつく魔の空、魔空と化している。


『しかし、そろそろお客さんです！』

縄張りを荒らす妙な侵入者に向かって、稲光を発しながら咆哮を上げるハリケーンドラゴン。【導き：魔道】の効果を受けているサムでも、まず敵わない大物だ。


「先生、出番です」

「先生？　まあ、行ってまいります」

『ベルモンドさん、こういう時は『どーれ』って言うのよっ、『どーれ』って！』

「どーれどーれっ！」

「は、はあ。どーれ？」

何故かはしゃいでいるダルシアとパウヴィナのリクエストに答えたベルモンドが、荷台から御者台へ、そして空へ飛び出す。

「では、援護を頼みますよ」

『おおおおおおぉぉぉぉおんっ！』

サムの後方を飛行していたクノッヘンの骨の濁流と毒のブレスがハリケーンドラゴンに襲い掛かり、動きが鈍ったところに金属糸が翼に絡みつく。

ランク１０のハリケーンドラゴンと言えど、同じくランク１０のベルモンドとランク９のクノッヘンの連携の前には、一頭では敵わないのだった。

・名　前：バスディア
・ランク：７
・種　族：グールアマゾネスリーダー
・レベル：５５
・ジョブ：魔戦士
・ジョブレベル：７９
・ジョブ履歴：見習い戦士　戦士　見習い魔術師　魔術師
・年齢：外見年齢２７歳（３１）

・パッシブスキル
【暗視】【怪力：レベル6（UP！）】【痛覚耐性：レベル3（UP！）】
【麻痺毒分泌（爪）：レベル4（UP！）】【魔術耐性：レベル3（UP！）】
【直感：レベル3（UP！）】【斧装備時攻撃力強化：小（NEW！）】
・アクティブスキル
【斧術：レベル8（UP！）】【盾術：レベル6（UP！）】【弓術：レベル5（UP！）】
【投擲術：レベル4（UP！）】【忍び足：レベル3（UP！）】【連携：レベル5（UP！）】
【無属性魔術：レベル3（NEW！）】【風属性魔術：レベル5（NEW！）】
【水属性魔術：レベル5（NEW！）】【魔術制御：レベル3（NEW！）】
【料理：レベル2（NEW！）】【魔斧限界突破：レベル5（NEW！）】

旧サウロン公爵領の街道を四台の馬車が進んでいた。先頭と最後尾の馬車には傭兵が乗り込み、御者も傭兵が務めている。更に、周りを馬に騎乗した傭兵が囲い、守りを固めている。
そして真ん中の二台の馬車には、『商品』が乗せられていた。

「全く、良い世の中になったものです」

この一団の長であるパデシ・ボクタリンは物々しい雰囲気に構わず、陽気な笑顔を浮かべていた。

「噂では、近々この領の名前も正式に改められるとか。いやいや、めでたい。これでアミッド帝国の統治は盤石ですね」

そんな事を言うパデシに、傭兵団の団長が話しかける。

「そんな事を言って良いんですかい、旦那？　旦那は生粋の選王国人でしょうに」

母国の、それも故郷が敵国に占領され支配されている現状と未来に対して、そんなに嬉しそうにして良いのか？　そう聞かれてもパデシの笑顔は曇らない。

「当然でしょう。何処の国に生まれたかは関係ありません。私は商人、利益を得る機会を与えてくれる存在を愛す人種です。そしてオルバウム選王国よりアミッド帝国の方が、私の商売に利益をくれる。見てくださいよ、後ろの商品を。ここが選王国だった頃は考えられない量と質ですよ」

自慢気にパデシが手で指す二台目と三台目の馬車には、それぞれ十数人もの人が乗せられていた。奴隷である。

高価な奴隷の首輪は嵌められていないが、その代わり手足に頑丈な枷が嵌められている。

パデシ・ボクタリンは奴隷商人だった。だがオルバウム選王国でも奴隷制は認められている。それなのに何故アミッド帝国占領下の方が利益を出せるというのか。

それは奴隷達の種族に理由があった。馬車に乗せられている奴隷は、獣人種や巨人種、ダークエルフとのハーフエルフ、中には竜人種も一人居る。全てヴィダの新種族か、その血が色濃く表れている者ばかりだ。

アミッド帝国では人間の、人種とエルフ、ドワーフの奴隷の取り扱いは厳しく決められている。だが、差別対象のヴィダの新種族やその血を色濃く引いている者の奴隷は、実質無制限だ。

パデシはそれに目を付け、旧サウロン領内のヴィダの新種族を駆り集めるようにして奴隷にして売り捌いているのだ。

「確かに綺麗所に、何処でも働けそうな逞しいのが揃ってますな」

馬車には傭兵団の長も思わず涎が出そうな美女や、きつい肉体労働もこなせそうな逞しい男、今から仕事を仕込むのに丁度良い年齢の少年が揃っている。

荒事以外の商売には門外漢の傭兵達だが、これを売り捌けば大きな利益を得られる事ぐらいは分かった。

「しかし、皇帝は五十年の間奴隷に関する法はそのままにするって、代官様が発表したはずでは？」

傭兵達が言うように、アミッド帝国皇帝マシュクザールは占領したサウロン領に帝国の差別制度を布いていなかった。

これはサウロン領の国民に対する猶予であると同時に、罠でもあった。

サウロン領の人種やドワーフにエルフ達が、いきなり隣人や同僚、恋人や配偶者、そして我が子が差別対象にされると聞いたら、当然帝国に反発する。大規模な反抗運動のきっかけになるかもしれないし、選王国へ脱出しようと企てる者は数え切れなくなるだろう。

しかし五十年はそのままだと聞いたら、まず反発するよりも安堵する者が出る。特に人数の多い人種にとって五十年という時間は、大人なら自分の子や孫の世代に交代している可能性の高い遠い未来だ。

寿命の長いドワーフやエルフにとっても、五十年あれば帝国の制度も変わるかもしれないし、その前にオルバウム選王国がサウロン領を取り返しているかもしれないと考える。

だから、お上に逆らうような危険な事はせず、とりあえず様子を見た方が良いのではないだろうか？

そう思うには十分な猶予だ。

そうする事で、サウロン領の人々が一つに纏まらないようにしようという政策なのである。

ただ罠の意図があるとは言え、法は法。犯せば当然厳しい罰を受ける。

「ですからこうして人気の無い道を選んで、皆さんを雇って護衛していただいて、アミッド帝国の領内に密輸しているのではないですか。帝国には見ず知らずの、可愛そうなヴィダの種族の奴隷の為に捜査に乗り出すような憲兵の方は居ませんからね」

「ははは、違いない。この商品はあっし等がちゃんと送り届けますぜ、旦那。ですから……」

「分かっていますよ、働きに応じて報酬は弾みます」

「いえいえ、そうじゃなくてですね――」

奴隷商人と傭兵の黒い談笑に水を差すように、左右の森から口元を布で隠した武装した男女が現れ、馬車の前方と後方を塞いだ。

そして他の者と同じように口元を覆面で隠している、女性の騎士が鋭い眼光でパデシを睨みつけて宣言した。

「我々は『サウロン解放戦線』であるっ！　侵略者すら利用して我が国の国民を売る売国奴パデシ！　命は無いと思え！」

よく見れば顔立ちに幼さが残る、まだ十代後半だろう少女とも言える年頃の騎士だが、その声に含まれた迫力に未熟さは見られない。

「さ、『サウロン解放戦線』だっ！」

「よ、傭兵団の皆さん、早速出番ですっ、頼みましたよ！」

パデシは顔を青くしつつも、取り乱さずにそう傭兵団の団長に叫ぶ。団長はニヤリと口元を歪めると、得物のハルバードを構えた。

「ええ、死刑執行はお任せくだせぇ」

は？　何を言っているのです？

そうパデシは言ったつもりだったが、代わりに口から出たのは自分の血だった。

「かっ……ごぶっ」

白目を剥いたパデシの死体から得物を引き抜くと、団長は女騎士に一礼する。

「終わりやしたぜ、お嬢」

他の傭兵達も、パデシが雇っていた従業員を縛り上げると団長に倣って頭を下げる。

「良し、では奴隷にされた人々を枷から解き放て」

「へい、お任せくだせぇ」

何と、パデシに雇われていたはずの傭兵団はレジスタンス率いる女騎士と通じていたのだ。

傭兵達は突然の事にまだ困惑している奴隷達から枷を外し、レジスタンスは持ってきた外套を女性や子供に羽織らせていく。

何処かほっとした雰囲気の傭兵団団長に、女騎士は話しかけた。

「しかし良いのか、デビス。下衆とは言え雇い主を裏切ったら、傭兵としては生きていけないぞ」

団長……デビスは苦笑いを浮かべた。

「へへ、構いやせんや。元々傭兵団なんざ、戦場で死に損なったから仕方なくやっていただけの腰掛けでさぁ。廃業は望むところですぜ」

そしてデビスはサウロン公爵軍だった頃の敬礼をして、言った。

「あっしらは元々負け犬。死ぬ前にサウロン領の兵に戻れるなら、それもお嬢の旗の下で戦えるってんなら、幾らでも泥を被りますぜ」

「掲げるのは私の旗ではなく、サウロン公爵家の旗だ。私は騎士叙勲も受けていない、ただの騎士爵家の長女に過ぎないぞ」

今は亡き父の元部下が寄せてくれる期待を女騎士、イリス・ベアハルトは嬉しく思いつつも釘を刺すのを忘れなかった。

レジスタンスは彼女が率いる『サウロン解放戦線』以外にも複数組織されていて、サウロン公爵の庶子とその弟が率いる『新生サウロン公爵軍』も存在する。レジスタンス同士の仲間割れに発展しかねないような言動は、周りに仲間しか居なくても控えるべきだ。

「それに、私の家の身分は解放戦線に参加している者の中で最も低いのだぞ。私など持ち上げられる神輿だ、神輿」

実際、イリスの家はオルバウム選王国の貴族制度で世襲可能な貴族の内では最低の騎士爵家。そしてサウロン解放戦線のメンバーは全て彼女より上の爵位の家出身の者達だ。

「イリスお嬢がまた何か言っているぞ。準男爵家五男の俺に対する嫌味かな？」

「さあな、もしかしたら伯爵家の妾腹に生まれた私に気を使っているのかもしれんぞ」

「いえいえ、きっと政略結婚に使うために侯爵家の養女になった元孤児の私に遠慮しているのよ」

ただ、全員出身はそうであっても、実際は普通なら家も継げず大した役職にも就けない、他の貴族家の養子になるか入り婿や嫁にならない限り、平民に堕ちるしかない立場だった者達だが。

先の戦争で貴族の当主や、家督を継ぐ可能性がある長男次男の多くは討ち死にするか、他の公爵領に脱出している。今のサウロン領に残っている貴族は帝国に恭順しているか、領民を安心させるために名前だけ残された傀儡だ。

そして必死に脱出させるほど選王国にとって重要ではなく、しかし一応貴族家の血を引いているため帝国にとって無視出来ないという微妙な立場の者達が、イリスの元に集まっているのだ。

「なぁに、これからは三代前から兵士のあっしが加わるんで問題ありやせんよ」

「それは心強いな。よしっ、そろそろ出発するぞ！」

倍の人数に増えたレジスタンスと、奴隷から民に戻った者達が歓声を上げ、奪った馬車で移動して行く。残されたのは奴隷商人が流した血痕だけだった。

Death attribute Magician

第五章
ラッキースケベとは吸盤である

澄んだ朝の清々しい空気に、人の左手首を帽子のように被った少年の声が響く。

「ここをキャンプ地とする」

このヴァンダルーの宣言を地球のサバイバー達が聞いたら、呆れるかもしれない。「こんなキャンプがあるか」と。

「起きろ」

まず地面が次々にゴーレム化し、山の斜面が適度な面積の広場に形を変えていく。岩盤や岩をストーンゴーレム化し、広場を支える柱にするのも忘れない。

そして出来た広場に、ガラカラガラカラと音を立てて骨が組み上がっていく。

『おぉぉぉぉぉん』

ボーンフォートのクノッヘンが、骨を建材に城壁や生活するための建物に変化していく。屋根は瓦葺ではなく、ステゴサウルス等の骨板、亀の甲羅等々で作られた骨葺屋根だ。

建物の中は空っぽではなく、骨製のテーブルや椅子、ベッドが配置されている。シーツやマットも、サムに乗せて運んだ物をリタとサリアが早速運び込んでベッドメイキングを開始。

ヴァンダルーは【ゴーレム錬成】スキルで井戸を手早く掘って、緊急移動用の極小ダンジョンも【迷宮建築】スキルで建てておく。

最後にノシノシとイモータルエントのアイゼン達がクノッヘンの周りを歩き回り、周りから骨屋敷を見られないように隠す。

「ご苦労さまです、旦那様」

そして一時間も経たずに終了。ベルモンドが淹れてくれたお茶で、皆で一息入れる。

たったこれだけの時間と労力で、何も無かった場所に堅牢な砦と同等の防衛力を持ち、居住性も抜群で、しかも井戸やイモータルエントから食料も得られて、逃げるための緊急避難口まで備えている拠点が完成した。

「災害指定を受けるはずですね」

『おおぉん?』

拠点の核であるクノッヘン（分身のスケルトン）を見ながら、しみじみとヴァンダルーは言った。

何の注意も払っていなかっただろう場所に、突然無数のアンデッドが巣くう砦が出現するのだ。それでは事前の警戒も防衛戦略も台無しである。

特にクノッヘンは【高速飛行】スキルを持っているため、機動力が他のボーンフォートとは比べ物にならない。

やろうと思えば深夜に城壁を越えて侵入し、朝までに町を襲撃しながら砦を組み上げる事も可能だろう。

防衛側から見ると、正に悪夢だ。

「こうなると同じような手を帝国や選王国、原種吸血鬼が使って来る事も考えて、タロスヘイムの防衛戦略を練り直さなければ」

「ヴァン、怖くないよ～。落ち着いて～」

『ヴァンダルー、安心して、怖がらなくて良いのよ』

『ほ～ら、ご覧ください主よ、いつもより多めに回しております』

発作的に危機感を覚えてあり得ない想定を始めるヴァンダルーを、パウヴィナやダルシアが宥めにかかる。帽子代わりに頭に引っ付いていたレフディアは彼の頭を高速で撫で、骨人は気を逸らそうとしているのか、自分の頭蓋骨や肋骨を外してジャグリングをして見せる。

『坊ちゃん、流石にボーンフォートと似た魔物を帝国や選王国が戦線に投入して来る事は……まあ、無いと断言はしかねますが』

九割九分無い。アンデッドや蟲の魔物をテイム出来るのがヴァンダルーだけである以上、ボーンフォートと同系列の魔物を操れる者は存在しないのだから。

超大型の植物型魔物や特殊なゴーレムを使うなら、理論上は同じ事が出来るかもしれないが……机上の空論の域を出ない。

もしこの机上の空論が現実になったとしても、超大型植物型魔物の歩みは陸上の貝より遅いだろうし、現在の錬金術で動く砦型ゴーレムを作ると製作費だけで国が十回は破産する。

『じゃあ、原種吸血鬼の方はどうです？』

「私はビルカインさ……ビルカインやグーバモンの保有戦力までは知りませんが、ボーンフォートはまず所有していないかと」

『え、そうなんですか？　クノッヘンさんはとても便利だと思いますけど』

レビア王女が意外そうに聞き返す。ボーンフォートは歴史上数体しか確認されていない希少なアンデッドだが、ビルカインやグーバモンは神代の時代から現代まで生きている連中だ。アンデッドをテイムできる彼等なら、目を付けてもおかしくない。

そう思ったのだが、ベルモンドは「王女、旦那様を基準に考えてはいけません」と答えた。

「彼らはアンデッドをテイム出来ますが、それは死体を材料に自分の手で創り出したアンデッドを支配出来るだけです。既に存在し活動しているアンデッドはテイム出来ません。なので、彼らがもしボーンフォートを欲するなら一から作らなければならないのですが、この数の骨を集めるのは文字通り骨でしょうね」

しかも、材料を集めた後儀式をしてアンデッド化させるので、それに必要な時間もかなりかかるようだ。

「普通にランク1のリビングボーンからコツコツ成長させるような事はしないのですか？」

「あまりしなかったと思います。戦力としてなら、従属種吸血鬼を増やせば事足りますし……それに旦那様、殆どのアンデッドはクノッヘン殿や骨人殿のように頭が良くないのですよ」

つまり、苦労して育てても「戦え」や「待機」等単純な指示を幾つか実行出来る程度にしかならない。

「そもそも、彼らは別に国や大規模な傭兵団を運営している訳ではありません。犯罪組織の同類です。正面から軍隊と戦う事は元々想定していないのですよ」

邪神派の原種吸血鬼達は、社会の裏に根を張る方法で今まで生き延びてきた。そのため、戦争のような大規模な戦いを自分達が行う事をあまり想定していないらしい。

そもそも原種吸血鬼や上位の貴種吸血鬼は、単体で一国の軍を蹴散らせる戦闘能力を持つ。守るべき非戦闘員を抱えていない彼らは、自分一人か数人で暴れるか逃げるだけで十分なのだ。

「じゃあ、邪神や悪神は？」

「邪神や悪神、ですか……流石にそれは私の知識も及びませんので」

このヴァンダルーの質問には、ベルモンドも答える事は出来なかった。

しかし、これからグーバモン達に加護を与えた〝悦命の邪神〟ヒヒリュシュカカを始めとした邪神悪神とヴァンダルー達は敵対する事になる。

そうである以上、それらの対策も必要だ。

「まあ、対策といっても今はゴリ押しぐらいしか思いつかないので、頭を捻りながら備えましょう」

「申し訳ありません、説得しきれませんでした」

『そんな事ないわ、ベルモンドさん。あなたは良くやったわ！』

『ぢゅう、謝る事はありません。主も、平常に戻ったようですし』

『おおぉん』

そんな様子でベルモンドを労う皆に、ヴァンダルーは「やはり怯え過ぎかな？」と思ったが、無理をしない程度に備えるのは良い事だと考え直した。

こうしたヴァンダルーの被害妄想に等しい危機感の繰り返しによって、タロスヘイムの防衛力はこれまで高められてきたのである。

「じゃあ、とりあえず行ってきますね。皆、山賊や帝国の兵士が来て、やり過ごせない時は処理しておいてください。邪神派の吸血鬼が来た時も任せます。でも、レジスタンスの人達には手を出しちゃダメですよ。死にそうだったら助けてあげてください。あと、レフディアをよろしく」そう言い残してヴァンダルー達はレフディアを託し、キャンプ地から出発した。まずはスキュラとの接触が目標だが、とりあえず情報収集の為に近くの霊を掻き集めなければならない。そのために、ちょっと辺りを一回り散歩するのだ。その際、もしスキュラやレジスタンスと遭遇したら誤解される可能性があるので、『帽子の演技をするから平気』と強硬に主張するレフディアを置いて行く事にしたのだ。

「まあ、望み薄ですけど」

自然の山野には無数の生命が存在し、無数の霊が発生したり消えたりと忙しない。それらの霊はゴーレムを作るのにとても便利だ。しかし、情報源としては有用とは言い難い。

植物の霊は周囲の様子に鈍感で、蟲の霊もあまり期待出来ない。動物なら縄張りの内部がある程度分かる程度。鳥は目が良く活動範囲が広いので最も期待出来る。

しかしそれら野生の動植物の霊は生前の記憶を早々に失い、九割九分まで一年も持たず輪廻の環に還ってしまう事が多い。

そうなると頼りになるのは人間等の知的生物か魔物の霊だ。だが、ここはただの人里離れた自然の山だ。戦場跡でもないので、そうそう人の霊は居ないだろう。

ならば探すべきは魔物の霊なのだが……。

「ゴブリンでも居ないかなー」

『いざ探すと意外に居ませんね、ゴブリン』

「居ないねぇ」

ヴァンダルーとレビア王女、そしてパウヴィナは情報源に出来そうな魔物を探して山道を進むが、思ったよりもここは平和な山らしい。何処にでも居る魔物の代名詞、ゴブリンの影も形も無い。

……身長二メートル越えの巨人種ゴーストと巨大幼女を恐れて、いち早く逃げ出しただけかもしれないが。

「ただの紅葉狩りなら比較的成功なのですけどね」

この辺りは木々の間に適度な間隔があり、日光が木漏れ日になって中々綺麗だ。肝心の紅葉が無く、色彩は乏しいが悪くない風景だ。

「モミジ狩りって、何を狩るの？　モミジって魔物？」

パウヴィナが紅葉狩りと初めて聞いた子供にありがちな勘違いをしているので、ヴァンダルーが訂正しようとするが、その前にレビアが『鹿の魔物ですよ』と答えた。

『異世界では、鹿の肉をモミジ肉と呼ぶと石板に記されていましたから。間違いではありませんよね？』

「はい、鹿です」

まあ、世界が異なるのだし紅葉狩りの意味が違っても別に問題は無いだろう。

そんな時、パウヴィナがクンクンと周囲の臭いを嗅いだ。

「あ、こっちから水の匂いがするよ」

ノーブルオークハーフの鋭い嗅覚を発揮したパウヴィナが、集まってくる有象無象の霊よりもいい働きをしてくれた。

『水辺に行けば、手掛かりになりますね』

スキュラはリザードマン同様に、水辺を必要とする種族だ。勿論全ての水辺にスキュラが居る訳ではないが、手掛かりにはなる。

『では私は御傍で待機していますね』

「お願いします。パウヴィナ、匂いはどっちからしますか？」

「うん、あっちだよっ」

念のために姿を消すレビア王女。ヴァンダルーは水の匂いを辿るパウヴィナに付いていった。

暫くすると、小さな池に着いた。

「スキュラさん居ないね」

残念そうなパウヴィナの言う通り、直径十メートル程の小さな沼にはスキュラの姿は無い。

「ですけど、スキュラだった人は居ますよ」

しかしヴァンダルーの目にはスキュラの霊の姿が映っていた。

『ない……無いよ……無いよぅ……』

酷く暗い顔で両手と下半身の触腕を使って何かを探しているようだ。ヴァンダルーの【魔道誘引】スキルに気が付かない程集中して探しているらしい。所謂地縛霊だ。

これまで彼が出会った霊の中で、最も幽霊らしい霊である。

「何かお探しですか？」

しかし、ヴァンダルーが声をかけるとスキュラの霊は顔を上げ、ハッとしてヴァンダルーを見つめながら表情を緩ませた。表情に浮かんでいた陰惨な影が、見事に外れている。

『大事な、指輪を。貰ったばかりなのに……アタシったら、無くしちゃって……』

これなら姿をパウヴィナに見せても大丈夫だろうと、【可視化】の魔術をかけたスキュラの霊によると、彼女はオルビアという名のこの池の近くに集落を構える部族のスキュラだったらしい。

女性だけの種族のスキュラであるオルビアは、ある男と秘密の交際をしていた。相手の男が立場のある人物で、今は関係を明らかに出来ない状況だったそうだ。

『でも、婚約の証しに渡したい物があるから、一人でここに来て欲しいと言われて、あたし集落から抜け出して来たの。そして、ここであの人から指輪を……あたし嬉しくて気が遠くなって……それで気が付いたら』

「死んでいたと」

『そーなのよっ！　気が付いたら幽霊になっていて、あの人は居ないし、指輪も無いし……何が何だか分からなくて……』

「かわいそう、死んだ時の事を忘れちゃったんだね」

『気が付いたら自分が死んでいたなんて、辛かったでしょう』

オルビアの話を、死んだ経験のある三人が「わかるわかる」と頷いて共感を示す。

「じゃあ、指輪を探すのを手伝いましょう」

『良いの!?　何日も探したのに見つからないのよ？』

「はい。とりあえず増えますね」

『増える？　うわ増えてる⁉』

【幽体離脱】したヴァンダルーが分身して池の泥の中まで調べる。

『何故死んでしまったのか、心当たりはありますか？』

その間にレビア王女とパウヴィナはオルビアが何故死んだのか話を聞いている。【精神侵食】スキルを使う方法もあるが。記憶を無理矢理穿り出した途端発狂や精神崩壊させてしまう可能性があるため、聞いて思い出してもらった方が良いのだ。

『ううん、何も覚えていなくて……』

幽霊の姿は死んだ時の精神状態に左右される事が多い。ナイフで刺殺された人の霊は、胸にナイフが刺さった姿で現れるので見ただけで死因が分かるのだが、オルビアには外傷が無い。

自分が何故死んだのか覚えていないので、霊体に死因が現れていないのかもしれない。

「きっと、あっという間だったんだね。死ぬ前の事は覚えてない？　何か変な事があったとか」

『そう言えば……最近幾つかの集落でスキュラが一人で居る所を何者かに襲われて、酷い姿で殺される事件が起きていて……まさかアタシを殺したのもその犯人⁉　大変っ、もしかしたらあの人も危ない目に⁉』

「だ、大丈夫だよ、周りにその人の霊が居たらヴァンが気付くもんっ」

『そうですよ、きっとあなたの大切な人は無事ですっ』

そう宥められたオルビアが「そうよね、あの人に限ってそんな事無いよね」と落ち着きを取り戻した頃に、ヴァンダルーの分身が全て肉体に戻った。

「残念ながら、指輪は見つかりませんでした。あなたを殺した奴が盗んだか、死体と同じ場所にあるか、その『あの人』が持っているのではないでしょうか？」

『そう……探してくれてありがとう。これで諦めがついたわ』

すうっと、オルビアの姿が薄くなる。指輪がここに無い事を知って、未練が薄れ輪廻の環に還ろうとしているのだろう。

「オルビアお姉さん……」

『生まれ変わったら今度こそ幸せになってくださいね』

『うん、ありがとう』

しんみりと見送るパウヴィナとレビア王女。オルビアは彼女達に笑顔でそう言うと、消えて――

「あ、すみません、スキュラの集落まで案内してくれると助かるんですが」

『そう言えば何処にあるのか話してなかったわね』

消えずに戻ってきた。

「後、アンデッドになるつもりはありませんか？　犯人に自分の手で復讐できますよ」

『うーん、アンデッドは別に。復讐もどうでも良いかな、あの人が無事でさえいてくれたら……あ、でもせっかくだからあの人が無事なのを確認したいかも』

そしてあっさりヴァンダルーに憑りついた。とりあえず、想い人の無事を確かめるまでは憑いて来るつもりらしい。

「嬉しいけど、ビミョー。こうなるんだろうなーって、知ってたけど」

『微妙、ですね。私も、こうなるだろうなと思っていましたけど』

やはりヴァンダルーに輪廻の環に還るところを引き止められた経験者達は、じと目で見つめるのだった。


蟲アンデッドに待機している皆への伝言を持たせ、ヴァンダルー達はオルビアの案内で彼女が生活していた集落に向かった。その集落は山間にある沼にあるらしい。

『ええっ、この子『ヴィダの御子』なの!? 凄いじゃんっ、あたし達スキュラ族もずっとヴィダを信仰しているけど、誰もそんな二つ名持ってないよ!』

「ふふん、そうなんだよ。ヴァンは凄いの。それでオルビアお姉ちゃんが好きなあの人は?」

『名前は言えないの。でもね、とってもカッコイイの♪ 前髪をこう、ふってするとね』

どうやら彼女の思い人は、美形で前髪が特徴的な人物らしい。

「この分だと、話を聞いていれば想い人を特定出来そうですね」

そう呟くヴァンダルーが、集落との間にある川に差し掛かった辺りで、絹を裂くような悲鳴が聞こえた。

「もしかしたら誰かが襲われているのかも」

『うわ速い!? でもなんで手も使って走るの!?』

「速いからです。パウヴィナとレビア王女は、後から付いてきてください」

瞬間的に四足走行に切り替えたヴァンダルーが、二人の返事を聞かずに悲鳴が聞こえた方向に向かう。

『ええっと、多分違うと思うけどそうかもしれないし……あああっ、舌が伸びたっ⁉』

何かオルビアは戸惑っているようだが、【格闘術】の武技【舌刀】で邪魔な枝を切り払いながら、まずは悲鳴の主の元に駆け付けてから考えようと、ヴァンダルーは走ったのだった。

オルビアを殺した殺人犯に襲われているのだったら、魔術を多用する事になるので【飛行】は節約だ。

実際、近くの川までなら四足走行とあまり速さは変わらない。

パウヴィナとレビア王女を置いて、耳に届いた悲鳴の主の元に急いだヴァンダルーが見つけたのは川で溺れているらしい、地球ではまず見ない明るいグリーンブロンドの美少女だった。

「きゃーっ、きゃーっ、きゃぁぁぁ～♪」

悲鳴（？）を上げながら、両腕でばしゃばしゃと水面を叩いている。その周りには、危険な魔物や殺人犯らしい妖しげな人影は存在しない。

ただ溺れそうになっているだけ……なのかもしれない？

「うーん？」

川岸の茂みから顔を出すような姿勢のまま、伸ばした舌をしまうのも忘れてヴァンダルーは美少女をじっと見つめた。

何故かと言うと、目の前の光景がとても奇妙だったからだ。

普通の水泳自慢の人なら溺れかけている美少女を助けなければと、すぐ川に飛び込むかもしれない。

しかし、どう考えてもあの美少女が溺れかける訳がないのだ。

まず、あの美少女は間違いなくスキュラだ。

溺れている美少女の下半身は水に隠れて見えないが、もうすぐ冬になるこの時期、スキュラの自治区内でスキュラの集落近くを流れる川に、胸に布を巻いただけの半裸で入っている。状況証拠的には、もう断定して良いだろう。

下半身がタコの触腕になっているのは勿論、人魚ほど水中に適応していないが半日程度ならずっと潜りっぱなしでいられる種族だ。

勿論、スキュラの中には泳ぎが苦手な人も居るかもしれない。それに川の増水や体調不良が重なれば、溺れる事だってあるだろう。

しかし、この川の流れは穏やかだ。今も美少女の横を、木の葉が緩やかに流れて行った。

「そして何より、俺の【危険感知：死】に少しも反応しない」

それは美少女がヴァンダルーに対して無害である事と同時に、彼女が死ぬ危険性が今は全く無い事を表していた。

「それに悲鳴もよく聞けば、悲鳴じゃないですし」

何故か歌うような抑揚がある。

しかし、だとすると彼女は何でこんな所で溺れる演技なんてしているのかという疑問が生まれる。

地球のファンタジー作品では、スキュラは溺れた演技をして助けようと近付いてきた者に襲い掛かるモンスターとして扱われる事があるが、それだろうか？

でも、それにしては殺意は無さそうだ。

『それでそれで、行くの？　それとも無視する？』

恐らく美少女の知り合いだろうオルビアの霊に聞こうにも、彼女は何故かワクワクと瞳を輝かせてヴァンダルーが何かするのを見守る姿勢だ。

「うーん、とりあえず声はかけましょうか」

助けを求めているようには見えないが、一応危険な殺人犯が辺りに居るかもしれないのだ。声ぐらいはかけた方が良いだろう。

濡れるのが嫌なので【飛行】で飛んで近付こうとして、魔術の行使を察知されて敵と勘違いされたら面倒だと思ったヴァンダルーは、指先から伸ばした糸を【操糸術】で足代わりに操って進む事にする。

見えない糸を足代わりにしている姿も異様だが、正面から見れば水面を歩いているように見えるだろう。

「きゃー♪　きゃあぁ～あ♪」

「もしもし、すみませんがちょっと良いですか？」

「きゃー……はへっ？」

声をかけられて、きょとんとした顔をヴァンダルーに向けて動きを止める美少女。やはり、本当に溺れていた訳ではないらしい。

「な、何でこんな所に子供が、それも川を歩いて？　そ、それよりも、あんた今、ボクに、近付いた!?」

そう言いながら、美少女の表情と顔色が目まぐるしく変わる。前半は驚きから困惑に変わり、後半にかけて徐々に頬を赤く染めながら狼狽え始める。

余程動揺しているのか、彼女の周りにぐねぐねとタコに似た触腕がのたうっている。

よく表情が変わる人だな、羨ましい。やっぱりスキュラだったのか。異世界にはボクっ娘が存在するのか。そんな事を思いながら様子を見ていたヴァンダルーは、彼女が落ち着く様子が無いので声をかけた。

「大丈夫ですか？　落ち着いてください、俺はあなたに対して何の悪意も持っていません」

それに対して美少女は頭を抱えてのけぞった。

「しかも声をかけられるとか!?」

どうしろと？

そう聞き返す前にヴァンダルーの胴体に触腕が巻きつく。

「ちょっとこっち来て！」

そして川の辺まで連れていかれたのだった。

「うあああ……どーしよーどーしよーマジでどーしよぉ～。ボクは求愛の儀式の練習してただけなのにぃぃ」

川の辺で頭を抱えて懊悩しているスキュラの美少女によると、彼女が川でしていたのはスキュラ族に伝わる伝統的な求愛の儀式の練習だったらしい。

結婚を望むスキュラは、泳ぎながら歌と踊りで「誰か私と結婚してください」とアピールする。男はそのスキュラと結婚したければ、水に入ってスキュラに近付き声をかけるか抱きつく。

以上の手順を踏むと、プロポーズが成立するそうだ。

「なんとまあ……」

地球では罠とされている行動が求愛の儀式として採用されているとは思わず、驚くヴァンダルーだった。

（多分、ザッカートや他の勇者から聞いた話をヴィダや他の人がスキュラの始祖に伝えて、それが形を変えて残ったのかな？）

スキュラを初めとした新種族を数多く生み出した女神ヴィダだが、彼女も別に最初から生まれてくる種族の外見や内面をあらかじめデザインして生み出した訳ではない。

魔王との戦争で荒廃した世界を復興するために、強い種族を生み出そうとしただけだ。予想くらいはしただろうが、最初から肌の黒いエルフや、下半身がタコの触腕になっている女性だけの種族を産もうと考えた訳ではないはず。

だから、結果的に産まれた各種族の始祖の姿から、かつて勇者達から聞いただろう地球の神話や伝説、ファンタジー作品に登場する存在から名前を取ったのだろう。

それでスキュラはそう名付けられ、始祖に伝わった話が奇妙な求愛の儀式に形を変えたのだろう。

『今はそんなにしないけどね、この儀式。何でもずっと昔、本当に溺れてると勘違いした男が何人も出て、その後で揉めたらしいから。今じゃもう交際しているカップルとか、この娘みたいに祭の儀式としてするぐらい。あたしとあの人もしなかったしね』

懊悩している美少女からの説明を、オルビアが補足する。

どうやら日本で例えると交際の前に詩を贈り合うようなものらしい。

「教えてくれれば良かったのに」

知っていたら近付かずに離れた所から声をかけたのに。

『だって、ヴィダの御子なら言わなくても知ってると思ったのよ』

「だって気が付かなかったんだもんっ！」

オルビアの霊が見えない美少女が、自分が言われたと思って反論する。しかし、言い終わると肩を落として深い溜め息をついた。

「はぁ……でもやっちゃったもんは仕方ないか。恥ずかしいからって、一人で練習していたボクが悪いんだし。ボクはこの近くの集落のスキュラで、プリベル。君は？」

「ヴァンダルーと言います」

『プリベルは族長の十二番目の娘なんだよ。やったねっ、コネゲットー！』

最初の悲劇的な雰囲気は何処に？　そうオルビアに突っ込みたい衝動を抑えて自己紹介をする。

「ヴァンダルーか。じゃあヴァン君、お父さんとお母さんは何処？　求愛の儀式の事を説明しないと……」

「え？　事故って事で無効にならないんですか？」

「ならないの、ボク巫女だから。まあ、本当に結婚まで行かなくても良いんだけど、お祭りに協力して欲しいんだよ」

目撃者も居ないのだから、無かった事にすれば良いのにとヴァンダルーは思うが、プリベルの立場上それは出来ないらしい。

「巫女って言うのは、冬の誕生祭で神様に求愛の儀式を捧げる役なの。それで、巫女に選ばれたら相手を一人だけ選んで求愛の儀式をするんだけど……二人以上の相手を選んじゃいけない決まりなんだよね」

まさかこんな所を子供が通りかかるなんてと、プリベルは溜め息を付く。

「ボクは……ある事情で急に巫女に決まって、まだ相手の人を選んでなかったからまだ何とかなるけど……君、男の子だよね？　結構ゴツゴツした名前だし」

「男の子ですね」

「じゃあ、ダメだ。君のお母さん達に説明して、儀式に協力してくれるようお願いしないと。それでダメならボクの母さんに事情を説明して、女神様達に謝って巫女を他の子に交代して貰うけど」

信仰的な問題らしい。本来のヴィダ信仰には儀式的な物は殆ど無いそうだが、集落の結束力を高める為等の理由で考案されたのかもしれない。

「あれ？　でも他の集落でも君みたいに白い髪の子って居たかな？　君、何処から来たの？」

ふとヴァンダルーに見覚えが無い事に気が付いて、しげしげと彼を見つめるプリベル。

『プリベルがあたしの代わりに巫女になったんだ。元々あたしと同じ候補だったもんね』

彼女が急に巫女になった事情は、本来巫女に指名されていたオルビアが殺されたかららしい。

「分かりました。協力します」

地球では宗教的な事に関わっていなかったヴァンダルーだが、現世では『ヴィダの御子』だ。思いっきり宗教関係者である。

そうである以上、同じヴィダを信仰するプリベルとスキュラ達に協力するべきだろう。オルビアも喜んでくれそうであるし。

それに、スキュラ族の好感度は種籾を分けてもらうためにも稼いでおきたい。

「えっ、良いの？　ありがとう！　でもまずご両親に説明しないと」

「大丈夫です、理解のある母さんなので」

念のためにダルシアが宿っている遺骨はキャンプ地に置いて来ている。今はリタ達が守っているはずだ。この場には居ないが、多分大丈夫だろう。

「ヴァン～」

そうこうしていると、パウヴィナの声が聞こえてきた。

「うん？　友達……だよ、ね？」

聞こえてきた幼い声にそちらを向いたプリベルが、そのまま硬直した。

金をそのまま使ったようなブロンドの、見た目は八歳前後の少女。ただし、身長は約二メートル半ば近く。しかも、用心の為か片手にはヒグマも殴り殺せる鋼鉄製のメイスが握られている。

「スキュラさん見つけたの？　凄いね、ヴァンっ」

ニコニコと無邪気な笑顔を浮かべながら、ばしゃばしゃと川を歩いて渡るパウヴィナ。どうやら、レビア王女は姿を消しているようだ。

「妹的存在のパウヴィナです」

「そ、そう、随分大きい妹だね。獣人種と巨人種のハーフかな？　やあっ、ボクはプリベル。よろしくね」

パウヴィナの金髪から見える三角形の耳に気が付いてそう見当を付けるプリベルだが、流石にノーブルオークハーフだとは気が付かない。……歴史上パウヴィナ以外存在しないだろう種族なので、気が付かなくて当たり前だが。

「よろしくお願いしますっ。ヴァン、オルビアお姉さんの事は話した？」

「オルビアお姉さん？　なんで君達がその名前を？　オルビアさんは十日前に……」

パウヴィナがオルビアの事を口にしてしまうが、オルビア本人が『後はあたしが説明するからさ、魔術かけて』と言っている。

確かに口下手な自分が説明するよりも良いかもしれない。それに生前からの知り合いなら大丈夫だろうと、ヴァンダルーはオルビアに【可視化】を使った。

『プリベル、ごめんね、あたしが死んじゃったせいで迷惑かけちゃって』

虚空から浮き出るように姿を現すオルビアに、プリベルは目を見張った。そして、瞳に涙を浮かべると――

「お、オルビアさ～んっ！」

感極まって、オルビアの胸に飛び込もうとした。

『ちょおっ⁉』

しかし、オルビアは【可視化】の魔術で普通の人にも姿が見えるようになっただけの状態だ。実体はない。

結果、プリベルはオルビアを突き抜けて後ろに居たヴァンダルーにタックルするような形で川に落ちたのだった。

（……ラッキースケべって、ラッキーじゃないな）

プリベルに押し潰される形で川に落ちたヴァンダルーは、しみじみとそう思った。

決して大柄ではない、どちらかというと小柄なプリベルだがそれは上半身だけの話だ。

下半身は根元から先端まで三メートルは超える太い触腕が八本生えているので……彼女の体重は百キロを超えているのだ。

ひぃひぃと情けない様子で、レジスタンスの男女が走っていた。

「クソっ、もうレジスタンスなんてやってられるかっ！」

「ハッジ兄貴が言い出したんじゃないかっ、レジスタンスを名乗れば飯が食えるって！」

「うるせぇっ！　お前らだって反対しなかったろうが！」

正確には、レジスタンスを詐称していた男女が走っていた。

彼らは故国の為に侵略者と戦う崇高な志を持つ若者達ではなく、単に真面な職にありつけず食いっぱぐれた若者達だった。

冒険者をやろうにも、食って行けるD級以上になれる自信も度胸も、自分を根気強く鍛える忍耐力も無い。

だからといって、大それた犯罪に手を染める程自暴自棄にもなれない。

そんな時レジスタンスと名乗れば、村や町で食料を援助してもらえるという話が耳に入った。

彼らはそれに飛びついた。実際にアミッド帝国とミルグ盾国の占領軍と戦おうなんて、無謀な事はしない。ただ、幾つかの村や町をこっそり巡って、支援者にレジスタンスと名乗って少々援助して貰うだけだ。

実際に抵抗運動をしている訳じゃないから占領軍に目を付けられる事はないだろうし、村人から無理に奪う訳じゃないから冒険者ギルドに討伐依頼が出される事もない。

儲けは少ないが、本物のレジスタンスと出くわさないよう気を付けていれば良いだけの、楽な商売だ。

つい一時間前まではそう思っていた。

彼らの考えは甘かった。占領軍の何とかって貴族率いるレジスタンス討伐隊に見つかってしまったのだ。

討伐隊はレジスタンスが今までどんな事をしてきたのか、軍に与えた具体的な損害の大きさ、そんな事は事前に調べない。

レジスタンスと名乗る連中を狩り出し、狩り出してから調べれば良い。

亡きサウロン公爵の庶子とその弟が率いる『新生サウロン公爵軍』や、『解放の姫騎士』率いる『サウロン解放戦線』等の有名どころなら兎も角、幾つも存在している無名のレジスタンス組織に時間をかけるつもりは無いのだろう。

「ちくしょうっ、ベンやビックスがやられたっ！　ターミも……あんたのせいだよっ！」

「俺のせいかっ!?　ミーチャっ、お前だって二束三文で身体を売るような娼婦に落ちずに済むって、喜んでただろうが！」

「煩いっ、今は逃げるんだよっ！　少しでも遠くに！」

討伐隊は彼等偽レジスタンスを待ち伏せして、三分の一程を弓矢で倒した。彼らは抵抗する事も仲間を助ける事も出来ずに逃げだし、今に至る。

背後に討伐隊の追手の気配は無いが、突然現れるのではないかという恐怖が止められず、彼らは足を止める事が出来なかった。

しかし限界はすぐに来た。心臓は弾けそうだし、呼吸は荒く、足は熱く痛む。一人が堪らず立ち止まると、それを合図にしたように皆立ち止まって座り込んだ。

暫く、彼らが呼吸する息遣いだけが山を満たした。日差しは冬が近いのに暖かだが、それに和む余裕は彼等に無い。

「に、逃げるって、何処へ？」

呼吸を整えた仲間にそう尋ねられ、ここまで夢中に逃げてきたハッジ兄貴と呼ばれた男は顔をくしゃくしゃにした。

「ちくしょうっ！　レジスタンスなんてやらなけりゃあ、こんな事には――」

『れじすたんす？』

「っ!?」

突然聞こえた聞き覚えの無い声に驚いて顔を上げると、茂みから上半身を覗かせた半裸の美女がこちらを見下ろしていた。

（あれは、スキュラっ!?）

ハッジは、美女の髪と瞳の色が緑である事から彼女の種族をスキュラだと見てとった。

彼はスキュラの髪や瞳は緑色が多い事を知っていたのだ。それに冬の近いこの時期、目の前の美女のように半裸で森を出歩くのは、スキュラぐらいだ。

（そう言えば、スキュラの自治区が近かったな。いつの間にか入ってたのか。そうとなれば……）

「ああ、そうだっ、俺達はレジスタンスだ！　追われてるんだっ、匿ってくれ！」

「そうなんだよっ、助けてっ！」

「頼むっ、少しの間だけで良いっ、一晩だけでも！」

目の前に現れた希望の蜘蛛の糸を掴もうと、レジスタンスの芝居を再開するハッジ達。スキュラの集落に逃げ込み、追って来ているかもしれない討伐隊から身を隠そうと企んでいるのだ。

スキュラの女は暫くハッジ達の様子を虚ろな表情で眺めた後、もったりとした口調で応えた。

『れじすたん、す、たすける』

その返答に、ハッジ達の顔が希望に輝く。

「ああ、ありがとうっ、あんたは俺達の命の恩人っ、女神さ……ま……？」

ハッジの見ている前で、バキバキと茂みが折れる。スキュラの美女の上半身が、近付いてくる。

ただ、上半身に続くはずの下半身はタコの触腕ではなく丸太よりも太い大蛇のものだった。

「ら、ラミア？　違うっ、ラミアでもスキュラでもねぇっ!?」

一瞬大蛇の下半身を持つヴィダの新種族と思ったハッジだったが、すぐに自分がとんでもない勘違いをしたと気が付いた。

美女の下半身は、更に太い蛇の身体に繋がっていたのだ。そして、その根元に繋がっているのは、美女の下半身だけではなかった。

耳の尖ったダークエルフの、脇腹にエラのある人魚の、両腕が翼になっているハーピーの、額に複眼があるアラクネの、小柄なドワーフの、背中に翼が生えた竜人と肌が青紫色の魔人の、鬣を伸ばしたケンタウロスの、容姿だけ見れば美女と称えられるべき女達の上半身が、蛇の首に繋げられていた。

「ひゅ、ひゅ、ヒュドラの変異種だぁぁっ!?」

正確には、切断した頭部の代わりに種族の異なる美女九人の上半身を縫い合わせて作られた、ヒュドラゾンビなのだが、そんな事はハッジ達にはどうでもいい事だ。

『『『れじすたんす～♪』』』

重要なのは、目の前の存在が自分達ではどうにもならない化け物である事だけだ。

「に、逃げろぉっ!」

謳う三人（三本？）の美女と、無言のまま迫る他の六人の美女に対して叫んで、一目散に逃げ出そうとするハッジ達だったが、ついさっき限界以上に体力を消費したばかりだ。走るどころか、歩くだけでも精一杯な者が殆どだ。

「ぎゃあ゛あ゛あっ!」

そこに何かが連続して弾けるような音と、耳をふさぎたくなるような断末魔の悲鳴が上がった。

驚いて足を止め、ハッジ達が上を見上げると……そこには異様に大きな手足をして、背中からは皮膜の翼を、腰からは先端に毒針を生やした蛇の尻尾を伸ばした肉感的な美女が飛んでいた。

片手に下げた見覚えの無い濃い緑色の服を着た男が、バヂバヂと音を立てながら白い煙を上げている。

「ひ、ひぃぃ……お、おかあちゃぁぁん……」

恐怖のあまりへたり込んで涙を流すハッジ。他の偽レジスタンス達も、膝から崩れ落ちるようにして倒れ込んだり、尻餅をついた姿勢のままバタバタと逃げようと手足を動かしている。

『れじ……ずだ……?』

『『『れじすたんす~♪』』』

『だずげ、るぅ?』

『かくま、う』『おわれ』『おわれてる』『かく、まう』

ヤマタとラピエサージュは、たどたどしい言葉とハッジ達には理解不可能な仕草で会話を成立させると、ハッジ達を捕まえ始めた。

「ひやぁぁぁっ!」

「助けてぇぇぇっ!」

「死にたくないっ、死にたくないっ。お願い殺さないでくれよぉぉ……」

『だすけ、るぅっ』

『か、くまう』『かくま?』『かくっ』『まう……まう……』

泣きながら悲鳴を上げて命乞いをするハッジ達をそれぞれ捕まえて、周辺の警戒に出ていた二人はキャンプ地に帰ったのだった。

ヤマタは九本の首を持つヒュドラとしてはトップクラスの個体の死体から作られたアンデッドだ。

この事から分かるように、彼女の主体はヒュドラであって、それぞれの首と繋ぎ合わせた美女の上半身は飾りでしかない。

それぞれの上半身で別々の言葉を話し、それぞれ別の五感やそれなりの思考力を持ち、歌を歌う事や身体をくねらせるようにして踊りを踊る事が出来るが、彼女の本体は首の根元であるヒュドラなのだ。

元々、ヒュドラとはそうした生体の魔物だ。複数の頭部全てに脳があるが、それはその頭部と首の動きを補助するためのサブ脳で、全体の思考や身体の制御を司るメインの脳は首の根元にあるたった一つだ。

それはアンデッドになった今でも変わらない。

ただ【並列思考】スキルを持つので首毎に別々の作業が出来る為、ヤマタはヴァンダルーの秘書に抜擢されている。【幽体離脱】や【霊体化】で分裂してデスクワークを行う彼からすると、九人の秘書を使うよりも効率が良かったのだろう。

ただ、ヤマタはそれぞれの上半身の外見とは裏腹に知能はそこまで高くない。何故なら、ヒュドラなのだから。

竜種ではワイバーンの次に下位に位置するヒュドラは、成長しても知能はそれ程高くならない。詳しく検証された事はないが、狼と同じくらいではないかと考えられていた。

だがヤマタはヴァンダルーの【手術】や余暇で行われたレベリング、日々の訓練（調教？）の結果、幼児程度には言語を理解するようになった。

「レジスタンスは助けてください」

そうヴァンダルーから指示されたヤマタは、キャンプ地の周囲を見回りながらレジスタンスは何だろうかと考えていた。

魔物の名前だろうか？　花か？　鳥か？　助けると言うからには、石や土じゃないとは思うけれど。

ヤマタはレジスタンスを見つけたら助ける事は理解したが、何がレジスタンスなのかは理解していなかったのだ。

これはヴァンダルーが迂闊だった。ヤマタが人の上半身を持っているので、彼女に人と同じ程度の知識がある事を前提に考えてしまったのだ。

そしてヤマタは見た事が無い十数人の男女を見つけた。そして、彼らは自分達の事を「レジスタンス」だと名乗った。「助けてくれ」、「匿ってくれ」と。

なので「助けて」、「匿うために」連れてきた。

そしてヤマタと少し離れて見回りをしていたラピエサージュは、レジスタンスを狙っているらしい不審者を見つけて【帯電】スキルで感電死させた後、彼女と一緒にレジスタンス達を連れてきた。

ヴァンダルーへの伝言は、不審者の霊に頼んだ。

『れじすたんす』

『かく、まうぅ』

「なるほど、何があったかは大体分かりました」

ベルモンドは、それぞれの上半身で一人から二人の男女を羽交い絞めにして拠点に連れ帰ったヤマタと、謎の感電死した男の死体片手に戻ってきたラピエサージュから、たどたどしい説明を受けて、大体の事態を把握した。

二人が連れて……捕まえて来た『レジスタンス』の男女、十数名。涙や鼻水で顔がベタベタで、股間が濡れている者も何人か。そして恐怖に耐えきれなかったのか、全員白目を剥いて気絶している。

『きっと、よっぽど怖かったんですね』

サリアがしみじみとした口調で、実は偽レジスタンスのハッジ達に同情する。

彼等が本当に怖かったのはヤマタとラピエサージュ達だろうが、彼女達はそれに気が付いていない。

「殺さないで」「死にたくない」と、必死に助けを求められているように解釈したはずだ。

だからヴァンダルーの指示に従って、助けるためにここまで連れて来たのだろう。

『ヂュォ、ここに辿り着いた途端気絶してしまいました。緊張の糸が切れたのでしょう』

『多分ですが、骨人を見たのが止めになったのでしょうな』

ヤマタ達を出迎えた骨人が気の毒そうに言うが。真実はサムの言う通りだった。

化け物に捕まって連れてこられたのは、謎の建造物。そして出迎えるのはスケルトン。

これは気絶したハッジ達を責められない。

『私達が出迎えれば良かったですね。ようこそ〜♪　って』

『まあ、気休めにはなったかもしれませんね』

少なくとも気絶させずにハッジ達を迎え入れ、そのまま話を聞く事は出来たかもしれない。

『それで、どうします？　この人達』

一転して真面目になったリタに尋ねられて、ベルモンド達は困ったなと暫し黙考した後答えた。

「とりあえず、レジスタンスのようですし……武装解除と怪我の治療をして、幾つかの部屋に分けて休ませましょう。起きたら、とりあえず食事を出して私が話を聞きましょう」

その前に、失禁している方は着替えさせるべきですかと、ベルモンドは大仕事になりますねと尻尾を左右に小さく振った。

もしハッジ達に意識があれば、言動から彼らが偽レジスタンスだと見抜いたかもしれない。だが全員気絶しているので、多少怪しいなとは思ってもとりあえずレジスタンスだろうと思って匿うしかなかった。

レジスタンスの身分を証明する証明書なんて存在しないのだから。

侵略者から故郷を救うためレジスタンスに身を投じた者達にしては度胸が無いなとは思うが、人と戦うのと正体不明の化け物と戦うのは、色々必要な心構えが異なるのだろうし。

それに、何も占領軍とゲリラ戦で戦う事だけがレジスタンス活動ではない。もしかしたら彼らは、戦闘力に乏しい情報戦専門のレジスタンスなのかもしれない。

レジスタンスじゃないかも知れないと見捨てるのはいつでも出来るが、それをした後「実はレジスタンスだった」と分かったら手遅れになってしまう。

それに拠点の場所は知られてしまった。

『どの道、ここまで連れて帰ってきた以上外に放り出す訳にもいきませんもんね』

『ですな。サリア、リタ、男性の方は私に任せなさい』

『はーい』

『なんだか、こうして見ているとヴァンダルーがおしめを替えるのに苦労していたのを思い出すわね』

『ダルシア様、それは忘れて差し上げた方が良いかと』

『おおぉぉぉぉぉん』

『ぎしいぃぃぃぃぃ』

ガラガラと音を立てて、開いていた拠点の門が堅固な骨の壁に変化する。そしてその前にアイゼン達イモータルエントが立ち塞がった。

こうしてハッジ達は望み通り助けられ、難攻不落の砦に匿われたのだった。


ヴァンダルーが、ヤマタとラピエサージュがハッジ達を助けて連れ帰った事を知ったのは、プリベルのタックルを受けて川に落ち、全身ずぶ濡れになった為服をレビア王女の炎で乾かしている途中だった。

吸盤の痕がちょっとヒリヒリする。

オルビアの霊から事情を聞いたプリベルは、ヴァンダルーが特殊な【霊媒師】ジョブに就いているので、アンデッドをテイムできるのだと解釈したらしい。

そう誤解するよう、続いて姿を現したレビア王女がプリベルに説明したのだが。

そしてプリベルとオルビアが話している間に、ヴァンダルーはラピエサージュに感電死させられた偵察兵の男の霊から話を聞き出した。

偵察兵の男はスキュラ族の自治区との境目にある砦に滞在している、アミッド帝国のレジスタンス討伐部隊の所属で、わざと逃がしたレジスタンス（ハッジ達）を追跡し、アジトを見つけようとしていたらしい。

『じ、自分の後方に、もう一人居たはずなんで、今頃、砦に戻っている隊に、自分がやられた事を報告しているはず、でででです。討伐隊の規模は、五十……六十？　五十？　おっ？　おあはへえええええっ！』

蕩けるような表情と目で仲間の情報を売る偵察兵の霊だが、その記憶も蕩け始めているらしい。まだ聞きだしたい事があるので魔力を注いで霊体を保てるようにすると、妙な歓声を上げた。

（【魔導士】ジョブに就いてから、魔力の質が変わったのかな？　前よりも反応が極端なような……まあ、効果が落ちた訳じゃないなら良いけど）

若干霊の歓声に引きながら尋問を続けると、討伐隊の指揮系統や人員、砦に居る守備隊の規模まで分かった。

結果、討伐隊ではクノッヘンの守りを突破出来ないだろうと確信する。それどころか、ベルモンドを筆頭にリタやサリア、骨人が居れば難無く撃退出来るはずだ。

駐屯している砦の方もヴァンダルーが適当に【死霊魔術】と【念動】砲を乱射すれば数分とかからず瓦礫の山に変える事が出来るだろう。

『でも、その後私達がタロスヘイムに戻った後大規模な討伐隊が派遣されて来たら、レジスタンスの人達やプリベルさん達が大変ですよね』

「そーなんですよねー」

野良魔物の群れなら全滅させれば終わりだが、人間の国相手だとそうも行かない。

いきなり大量の軍が派遣される事はないだろうが、精鋭の調査チームが派遣されるはずだ。そのチームには、A級以上の冒険者や、相当の存在が含まれるかもしれない。

その頃にはヴァンダルー達はここに居ないだろうが、それでサウロン領を解放するために戦っているレジスタンス達が迷惑を被るのは心苦しい。

あまりに無責任だろう。

『でも、私達がここに留まって戦い続けるのも難しいですし』

「そうなんですよね。下手に活躍すると、それはそれでレジスタンスの人達にとって迷惑かもしれないし」

無責任だから一緒に戦い続けるという選択肢も、取りづらい。何といっても仲間の殆どがアンデッドだ。ヴィダ教徒はアンデッドに寛容だが、それは「自意識を持っているなら問答無用で討伐するのではなく、成仏するよう促そう」と言う寛容さだ。

無条件に親しむ類のものじゃない。実際、山野に出現するアンデッドは人にとって他の魔物同様に危険な存在なのだから。

そんな危険なアンデッドがレジスタンスと一緒に戦っている。それをアミッド帝国側に知られたら「レジスタンスは邪悪な神々に魂を売った！」と説得力抜群のプロパガンダを流されるのではないだろうか？

それにヴァンダルーが目立ち過ぎると、打倒『魔王の再来』だのなんだのと騒ぎだして、世界の為に国の垣根を越えて〝迅雷〟のシュナイダーや〝蒼炎剣〟のハインツ等、S級冒険者が集結しかねない。

ハインツ一人だけなら敵討ちのチャンスだが、他のパーティーメンバーに加えて他のS級冒険者まで来たら逆にピンチだ。

……シュナイダーは実はヴィダ信者で味方になり得る人物なのだが、ヴァンダルーはその事を未だ知らなかった。

だからと言って、ヤマタ達が救助したレジスタンスを放り出すか、闇に葬るのは人道上問題がありすぎる。では現実的な選択肢というと……。

「討伐隊が来たら何人か生け捕りにして俺が洗脳、アンデッドにやられたように記憶を改竄。殺した方をアンデッド化。最初に洗脳済みの生き残りを放流した後、クノッヘンのスケルトンを数十体分混ぜて砦に向かって放流すれば、占領軍も野良アンデッドの仕業だと思うかな？」

全員生け捕りにして【精神侵食】スキルで洗脳するという選択肢もあるが、ヴァンダルーはこれからスキュラの集落に行かなければならない。

その間に討伐隊がキャンプ地に辿り着いてしまったら、これが妥当だろう。

『まあ、多分大丈夫じゃないでしょうか。普通、スケルトンやゾンビの行動を分析しようとはしないでしょうし』

レビア王女もそう言ってくれたので、ヴァンダルーは紙に伝言を聞いた旨と返事を書いて、こっそり虫アンデッドにそれを運ばせる。

「じゃあ、そろそろ出発しよう。あれ？　この季節にカブト虫？」

オルビアとの話も纏まって、スキュラの集落に案内して族長である彼女の母に会わせてくれる事になったプリベルが、飛んで行く虫アンデッドを見て目を瞬かせる。

「他の虫と見間違えたんじゃないでしょうか」

これからは伝言を持たせる虫アンデッドを選ぶ際には、季節感を忘れずに選んだ方が良さそうだ。

Death attribute Magician

第六章
スキュラ族の歴史

スキュラの集落は、山の麓にある沼地に小屋を建てる形で作られていた。

沼の岸には見た目よりも下半身の触腕で体重があるスキュラ用のしっかりした小屋が、そして沼に浮かぶボートハウスっぽい建造物が集落に暮らす人種や獣人種達用の住処らしい。

邪推するとまるでスキュラが男達を軟禁しているようだが、実際には彼らはスキュラに守られているのだ。

「この辺りは魔境が無いから、沼地の奥に居れば安全なんだよ。外に出たいときはボートを漕いだり、ボク達が運んだり、何なら自分で泳いでも良いしね」

そういう事らしい。

因みに、沼地ならワニ等はいないのかと思うが、「いるよ、美味しいよね」との事だ。スキュラの猟師の主な獲物になっているらしい。

他にも魚を獲り、子牛程のカピバラっぽい大型げっ歯類やカモ等を家畜にしてスキュラ達は生計を立て、主神であるヴィダとスキュラの英雄神であるメレベベイルを信仰して暮らしているそうだ。

「カモも欲しいなー」

「あの大きなネズミも美味しそうだよ、ヴァン」

「そっちも分けて貰いたいですねー」

「でも、きっとタロスヘイムで育てたら魔物になっちゃうね」

「肉質とか変わっちゃいますかねー」

ほのぼのと巨大カピバラやカモの養殖風景を眺めるヴァンダルーとパウヴィナの横で、プリベルは槍と甲殻製の鎧で武装したスキュラの衛兵達にお説教を受けていた。

「勝手に抜け出してっ！　練習したいのは分かるけど、今は危ないんだからね！」

「せめて私達に護衛を頼め！」

「ご、ごめんなさい。でも聞いて、もしかしたらオルビアさん達を殺した犯人が分かるかもしれないんだよっ！」

「それは……そっちの大きな女の子……子よね？　それと関係があるの？」

衛兵のお姉さん達も、プリベルが連れ帰ったパウヴィナとヴァンダルーには気が付いていた。レビア王女は騒ぎを起こす事を避けるために姿を消していたが、二メートルの巨大少女が只者であるはずがないと思われたようだ。

やや躊躇いがちにパウヴィナに視線を向けるが、プリベルが訂正する。

「ううん、小さい方」

「小さい方？　え、それ生きてるの!?」

「てっきり人形かと……」

ナチュラルに酷い。パウヴィナに両手で持ち上げられているが、口は聞いているのに。

「どうも、ヴァンダルーと申します」

「妹のパウヴィナです！」

「い、妹なのね」

とりあえず驚かれはしたが、幸運にも嫌悪はされなかった。

スキュラの集落では様々な混血児が生まれる。この集落では今は居ないが、過去には上半身が小柄なドワーフだったり、逆に巨大な巨人種だったり、中には頭に獣の耳を生やした獣人種のスキュラが存在したらしい。

集落で暮らす人間の方も、人間社会に適応出来なかったハーフエルフ等が居る為、多少変わった見た目でも差別の対象にはならないそうだ。

後、スキュラは微妙にヴァンダルーの【魔道誘引】の効果を受けるらしい。下半身が触腕なので「這いずる」と言う事で【蟲使い】の範疇に入るのかもしれない。……もしかしたら装備出来るのだろうか？

流石にパウヴィナは目立つので、気にしないというのは無理だが。

そしてプリベルはヴァンダルーを特殊な【霊媒師】で事件解決に協力してくれると紹介して、族長の所まで連れて行った。

族長は最初、幾ら娘の紹介でもとやや懐疑的な様子だったが、オルビアの霊をヴァンダルーが【可視化】で見せると、その様子は一変した。

「お、オルビア、あんたっ……あんたぁっ……うわ〜んっ！」

『うわっ！　族長まで何やってんの!?』

「とう」

感極まってオルビアの霊に抱きつこうとする族長。何となくそんな気がしたので、咄嗟に逃げるヴァンダルー。

小屋の壁をブチ破って沼にダイブした族長。「か、母さ～んっ！」と声を上げるプリベル。「何事!?」と飛び込んでくる衛兵スキュラ達。

「スキュラの人達って、抱きつくの好きなのかな？」

「感激屋さんなのかもしれませんね」

『そういえば、アタシ達ってハグするの好きなんだよね。家族や友達なら、挨拶にハグするし』

この会話の直後、オルビアとの再会に感極まった衛兵スキュラ達が彼女に抱きつこうとして擦り抜けてしまい、その向こうにいたヴァンダルーごと族長の後を追った。

「ヴァン～、油断しちゃダメだよー」

殺気の無い、受けても死なない攻撃には隙が多いヴァンダルーだった。

本日二度目の美女の下半身塗れ（触腕）を体験したのだった。


「コホン、恥ずかしい姿を見せたね」

「「失礼しました」」

「いえいえ、気にしないでください」

咳払いをするスキュラの族長と、謝罪する衛兵スキュラ二名、そして謝罪を受け入れる、頬や額が吸盤の痕だらけになったヴァンダルー。

そして謝罪が済むと、衛兵スキュラの二人は族長の家にこれ以上誰も入って来ないよう見張りに行った。

「これ以上濡れたらヴァンが風邪ひいちゃう」

『私が乾かすにも限度がありますし』

「そもそも、話が進まないよ」

という事情で、一先ずオルビアの霊の存在は箝口令が敷かれる事になった。

「それにしても、まさか【霊媒師】がオルビアの霊と再会させてくれるなんてね。最初この子から聞いた時は半信半疑だったけど」

族長でプリベルの母親のペリベール。プリベルを大人にして、胸を三倍程膨らませて、触腕を一回り大きくして、全体的に艶を増したらこんな女性になるかもしれないという二十代半ばぐらいの女性だ。

スキュラはある程度で外見の老化が完全に止まるらしいので、ちょっと見ただけでは姉妹のようだが、やはり子供が十二人も居ると雰囲気に落ち着きが出てくるようだ。

その落ち着きも先程の行動を考えると完全じゃないようだが。

「ハリケーンドラゴンの咆哮が聞こえた次の日に、プリベルが巨人種と獣人種のハーフの女の子と白い子供を連れて来たって聞いたから、もしやとは思ったけど」

「それはどういう事ですか？」

「いや、皆には黙ってたけどメレベベイルから神託があってね」

ペリベールは集落の族長であると同時に、スキュラの英雄神メレベベイルから加護を受けている神官でもある。

そのメレベベイルから彼女は以前、『白い半吸血鬼を迎え入れよ』と神託を受けていた。

「それが俺だと」

「そうさ。ダンピールを見るのはあたしも初めてだけど、あんた見事に真っ白じゃないか」

そんな理由もあってペリベールはヴァンダルー達を迎え入れてくれたらしい。

彼女はヴァンダルーが何処から来たのかも、察しがついているらしい。ハリケーンドラゴンの咆哮が聞こえた翌日姿を現したので、境界山脈の向こうから来たのかもしれないと。

何にせよ、英雄神が態々神託を下す程なのだから只者ではないだろうと。

「それでオルビア、何であんな所に一人で居たんだい？　何か覚えてないの？」

『その、何であそこに居たのかは言えないんだ。それに、どうやって殺されたのか全く覚えてないんだ』

「言えない？　ああ、誰かとの逢引か」

ペリベールはすぐオルビアの事情を察したようだ。もしかしたら、スキュラでは珍しくないのかもしれない。

「しかし思い出せない、か。まあ、手がかりが無いのは残念だけど、その方が良かったかもね」

『……相当酷くやられたんだね、アタシ。族長、それよりアタシと一緒に殺された人は居る？　それとアタシの死体、指輪を嵌めてなかった？』

「いや、あんたの遺体を見つけた場所には他の遺体は無かったよ。それに、指輪もしてなかった」

『そう……』

恋人の死体は発見されていないようだが、まだ無事が確認された訳ではないので安心出来ない。何処かに連れ去られた後、殺されたかもしれないからだ。

「その様子だと、あんたの良い人はこの集落の顔見知りじゃなさそうだね。坊やは何か分かるかい？」

「少なくとも、オルビアを見つけた沼の周辺に人の霊は彼女以外に居ませんでした」

近くに居たらヴァンダルーの【魔道誘引】スキルに惹かれてやって来るはずなので、それは確実だ。だから多分オルビアの恋人は生きている可能性が高いとヴァンダルーは思っているが、既に霊が輪廻の環に還っている可能性もあるので迂闊な事は言えない。

「そうかい、ならとりあえず大丈夫だろう。その恋人も人気のない池で逢引するぐらいだ、それなりに心得があるんだろ？」

『そりゃあもうっ！　あの人の剣の腕ったら――』

「オルビアさん、良いの？　あまり話すとボク達特定しちゃうよ」

『おおっとっ、マズイ！』

安心したのか、オルビアの表情から憂いが消える。そして同じようにペリベールとプリベルの表情も明るくなった。惨い殺され方をしたらしいオルビアが、生前の彼女のままだった事に安心したのだろう。

殺人事件の新しい手掛かりが無いのは残念だが、誰しも知り合いが悲哀に沈み、憎悪に歪んだ顔は見たくないのが人情だろう。

「殺人事件について話してもらえますか？」

「ああ、少し長い話になるよ」

ペリベールによると、このスキュラの自治区ではここ半年ほど各集落でスキュラが一人で居る所を襲われて殺される事件が起きているそうだ。狩猟や採集に出かけたり、得物を深追いして仲間と逸れたり、いつの間にか居なくなっていたスキュラ達が、翌日変わり果てた姿になって晒されているらしい。

その晒し方がほぼ同じなので、同一犯ではないかと各部族では考えられている。

既に犠牲者はオルビアを入れて、五人。彼女で全ての部族で一人ずつ殺された事になる。

「一応犯人の目星はついてる。帝国との和平案に納得出来ない、アルダの過激派じゃないかってね」

「和平案？」

「正確に言うなら、不可侵条約ってところかね。ここがサウロン公爵領だった頃に納めていた税よりも若干高い税を納める代わりに、あたし達の自治権を保証するって向こうは言ってきてるのさ。勿論、ヴィダ様やメレベベイルへの信仰もそのままでね」

意外な事にアミッド帝国はスキュラ達を武力制圧し、圧政で苦しめようとはしていないらしい。ペリベールによると、直接彼女が見た訳ではないが元サウロン公爵領全土で同じ事が言えるのだそうだ。

栽培する作物を麦に変えさせようとせず米のままで良いと保証したり、税をサウロン公爵が納めていた頃と同じにしたり、高すぎる地域では下げた事もあった。

ヴィダ信仰に対しても、改宗を促しはするが収容所に監禁したり拷問にかけたりするような事をしているとは聞かないらしい。

「てっきり、『帝国に忠誠を誓わない者は人に在らず』って虐殺してるかと思ったのにね」

『ヴィダ神殿を守ろうとする信者の人達ごと打ち壊したり、反抗的な人々に鞭を打ってアルダの神殿を建立するための強制労働を強いているものとばかり』

「……あんた達があたし達以上に帝国を嫌ってる事は良く分かったよ」

パウヴィナやレビア王女の言葉に、ペリベールだけではなくプリベルも若干戦く。

因みに、ペリベールもレビア王女に関しては納得済みである。「驚いた、【霊媒師】ってアンデッドをテイム出来たんだね」と。

実際には違うのだが神託もあるし、目の前で特殊な【霊媒師】の少年がレビア王女のような会話も普通に出来るアンデッドを連れていたら、そんなものかと納得してしまうらしい。

それに、スキュラには【魔道誘引】がアンデッドや霊等と比べると大分控えめだが有効だ。好印象を抱いてくれるので、あまり疑わずに信じてくれる。

「まあ、そんなもんですよね」

そしてヴァンダルーはペリベールの話に、そう納得していた。帝国が圧政や虐殺を行っている場合もあるかもしれないと思っていたが、それ以上に程々の条件で占領状態を維持してそのまま領土化しようとしている場合もあると思っていたからだ。

帝国やその属国の民をサウロン領に大量移住させるような事が出来ないなら、領地を維持出来るよう程々に抑えるしかない。

それに神が現実に存在するとハッキリしているこの世界では、あまり無体な事をしていると雲の上から制止がかかる。サウロン公爵領の住人がタロスヘイムのようにヴィダの新種族だけだったら違っただろうが、住人はヴィダを信仰している者も多いが、人種やドワーフ、エルフもいる。少数だが、アルダを信仰する者も居ない訳ではなかったろうし。

「でも皆さんに対する要求が穏健なのが解せません」

「それはね、色々事情があると思うんだけど……まあ、攻めても割に合わないからかな」

「ボク達の自治区って山が多くて平地は少ないし、池や沼が多いし、人だけで攻め込み難いし、暮らすには不便だからね」

境界山脈に接しているこのスキュラの自治区は、殆どが山岳と湿地帯で構成されている。

そしてスキュラは見た目通り沼沢地や水中水上での戦いが得意だ。更に、見た目と違って陸上でも不自由無く動ける。それどころか、斜面では脚が八本もあるため、二本脚の人よりも余程安定している。

そして基本的に強い。

生まれつき【怪力】スキルを持っているので、下半身の長い触腕を振り回すだけで普通の兵士には十分過ぎる脅威なのだ。

身体も大きく素の状態で騎乗しているような状態なので、槍を持たれたら歩兵では抑えるだけで五人は必要だ。

しかもスキュラ族はワニ相手の狩猟でも使用する【格闘術】等の武術系スキルを全ての者がある程

度修めているので、非戦闘員が幼い子供以外存在しない。

止めは、弱点らしい弱点が無い事だ。一見すると人と変わらない上半身が弱点にも思えるが……その細腕もしっかりと【怪力】と【格闘術】スキルの効果内だ。

しかも、人と同じ形の手をしているので弓でも槍、剣でも器用に使いこなせる。

そして恐ろしい事に、ある程度なら下半身の触腕は勝手に動いてくれるらしい。だから、上半身の腕で構えた弓矢で遠くの敵を狙いつつ、下半身で近くの敵を絞め殺す事が可能なのだ。

「わぁっ、同じにょろにょろでもヴァンの舌より凄いんだねっ！」

『いや～、あれもあれで凄いと思うけど』

「え、舌？」

「それは兎も角、説明を続けてください」

そしてこの自治区で生活しているスキュラは五つの集落で合計すると約五千人。攻め落とすには単純計算で歩兵が二万五千人以上の戦力が必要だ。

そんな莫大な軍事費を投じ、犠牲を出して手に入った土地で確保出来る農業用地は山岳と沼や池が多いため少なく、暮らすには想像を絶する大規模な開拓を行うか、漁業や山での狩猟と採集に頼らなければならない。

農地ではスキュラ棚田もあるが、あれはノウハウが無いと維持出来ない代物だ。

更に魔境も危険な境界山脈を登る以外では、大きな沼沢地の真ん中にしか無いそうだ。ダンジョンも一つあるが、内部は全て沼地や川、大きな湖などスキュラでなければ攻略が難しい構造になっている。よって、魔物やダンジョンの産物で生計を立てるのも難しい。

よって、帝国にとって魔物にルーツを持つヴィダの新種族を討伐する事を是とするアルダ神殿の関係者を満足させる以外、この自治区を攻め落としても利益に乏しいのだ。

交渉で済ませようとする訳である。

そしてペリベールはこの和解案に納得出来ない過激なアルダ信者が、自分達を挑発して和解案を自主的に蹴らせるために殺人事件を起こしているのではないかと考えているようだ。

D級冒険者相当の手練れが数人居れば、一人で居るスキュラを始末する事は可能だ。

「でも、将来的には要求する税を更に釣り上げるなど、色々仕掛けて来るのでは？」

「まあ、そうだろうね。集落同士の連帯をバラバラにするとか、色々企んでいると思うよ。それは皆分かっているけど、正面から反抗して、帝国をその気にさせたら最終的には全滅だからね。表向き和解案を飲んで、時間を稼いでいる間に移住する場所を探すとか色々するさ。もしかしたら、オルバウム選王国がサウロン公爵領を奪い返してくれるかもしれないしね」

ペリベール達はアミッド帝国への警戒心を捨ててはいないようだ。彼我の戦力差を認めつつ、最終的に生き残る道を模索している。

ただ、それにしては元々自分達が属しているはずのオルバウム選王国への期待感が薄いようにヴァンダルーには感じられた。

スキュラ族にとって、選王国は祖国ではないのだろうか？

「それで、種籾やカモ、ヒュージカピバラの番を報酬に事件を調べてくれるそうだけど、今日はどうする？　そろそろ日も暮れるし、他の犠牲者の遺体が見つかった場所はここからじゃ少し遠いよ」

「じゃあ、オルビアさんの遺体を見せて貰えませんか？　残っているならですけど」

「ああ、大丈夫。あたし達は沼葬だからまだ残ってるはずだよ。オルビアが見つかったのは、五日前だし。でも……見るのかい？」

かなり惨い事になっている事を言外に告げながら、ペリベールはヴァンダルーに質問した。本来なら子供に見せられる状態ではないのだろう。

『大丈夫です。へ……ヴァンダルー君は慣れていますから』

「ああ、そう言えば【霊媒師】だったね。ならいい……のかね？」

やや首を傾げながらも、衛兵スキュラの一人に案内するようにペリベールは言ってくれた。

「じゃあ行ってきます」

「行ってきまーすっ！」

「……パウヴィナはオルビアさんとレビア王女と一緒にお留守番」

「えぇ～!?」

スキュラ連続殺人事件の調査は、まず検死から始まるのだった。


夜目が利くスキュラの衛兵達に案内された彼女達が墓地として使っている沼で、ヴァンダルーはオルビアの死体を掘り起こしていた。

「彷徨える霊よー」

それっぽい適当な呪文モドキを唱えているが、実際に死体を掘り起こしたのは【ゴーレム錬成】スキルで沼の泥から作られたマッドゴーレムである。

「沼の泥がまるで生きているかのように……！」

「【霊媒師】ってこんな事も出来るのね」

衛兵スキュラが沼の泥が蠢き、泥だらけの死体が出てくる様子に息を飲む。聞けば、やはりここでも【霊媒師】は珍しく、昔は居たらしいがここ千年程スキュラから【霊媒師】は出ていないらしい。

そのため「いや、それ【霊媒師】違う」と言うツッコミは無い。

それをいい事に、未知のスキルを使っている事を誤魔化したヴァンダルーは、現れたオルビアの死体の検死を始めた。とは言っても、スキュラ族の葬儀である泥沼に沈められて数日経った死体だ、葬られたため残留思念も薄れていて、分かる事は少ない。……DNAや指紋が残っていても、検出や照合する技術が無いので元からそれらの証拠に期待はしていない。

しかし掘り起こしたオルビアの死体の状態自体は良好だった。腐敗が抑えられており、沈められた時と同じ状態が保たれているようだ。地球で泥の中で保存された死体がミイラ状になって発見される事例があったと思うが、それと似たようなものかもしれない。

「これは酷くやられていますね」

ただ巻かれていた布を取ると、死体の様子は惨いと言うしかない状態だった。体中切り傷だらけで、特に胸と下半身が酷い。乳房は左右共にズタズタにされていて原形を留めておらず、下半身の触腕は全て切断されていた。

それに、身体に押されたアルダの聖印の焼印。

「この状態で沼の近くに生えている木の幹に縛り付けられ、晒されていたそうだ。切り落とされた部分は、殆どが獣に持って行かれてしまったのか、発見出来なかった。それ以外は、幸い多少齧られたぐらいだったが……」

何でも乳房はヴィダを信仰する女性にとっては生命の象徴として重要な部位で、下半身の触腕は神話の時代神になったスキュラのメレベベイルの象徴らしい。

つまり犯人達は意図的にスキュラの尊厳を傷付ける壊し方をしている。

焼き付けられたアルダの聖印、そして死体に刺さったままだった矢はアミッド帝国の討伐軍で使われていた物らしい。

(地球の刑事物なら、証拠が揃い過ぎていて怪しいと思うところだけど……)

これは明らかに見せしめや挑発の為の殺人だ。犯人が正体を隠すつもりが無いのなら、証拠が揃い過ぎている事を気にする必要はない。

「どうだ、何か分かりそうか?」

「まあ、やってみます」

死体に触れて、その部分から【霊体化】で伸ばした霊体で内部をスキャンする。

(頭蓋骨に致命傷無し。矢傷も重要な臓器は傷付けていないし……切り傷のどれかが死因か?)

意外な事に死因がはっきりしない。生活反応……傷を付けられたのが生前と死後のどちらなのかが分かれば良かったのだが。

「どうだ？　何か分かったか？」

「君が会わせてくれたオルビアの様子を見て私達、正直ほっとしたのよ。私達、彼女が生きたままこんな酷い目に遭わされたんじゃないかって思っていたから。でも、生きていた時と同じ元気なオルビアの姿を見て、安心した……」

黙ったままのヴァンダルーに色々衛兵スキュラ達が話しかけてくる。やや気が散るが、そのお蔭でふと気が付いた。

「そう言えば、オルビアは自分が殺された時の事を覚えていなかった……」

最初は単にショックで記憶が飛んだのかと思ったが、それにしても覚えてなさすぎる。精神的なショックで忘れていても霊体に歪みが出るか、何かに怯える等挙動に不自然さが現れるものだが、それが彼女には全く無い。

生きている人間観察経験はまだ数年だが、死者の観察経験は二度目の人生を含めれば約三十年のヴァンダルーだ。間違いない。

ならオルビアは精神的なショックで忘れているのではなく、本当に自分が殺された時の事を覚えていない事になる。

ならまず考えられるのは頭部に攻撃を受けて意識を一瞬で刈り取られた場合だが、既に頭蓋骨や脳に深い傷が無いのは分かっている。

（他に心臓、無傷。頸椎、無傷。それ以外の各種内臓はそこそこ傷ついているけど、即死には至らない臓器だ。下半身の方は神経や筋肉はあっても、触腕の根本にあるサブの脳らしい物以外は内臓無し。うーん、俺がスキュラの生態を知らないから見つけられないだけかな？）

「すみません、ちょっと俺の頭に触れて暫くじっとしていてください」

「頭に？　こうか？」

「このままじっとしていればいいの？」

ややや困惑した様子の衛兵スキュラの二人が、言われた通りヴァンダルーの頭に手を乗せる。

「はい、そのままで。気持ち悪かったりするかもしれませんが、我慢してください」

「えっ？　はっ、ぐぅぅぅっ？」

「な、何かがっ、入ってくるぅっ!?」

そして触れているところから霊体を衛兵スキュラの二人の体内に侵入させる。

彼女達に、グールや獣人種以上に地球やラムダの人間と姿形が異なるスキュラの生理学を知るために協力して貰うのだ。

（上半身はやっぱり基本ホモサピエンスに近くて、内臓の働きも……肺の作りが変わっている事以外は同じかな？　えーと右のお姉さんの胃が荒れ気味っぽい。治しておこう）

悶えるスキュラ達に少しサービスしつつ、生の生理学をざっと学ぶがオルビアの死因の手掛かりは見つからない。

もう一度オルビアの死体を調べると、不自然な傷が一つある事に気が付いた。

「指？」

オルビアの左の薬指に、針が刺さったような小さな傷があった。

小さくて浅い傷だが……オルビアは死ぬ前に、秘密の恋人から指輪を受け取っていた。

「念のために……」

死体に残っていた残留思念を読み取ってみる。そこには余程嬉しかったのだろう、呪いの氷や魔術で保存されていた訳でもないのに、鮮明な映像が残っていた。

左の薬指に指輪を嵌めている自分自身の手の映像が。

秘密の恋人の姿は不鮮明で姿は確認出来なかったが、前髪が特徴的だという事は分かった。

「証拠の指輪を見ないと何とも言えませんけど……反吐が出そうな真実が待っている気がします」

指輪を渡したオルビアの恋人が怪しい。指輪に毒を仕込んで彼女を毒殺した疑いが濃厚だ。

しかし、毒は時間が経ち過ぎたのかオルビアの死体からは見つけられない。証拠の指輪も、残留思念の映像だけでは細工がされているか分からない。

もしかしたらオルビアの恋人は無実で、指の傷はその日偶然棘か何かが刺さっただけ。彼女の死因は隠れていた殺人犯が、即効性の毒を縫った矢を放ったからという事もあり得ない話じゃない。

今の時点でオルビアに伝えるか悩むところである。

「どーしたもんでしょう」

「うぅ、何を、したんだ？　なんだか、お腹が温かいような……」

「も、もう終わり？　終わり、よね？」

悩むヴァンダルーは、溜め息をついた直後に自分のせいで腰を抜かしてへたり込む、衛兵スキュラの二人に気が付いたのだった。


スキュラ族の自治区の境界と接している砦の司令官を任されているミルグ盾国出身のクルト・レッグストンは憂鬱な顔で、暫く前から滞在しているマードック・ゼット隊長の報告を聞いていた。

「つまり、レジスタンスをわざと逃がして泳がせ、アジトを割り出す作戦を続行中という事ですか」

「その通りであります」

レッグストン伯爵家の三男（現在は長男が当主なので、当主の弟という分家の立場だが）で砦の司令官であるクルトに、マードックは言葉だけは慇懃に、表情は見るからに嫌味っぽく答えた。器用な男だ。実際、仕事もそつなくこなすのだろう。

「ターゲットのレジスタンスは練度も低く、アジトを割り出せば恐らく数日中に壊滅させられるでしょう」

マードックは占領軍司令部が任命した対レジスタンス討伐部隊の部隊長だ。占領軍が手を焼いているサウロン領のレジスタンス組織を討伐するため、この砦に滞在している。

実家の地位も軍の序列もクルトの方が上なのだが、マードックはある理由から彼を見下していた。そしてクルトも不愉快に思いながらも、それも無理は無いと諦めている。

何故ならマードックは軍上層部から活躍が期待され、既に幾つかのレジスタンス組織を壊滅させている花形部隊の隊長。

対してクルトは、ミルグ盾国の前軍務卿であるレッグストン家の三男だが左遷された指揮官だ。

大失敗に終わった境界山脈への遠征。一つ上の兄のチェザーレが帰らぬ人に――遠征軍の半分以上がアンデッド化して帰ってきてしまった事を考えると、せめてもの幸いだが――なったが、クルト本人は遠征軍には関わっていなかった。

だから表向きは何の処分も無かった。しかし、やはり連帯責任や他の将兵への引き締めという理由もあって、クルトは本国を離れ、この重要度の低い小さな砦に赴任する事になった。

何せここは、オルバウム選王国が建国する以前に当時まだ公爵領ではなくサウロン王国だった当時の為政者が、「スキュラ族に自治権を認めたけど、念のために関所を兼ねて砦でも建てておこう」という理由で建てた砦だ。

スキュラ族が無謀な反乱でも企てない限り軍事的価値は、無きに等しい。

その反乱もアミッド帝国の外務族の貴族が行っている交渉が進んでいるので、まず起きそうにない。

つまりクルトは念のために配置された警備員の警備隊長程度の存在なのだ。

ただ本国のパルパペック軍務卿からも「今はほとぼりが冷めるまで、休暇だと思って耐えて欲しい」との手紙を受け取っているので、いつか返り咲けるだろうと腐らず日々務めているのだが……。

(軍務卿殿、自分はこんな不愉快な男と過ごす休暇なら要りません)

気分的には今すぐ、前線の一兵卒でも良いから仕事を交代して欲しいクルトだったが、それを態度に出す訳にはいかないのでグッと耐える。

「しかしそんな連中を幾ら捕らえても、新生サウロン軍やサウロン解放戦線を捕らえなければ意味が薄いのでは？」

だが、つい余計な一言が口から出てしまった。しかしマードックは厭味ったらしい笑みを強張らせるどころか深くする。

「確かに、新生サウロン軍の団長、サウロン公爵の隠し子パリス。そしてその弟の副団長、リック。サウロン解放戦線の『姫騎士』を捕らえれば大金星でしょう。しかし、重要なのはレジスタンスが我々占領軍によって次々に捕らえられているという実績を、このサウロン領の民草に教えてやることです」

それによって一般市民のレジスタンスへの期待感は薄まり、反乱の気運も収まる。

無駄に終わる反抗よりも、大人しく恭順した方が得だと教え込むのだ。

「それに最近は主だったレジスタンス組織がこの近くに集まっているという情報もあるのでね。恐らく、スキュラ共に我々帝国との交渉案を飲ませたくないのでしょうな。我が部隊が公爵の隠し子と姫騎士を捕らえ、処刑する栄誉を賜るのは時間の問題でしょう」

自己陶酔を滲ませてそう断言するマードックに、クルトは彼がギャフンと言う姿を見たいと思ってしまった。

「それは結構な事ですな。ですが、今は交渉がまとまるかどうかの大事な時期。幾らレジスタンスを討伐するためであっても、スキュラ族の自治区には十分な配慮をお願いします」

アミッド帝国の属国であるミルグ盾国の貴族家出身のクルトは、当然アルダ信者だ。しかしアルダ信者である前に彼は軍人である。上層部の命令は絶対だ。

その上層部がスキュラ族に対して決戦ではなく交渉で臨むと判断した以上、それに従う事に異論は無い。邪魔をするなど論外だ。

そのため、マードックの隊がスキュラ族の自治区の近辺で派手な動きをして、彼女達に占領軍からの脅迫だと解釈されて交渉の席で揉める事を憂慮したのだ。

勿論同じ占領軍所属のマードックが、スキュラ族との交渉について知らないはずはないのでただの確認のつもりだったのだが。

「おやおや、精強で知られるミルグ盾国軍人がタコ女共相手に及び腰ですかな？」

だが帰って来たのはこの言葉だ。タコ女とはスキュラ族にとって、酷い侮辱に当たる。

交渉中の今、軍人が、それも勤務中に口にして良い言葉ではない。

「マードック殿、くれぐれも注意をお願いします」

マードックがどんな価値観の持ち主で、スキュラに対して何を考えているのかは知らないが、彼が何かやらかしたらクルトと部下がとばっちりを受けるのだ。重ねて確認するが、マードックから聞けたのは「ご心配には及びませんよ」と言う、全く安心出来ない返事だけだった。

「交渉が決裂し、スキュラ達が自治区から出て攻め込んで来れば占領軍は勝てる。だが、中途半端に怒らせて籠城でもされたらどうするつもりだ。占領軍の上層部は、自分が手柄を上げる事しか考えていない狂犬に手綱も付けないのか」

マードックより若いはずのクルトは苦りきった老け顔で、彼が退室した後そう毒づいた。

◇

スキュラ族はサウロン公爵領の前身であるサウロン王国が建国されるずっと昔から、この山間の沼で生活していた。彼女達にとっても不便な傾斜のきつい斜面を棚田にし、農業と採集で生計を立て、外の快適な平地に領域を広げようとはしなかった。

それがスキュラ族の生存戦略だったからだ。

アルダ神殿主導の聖戦を唱える国々、領土を欲した侵略戦争、中には美女揃いのスキュラを奴隷にしようと戦争を仕掛けてきた国もあった。

その度にスキュラ達は人間達の軍が不得意な沼で戦い、それでも持ち堪えられない時は家族単位でバラバラに山に逃げた。

そして何年も何十年も待ち、敵がスキュラ達の土地を扱いかねている頃に襲い掛かって土地を取り戻してきた。

初代サウロン王が初めてスキュラの自治権を認め、当時の族長の娘を自身の側室に迎え、末の息子を婿に出した。

「その婿に来た国王の末息子の曾孫が——」

「ペリベールさんなの!?」

「うんにゃ。あたしの一番新しい夫と、そこのオルビア」

「そっちっ!?」

ヴァンダルーがオルビアの死体の検死をしている間、パウヴィナ達は、集落の長ペリベールからスキュラ族の歴史を物語にしたものを聞かされていた。

「つまりボクはお姫様の玄孫で、オルビアさんはボクの伯母って事になるね」

『ちょっと、あんたの親父とアタシは姉弟じゃないからっ！　従兄弟同士だから！　オバじゃないのっ！』

スキュラは四百年程生きる長命種族なので、彼女達にとっては何百年も前の話でも少し前の先祖の話程度だ。

そして女性だけの単性種族のため他種族の男と婚姻するスキュラだが、子供は半々の割合で夫の種族として生まれてくるそうだ。女児ならスキュラ、男児なら夫の種族と分かり易い。それ以外の場合もあるが、それが起こるのは数千年に一度程度の奇跡的な割合である。

『じゃあ、オルビアさんとプリベルさんは、世が世ならお姫様だったかもしれませんね』

レビア王女がそう言うと、ペリベールの笑顔に皮肉が混じった。

「まあ、初代国王のような人の治世が続いていたらね」

自治権を保証され王族の血縁になったスキュラ達だったが、初代国王が崩御して数年後妾だった族長の娘と彼女が産んだ娘達は、新王の決定によってスキュラ族の自治区に戻されてしまった。王位継承権も放棄させられて。

それ以降も、サウロン王国がサウロン公爵領に変わってもスキュラ族の自治権は認められたが、自治区を出る事も禁じられてしまった。

存在を認めるが、それ以上は認めない。そんな態度だったそうだ。

「お蔭で自治区に外から来るのは許可証を持ってる商人の隊商と、依頼を受けた冒険者、あと視察に来る文官ぐらいでね。時々そのまま残ってくれる人も居るけど、そこそこ不自由してるよ」

『そんなっ、サウロン領ではヴィダ信仰が盛んなのではないのですか⁉』

「また偉い人がアルダ信仰に被れたの？」

ショックを受けた様子のレビア王女と、首を傾げるパウヴィナにペリベールは「まあ、ヴィダ信仰にも色々あるからね」と答えた。

「中にはアルダ程じゃないが、スキュラやラミアなんかの魔物の血が混じっている種族を差別する宗派もあるのさ。まあ、急に態度が変わったのは宗教絡みじゃなくて政治的な理由らしいって、あたしが子供の頃当時の長が話してくれた気がするね」

二代目の国王が即位した当時、彼の有力な支持者が前王の寿命が長いスキュラの姫が王宮で長く影響力を持つ事を嫌ったからだとか、そんな事情だった気がする。

二代目の国王は腹違いの妹とその一族を冷遇するのは本意ではないと、その証拠として当時は色々自治区を援助していたが、三代目以降はそのまま距離が開いていったらしい。

クーデターや政変が起これば初代国王の血を引くスキュラを担ぎ出そう、逆にそれを危惧するあまり暗殺しよう、等の動きもあったかもしれないが、サウロン王国の治世は安定していた。アミッド帝国という巨大な敵国が誕生し、王国からオルバウム選王国の公爵領に変わっても、為政者の代替わり自体は円滑に行われてきた。

今は帝国に占領されてしまったが、何百年も前の国王の血筋に誰も価値を見出していないため、扱いは変わっていない。

「それに、ボク達にとってもお婿さん探し以外では悪くない待遇だったから」

「閉じ込められたのに、悪くないの？」

聞き返すパウヴィナにプリベルは大きく頷いた。

「うん、閉じ込められているお蔭で不自由だけど、何百年も平和だったからね」

自治区から出る事を厳しく制限されたスキュラ族だが、代わりに彼女達は徴兵の対象にされなかった。サウロン公爵領軍がアミッド帝国の侵略軍と戦っている間も、のんびりと稲作に励みワニや魚を獲って暮らしてきたのだ。

戦時ではやや税が重くなるが、逆にいうと負担といえばそれぐらい。働き手を取られないので、いつもよりやや多めに狩や漁で獲物を取ればそれで済む。

スキュラ達から見ると忙しない人間社会と関わらずに済むし、税さえ払っていれば昔と違って集落に攻め込まれる事も無いので丁度良かったのだ。

『えぇっと、外の社会に出てみたいとか、そんな事を考えたりは？』

「いや、あんまり。話には聞いてるけど、人種サイズの町って不便そうじゃん？」

「興味はあるけど、苦労してまで行く程じゃないかなって」

『あの人も将来はこの自治領に骨を埋めるつもりだって……て、これ秘密だったっ！』

このように、あまり外に関心を持たなかったらしい。どうやら、スキュラ族は全体的にスローライフを好む傾向がある種族のようだ。

サウロン公爵領とスキュラ族自治区は都会の大家と店子のような、ドライな関係が続いていたため、アミッド帝国に占領されても「隣人の為に戦おう！」なんて気運は全く無いらしい。

ヴァンダルーが疑問に思った、何処か他人事のような態度もそれが理由だ。ペリベール達からすると、自分達に火の粉がかからないなら誰がサウロン領を支配しようが構わないのだ。

因みに、以上の事情をサウロン公爵領出身のカシム達元開拓村の面々は知らなかった。彼らは小さな村の出身で、領内にスキュラ族の自治区がある事は知っていても、サウロン公爵領とスキュラ族の歴史的経緯までは知らなかったのだ。

町の図書館で歴史書を研究すれば別だったろうが、カシム達が冒険者になって都市に一時滞在していたのは、難民となってハートナー公爵領に逃げ込んだ後の話だ。

「最近はレジスタンスの人達が良く来るけどね。一緒に戦ってくれとか、食料や物資を援助して欲しいって」

ただ、スキュラ族としてはやはり自治権を保証してくれた長い実績のあるサウロン公爵家の方が為政者としては望ましいので、レジスタンスとも交渉は持っているようだが。

「こっそり食料や物資を援助したり、自治区の中を移動したり隠れ家を作るのを黙認するぐらいは良いんだけど、参戦は嫌っていうのが、あたしや他の集落の長の意見なのよ。一応義理が無い訳じゃないし、同じヴィダ信者の頼みだけど、一族の者を危険に晒して勝ったとしても、あたし達の利益は少なそうだし。まあ、今ヴァンダルー君が調べてくれてる事件のせいで占領軍の言う事は信用できないって言いだす長も居るし、あたしも迷ってるけど」

「あの、母さん？　そこまで話しちゃっていいの？　ボクも初めて聞く話だし――」

『私とパウヴィナちゃんも居ますし、部外者に聞かせるのは拙い話ですよね？』

ペラペラと重要情報を話すペリベールに、最初は興味深そうに聞いていたプリベルとレビア王女が、思わずそう質問する。

しかしペリベールは涼しい顔で、とんでもない事を言った。

「良いじゃないか、あのヴァンダルー君はプリベルの婿になるんだし、そうしたらみんな身内さ」

「な、なんでそうなるの!?」

『陛下がプリベルさんの婿ですか!?』

驚くプリベルとレビア王女にペリベールは「いや、だって求婚の儀式したんだろ？」と聞き返した。

「それはそうだけどっ、あの子まだ子供だしっ！」

「もしかして巫女役の誓いを忘れたのかい？　求婚の儀式を必ず果たすってメレベベイルに誓っただろう」

「そうだったっ！」

どうやら、宗教的な理由でプリベルはあの求婚の儀式で決まった相手を必ず婿にしなければならないらしい。

「ヴァン、ここに住まないよ。時々来る事は出来るけど。後ヴァンの事好きな人多いよ？」

「時々来てくれるなら問題無いよ。人種や獣人種と違って、あたし達スキュラの結婚は子供が生まれて十年くらいで区切りをつけるからね。後、妻や夫の数も決まってないからこっちは問題無いよ」

スキュラは女性だけの種族なので、夫とは必ず種族が異なる。すると当然寿命も異なる。なのでスキュラ族の結婚は子供が生まれてある程度大きくなるまでで区切る事になっている。

更に常にスキュラと同じ人数の夫候補が居る訳ではないので、妻や夫の数は特に決められていない。当人達次第とされている。

ただ基本的に夫の数が妻より多かった事は無いので、実質的に一夫多妻制である。

更に区切りをつけると言っても情が通じた相手なので、結果的にどちらかが死ぬまで添い遂げる事の方が多い。逆に、自治区に迷い込んだ旅人が数日だけスキュラと通じて再び旅だったという事も何度かあったそうだ。

そうスキュラの結婚観を説明し終えたペリベールだったが、それが終わるとパウヴィナとレビアに手を合わせて拝むようにして言った。

「そういう訳だから何とかならない？」

「良いよ」

『問題ありませんよ』

そしてあっさり頷くパウヴィナとレビア王女。これには逆にペリベール達が驚いた。

「えっ？　良いのかい？　マジで？」

「ねぇっ、別にどうしてもあの子を婿にしないとダメって訳じゃなくて、ダメならメレベベイルに何日か……多分一月以上だけど、祈祷して許してもらえばそれで大丈夫なんだけど……」

『安請け合いして良いの？　あの子、アタシのあの人と同じくらいモテそうに見えるんだけど。何か変なオーラ出てる感じで』

聞き返す三人に、パウヴィナとレビア王女は「問題無し」と再び答えた。

現時点でヴァンダルーは一夫多妻制が決まったも同然なので、そこにプリベル一人が加わっても大して変わらないのだ。スキュラの結婚観もグール同様かなり緩いので、諍いになる事も無いだろうし。

エレオノーラとベルモンドは意見があるかもしれないが、結局反対はしないだろう。アンデッドのリタとサリアも反対はしないはずだ。彼女達の目には常日頃ヴァンダルーの周囲に擦り寄る無数の霊の姿が見えているのだし。

（それに、この集落の長のペリベールさんと血縁になる事は陛下にとってプラスの筈！）

そしてレビア王女はそう打算も働かせていた。政治に疎い彼女だが、偶にはこれぐらい考えるのだ。

「じゃあ、問題無いねっ！」

「ええええっ!?　と、とりあえず本人にも確認しようよ！」

『何々？　あの子に何か不満でもあるの、プリベル？　将来はあの人と同じくらい良い男になるよ、きっと』

「オルビアさん、『あの人』について教えてくれないと何の保証にもならないって。まあ、後何年かしたら……」

プリベル達生きているスキュラも霊のオルビア程ではないが、【魔道誘引】の影響を受けている。だからプリベルも満更でもない様子だった。どの道、誰かを婿にする予定ではあったのだし。

『でも、陛下はダンピールですが大丈夫ですか？　今、アミッド帝国と交渉中なんですよね。後、何年かくらいではまだプリベルさんより幼い外見のままかもしれませんよ』

自治区が今交渉している占領軍が属する帝国では、ダンピールはアンデッドの一種として扱われているので討伐対象である。

「ダンピールか。知られたら占領軍が煩くなるだろうけど……知られなければ良いから、秘密にすればいいか。それに今すぐじゃなくて、何年か後の話だし」

しかし別に構わないらしい。

「寿命にしても、人種の数倍ぐらいなら寧ろ丁度良いじゃないか。あたしら、四百年生きるし」

『いえ、陛下はダークエルフとのハーフですが』

「あー、問題無い問題無いダークエルフとの……ダークエルフ⁉」

レビア王女がそれを気にして確認を取ると、ペリベール達はギョッとして驚いた。

「ヴァン君の片親ってダークエルフだったの⁉　ボク、獣人種か巨人種の血が混じってる人種とのダンピールだと思ってた、体も小さいし獣の耳と尻尾も無いし」

『アタシもダークエルフとのダンピールだとは思わなかったよ。初めて見た』

どうやら、プリベルとペリベールは、ヴァンダルーがダークエルフのダンピールだとは思わなかったらしい。

あの病的な肌の白さで、気が付けというのが無理ではあるが。

人種とのダンピールだと寿命は三百歳から五百歳でスキュラと近い。しかし、千年を生きるダークエルフとのダンピールだと、三千年から五千年。差は圧倒的である。

「ダークエルフか～。まあ、良いんじゃない？」

「そうだね」

だが、結局あまり気にならないらしい。

「種籾やカモやヒュージカピバラの番だけで、オルビアの仇を見つけてくれるって坊やをそれだけの理由で嫌ったら、それこそヴィダとメレベベイルから罰を当てられちまうからね。プリベル共々オルビアをよろしく頼むよ」

「うん、任せて！」

『ちょ、ちょっとっ！　族長、パウヴィナちゃんっ、アタシはあの人の無事を確認したら輪廻の環に還るってばっ！』

「オルビアさん、あの子にレビアさんと同じようにテイムされたんじゃないの？　だったら一緒に居ようよ～」

「普通だったらあたしも輪廻の環に還る事を勧めるけど、レビアさんと同じようなアンデッドになれるなら大丈夫さ。残っちゃえ残っちゃえ」

『そんな気軽に～っ、だからアタシには心に決めた人が居るんだってて っ』

『あの、オルビアさん、別に陛下にテイムされた人は皆陛下の恋人や愛人にならなければならない訳じゃありませんからね』

そんなガールズトークで盛り上がっていると、外から「長、良いですか？」と声をかける者が居た。

「今来客中だから、そこから用件を言いな」

瞬間的に長の顔になったペリベールに、外から声をかけて来た者は幾分躊躇った後「明日、客が来るそうです」と答えた。

「お客さん？　占領軍の人だったら、あたし達それまでに出てくけど――」

「いんや、ただ『客』って言った時は、レジスタンスの事さ」

ヴァンダルーが腰を抜かした衛兵スキュラの二人を【念動】で運びながら帰って来たのは、それからすぐだった。

レジスタンスの使者が明日、この集落に来る。

「俺もその人達と話したいのですが、良いですか？」

それを聞いたヴァンダルーは、その場に同席したいと申し出た。

洞察力が鈍いヴァンダルーでもオルビアの恋人が自治区の外から来た人間、交渉に訪れる占領軍か、レジスタンスの一員だろうという事は察していた。

明日来る使者の中にオルビアの恋人本人が居なくても、スキュラ連続殺人事件についてレジスタンスは何か情報を持っている可能性がある。

それに交渉に来る新生サウロン公爵軍のリーダーはヴィダ信者だそうなので、話を聞いてくれそうだ。

「あたしは構わないけど、先方が嫌がるかもしれないから確約は出来ないよ。多分そんな事は無いと思うけどね」

ペリベールの返答にオルビアが落ち着かない様子を見せたので、多分彼女の恋人がレジスタンスのメンバーである可能性が高くなった事に、ヴァンダルーは更に気が重くなった。

「じゃあ、今夜は泊まって行きなよ。もう夜中だから元々そう提案するつもりだったけど」

「そうだね。あ、でも慣習だからプリベルは別の小屋だよ。巫女は祭りまで身を清めてないといけないからね」

「婿のヴァンが一人で居ないといけない慣習が無いなら大丈夫！」

「パウヴィナ、婿って何の話ですか？」

「まあまあ、陛下なんだろ？　あと二人くらい頼むよ」

『ペリベールさん、陛下が陛下である事を本気にしていませんね？』

「本気にされても困りますが」

まだ本当の事を全て明かした訳でもないのに。

案内されたのは、商人が来た時に泊めるための小屋だった。パウヴィナにはちょっと狭いが、今は誰も使っていない空き家の方が良いだろうと思ったらしい。

「他の人が居ると、ゆっくり休めないだろうって母さんが。レビアさんが姿を見せただけで大騒ぎするだろうし」

そう気を使ってもらった結果、ヴァンダルー達は気兼ねなく相談出来る時間を手に入れた。

「ぐ～」

良い子は寝る時間と熟睡しているパウヴィナにガッチリ掴まれている肉体から、【幽体離脱】で抜け出したヴァンダルーは自分に憑いているゴーストの一人であるハンナに、キャンプ地で待つ皆に伝言を頼んでいた。

『分かりました！　任せてください』

元気良く答えると、ハンナは音も無く姿を消す。最近ブレイズゴーストにランクアップした彼女の姿は、闇夜では文字通り灯のように目立つが、ゴーストであるため姿を消して移動する事が出来る。

殺気を振りまいている訳でもないので、【霊媒師】でもない限り彼女を見つける事は不可能だ。

『今度から伝言は虫アンデッドじゃなくてゴーストの皆に頼みましょう』

誰かに目撃される事も、うっかり蜘蛛の巣に引っかかる事もないし。

因みに伝言の内容は自分達のこれからの予定の報告、そしてキャンプ地で保護しているレジスタンスに対する聞き込みを頼む事だ。

『それで、話なのですが』

『何？　アタシにも伝言？』

それまで黙って、しかし落ち着かない様子だったオルビアはヴァンダルーに声をかけられると、振り返った。

既に彼女の【可視化】は解除されているため、その声はパウヴィナには届かない。

『恋人さんから指輪を受け取る前に、指に何か怪我をしませんでしたか？　棘が刺さったとか』

その質問の意味を察したレビア王女が息を飲むような仕草をした。

『陛下、それは――』

『ううん、指に怪我はしてないはずだよ。指輪を嵌めた時、チクリって何か刺さったような気がしたんだけど、気のせいじゃなかったんだね。アタシの死体の指に、何か残ってた？』

思わずヴァンダルーの質問を遮ろうとしたレビア王女だったが、オルビアは淀みなく答えた。

そして目を瞬かせるレビア王女に、溜め息をつくように肩を落として見せる。

『アタシ、あんまり頭は良くないけど、ヴァン君の魔力のお蔭かな、生きていた時よりすっきりして良く考えられるんだよね。だから、あの人が怪しいっていうのは言われなくても分かってる』

『死体も見つからないし、指輪は無いし、恋人が死んでから何日も経ってるのに音沙汰ないし。どう考えても疑わしいよね』と、そうオルビアは自嘲を滲ませて微笑む。

『でも、あの人がアタシを殺したってハッキリ決まった訳じゃないよね？』

『確たる証拠は何もありません』

全て怪しいだけで、証拠も目撃証言も何も無い。オルビアの恋人が怪しいのは否定出来ないが、疑惑を裏付ける物が無いのも否定出来なかった。

『なら、アタシはあの人を信じたいんだ。本気で好きになった人だから……だから、まだあの人が何処の誰なのか言いたくない。ゴメンよ』

そう言ってすまなそうに目を伏せるオルビアに、ヴァンダルーは「構いませんよ」と言って頷いた。

『って、明日なんですが――』

『ちょ、ちょっとっ、良いの!? アタシ黙ってて本当に良いの!? かなりのワガママじゃないの、これ!?』

『ん？ もしかしてフリでした？ 空気を読んで聞き出そうとした方が良かったですか？』

『空気を読むとか意味分かんない!?』

動揺するオルビアに、ヴァンダルーは何度か瞬きをした後答えた。

『オルビアさん、霊って基本的に我儘で自分勝手、感情優先、合理主義なんて見向きもしない。そんな存在です。レビア王女達のように理性的な霊なんて、滅多に居ませんよ』

霊とは、死体から抜け出しながらも輪廻の環に還っていない、地上に残った死者だ。そんな存在が理性的なはずがない。

多くは感情が暴走しがちで、思考は所々論理的に破綻し、過去の記憶を無意識に改竄する事も多い。

何せ前頭葉や海馬を含めた脳全てが無いから抑制も利かないし、記憶の蓄積や保持も過度な期待は出来ない。

深呼吸して気を落ちつけようにも肺が無い。高ぶりすぎて失神する事も無いし、怒り疲れて消耗する体力も無い。

死によって肉体から完全に解放された霊は、際限なく狂い続ける事が出来る。

『実際、俺達に会う前のオルビアさんもそんな状態だったじゃないですか』

『あ、あぅ……』

もし指輪が沼底に沈んでいても霊になった身では泥を払う事すら出来ないのに、何日も延々指輪を探し続けていた自分を思い出し、オルビアは思わず呻いた。

今彼女が生前と同じように振る舞う事が出来るのは、ヴァンダルーの影響下にあり彼から魔力を供給されているからに過ぎない。

ただヴァンダルーは「だから霊はダメなのだ」とダメ出しをしている訳ではない。

『別に霊を悪く言うつもりはありません。良し悪しではなく、単にそういう存在だというだけです。オルビアさんが恋人の事を信じる事を悪く思う事ではないと、俺は言いたいのです』

『でも……』

『大丈夫ですよ、色々手は打っていますし』

オルビアが恋人について黙っている事を認めたヴァンダルーだが、別に事件の捜査に手を抜いている訳ではない。既にオルビア本人やプリベル、ペリベールから聞いた自治区内の他のスキュラの集落や、自治区との境界に建てられている砦に使い魔のレムルースを向かわせている。

脆いレムルースは流れのある水辺に潜らせると直ぐ崩れてしまうので、この水場だらけの土地では目の粗いザルのような警戒網だが、殺人犯はスキュラの恋人だ。スキュラと違ってこの冬に水に入る事はまず無いだろう。

『それに犯人は複数犯でしょうから、上から見張れば移動するところは目立つでしょう』

『え？　何でそんな事が分かるのですか、陛下？』

『オルビアさんを殺した後、死体を晒したからです。あれ、一人でするのは大変ですよ』

この世界には鉄の剣でも発動させれば岩を切断する事が出来る武技や、便利な魔術。それに様々な行為を助けてくれるスキルが存在する。

しかし、それらを駆使しても一人ではオルビアの死体に行った工作は難しいとヴァンダルーは考えていた。

何らかの方法でオルビアを殺した後、触腕を切断して胸をズタズタに切り裂き、矢を何本か射ち、アルダの聖印を焼印して、近くの木にロープで縛り付ける。

明らかに一人ではオーバーワークだ。焼き鏝を含め、必要な道具も多い。

武技は死体の損壊に使うには威力が高すぎる。胸を切り裂こうとするとオルビアの死体を胸部から切断するか貫通してしまうはずだ。触腕の切断にしても、切り口の角度が全て異なる。八回も武技を使ったとは考えにくいし……死体を地面に寝かせていたら地面に、木に吊るしてからだったら木に、勢い余ってついた刃の跡が残るはずだ。強引に跡を消そうとしてもスキュラ達だって気が付くだろう。

勿論魔術でも難しいのは同じだ。

殺人犯が冒険者や騎士で能力値やスキルのレベルが高くても、一人で行うのは無理がある。

『なので、見張れば大体分かると思うのですよ』

『なるほど～、凄いですね陛下っ！』

『ぼーっとしてる事が多いなって思ってたけど、意外と考えてるんだ。やるじゃんっ』

『いえ、受け売りの知識です』

感心した様子のレビア王女達に、ヴァンダルーは地球で見たミステリー漫画や刑事ドラマの受け売りであると言う。

そう言えばあの漫画、地球ではまだ続いているのだろうか？

『それに、恋人さんの名前や顔、所属を聞いてもすぐにはどうにも出来ないでしょうし』

日本なら容疑者の顔と氏名が分かれば、住所や職場を程なく特定し、監視カメラなどの映像から居場所を探す事が出来る。

しかしラムダでそれを知っても、彼女の恋人が今何処にいるかは探さないと分からない。何せ写真も監視カメラも無いし、人の影響が及ばない原野だらけの世界だ。

レムルースは監視カメラの代わりにはなるが、視力はヴァンダルーと同じ程度なので顔の判別にはある程度近付かなければならない。

ただ、顔と名前が分かれば全ての集落に「この人が姿を現したら用心してください」「誘われても一人で付いていかないでください」と警告を発する事は出来る。

だが、その代わりにレムルースの警戒網を構築しつつあるので、結局問題無いだろうとヴァンダルーは考えている。

後、レムルースが他の犠牲者の霊を見つければ【降霊術】でここに召喚する事が出来る。彼女達が犯人に関して情報を提供してくれる可能性もある。

『それに、恋人さんがレジスタンスの関係者なら明日何か分かるでしょうし』

話し合いの席に同席して、「連続殺人事件の捜査を申し出た特殊な【霊媒師】です」と自己紹介するのだから、恋人がレジスタンスの関係者なら何か反応があるはずだ。

それが「殺されたオルビアにもう一度会いたい」と申し出る事か、ヴァンダルーを口封じしようとする事なのかは分からないが。

『うっ、そっか。そう言えばそうだよね～、何かあるよね～っ』

頭を抱えて悶えるオルビアの霊の反応から、彼女の恋人がレジスタンスの関係者なのは確実のようだ。

流石に直接本人が使者に含まれているとは限らないが。

『陛下、もし犯人が恋人さんだったらオルビアさんが大変な事になるのでは？　もう陛下の魔力が供給されていますから、ゴースト化するかも』

オルビアが悶えている間に、レビア王女がそっとヴァンダルーに耳打ちする。

古来深い愛情が激しい怒りや憎しみに変わる事は珍しい事ではない。特に今のオルビアは霊で、しかもヴァンダルーから十分な魔力が供給されている。

レビア王女が案じるように、きっかけがあればすぐに魔物化して殺人犯に襲い掛かるだろう。

ヴァンダルーもそれが分かっていたのか頷いた。

『確かにその前に確認しておくべきですよね、どんなアンデッドになりたいのか。ゴーストになった後ゾンビになるのは不可能ですし』

『そうそ……え？』

『ゾンビになる場合は死体に【治屍】をかけて損傷を治してから【鮮度維持】をかければ……ただ触腕が何本かと乳房が無いので、そこはパッチワークする事になりますね』

『いや、止めないのですか？』

『ん？　必要あります？』

基本的に逆恨みでない限り復讐を肯定する考えのヴァンダルーは、オルビアがゴースト化して殺人犯に襲い掛かっても止める必要があるとは思わなかった。殺人犯や共犯者以外に累が及ばないように注意すれば、問題無いと考えている。

『……言われてみると、必要無い気がしてきました』

聞き返されたレビア王女も、考えてみると自分もヴァンダルーに促されたとはいえ、怒りや恨みでランクアップした存在だ。そう思うと、オルビアが復讐に走ってもそれを止める理由が全く思い付かない。

『あんた達、何話してるの？』

『あ、オルビアさん、陛下がゾンビとゴーストどちらが良いか選んで欲しいと言ってますよ』

『だから、アタシはアンデッドには……まあ、恩もあるし、どうしてもって言うなら……ゴーストとゾンビって、何が違うの？』

『はい、じゃあまずゴースト化するとですね――』

その後、レビア王女によるアンデッド化ガイダンスは夜遅くまで続いたのだった。

ハッジが気付いた時、白い骨のような形のタイル張りの（実際には表面だけではなく全て骨）の内装の部屋に寝かされていた。

「こ、ここは？」

まさか捕まって牢屋に繋がれたのかと、跳ね起きて周囲を見回す。だが周りには一緒に逃げていた仲間の内大体三分の一、男だけがベッドに寝かされているだけだった。

首輪や手錠、足環は無い。ただ部屋にはハッジ達が寝ていたベッド以外には、不気味な青白い火が燃えている燭台しか無く、窓や扉すら無いように見えた。

「お、俺達はどうなったんだ？　ここは何だ？　あの化け物やスケルトンは……？」

ハッジが仲間を起こすのも忘れて戸惑っていると、彼の見ている前で扉が音を立てて変形した。

「気が付かれましたか」

そしてその向こうから、三人の女が姿を現した。

先頭に居るのは、二十歳程の燕尾服を着た銀髪の女。背筋をピンと伸ばした貴族や金持ちが雇える優秀な使用人といった立ち振る舞いだが、その体付きはハッジが思わず生唾を飲み込む程色っぽい。

燕尾服の胸の部分が弾けそうな程豊かな曲線を描き、握ったら指が埋まりそうな豊かな腰つき。痣が残る美貌も、瑕疵ではなく退廃的な魅力を強めているように感じる。

執事の仮装を命じられた王侯貴族相手専門の高級娼婦だと言われても納得だ。ただ、耳が柔毛に覆われた猿の物で、尻の上には腕より長い銀色の尻尾が揺れている。

両親が異なる種の獣人種なのだろうか？

『お食事を用意しましたけど、食べられますか？』

『他の人達は他の部屋で休んでいるから、安心してくださいね。怪我の治療も終わってます！』

女執事の後ろに続いているのが、十代半ばを少し過ぎたぐらいの良く似た二人の美少女。可憐な容姿だが、纏っているエプロンの豊かな曲線や裾から見える白い太腿が、女執事とは違う魅力を放っており、ハッジの顔が益々緩みかけたが……何故か禍々しい形状の肩当てや手甲を身に付けている。

それに気が付いたハッジは思わず顔を引き攣らせたが、彼女達が運んできた鍋から匂う香りが腹を直撃した。

朝から何も口にしておらず、命からがら逃げ出した直後に気を失ったので体力も消耗している。

『食べやすいようスープにしました。お代わりもありますよ』

「あ、ああ、助かるぜ」

木皿によそわれるスープの香りに食欲を刺激された仲間達が、徐々に目覚め始める。

ハッジはそれに気が付いて、我に返った。

「だが、聞かせてくれ。いったいあんた達は何者なんだ？　ここは何処で、俺達が気を失った後何があったんだ？　それに、あの化け物は何なんだ!?」

訓練され高い規律を保っているレジスタンスなら、正体不明の相手から受け取った食料を無警戒に口にする事はない。しかし、ハッジ達は偽レジスタンスだ。

町のチンピラゴロツキの類が群れているだけで、逃げる時散り散りにならなかっただけでも奇跡だ。そんな彼らが目を覚ましたら、無警戒に差し出される旨そうな料理を腹いっぱい食うだろう。

しかも差し出すのが多少奇妙だが三人の美女と美少女となれば、完全に籠絡されてしまう。

その前に自分達の置かれている状況を知っておきたかった。スープに毒でも混ぜられていたら……命を脅かす類ではなく、麻薬の類が含まれていたらそれで詰む。

ハッジは今日受けた討伐隊の待ち伏せで、自分達は「レジスタンスを騙る木端詐欺師」のつもりでも、帝国からすれば「反抗勢力」以外の何物でもないとやっと気が付いたのだ。

「……あなた方はアミッド帝国の侵略軍と戦う、レジスタンスの勇士の方々で間違いございませんね？」

すっと細くなった女執事の目に射すくめられたハッジは、背筋に悪寒が走るのを感じながら反射的に答えていた。

「そ、そうだっ！　俺達は新生サウロン公爵領解放戦線軍だ！」

いつも使っていた有名なレジスタンス組織二つの名前を適当に混ぜた組織名を口にする。そしてそのまま口を動かし続けた。

「ひ、昼間は占領軍が組織した討伐隊の卑劣な待ち伏せに遭い、アジトで待機している仲間と合流するために撤退している最中だった！　俺達を匿い、傷の治療までしてくれた事に心から感謝する！」

純朴な村人達相手に偽レジスタンス詐欺を働いていた時に培った、それっぽい口調でまくし立てる。

それを聞いて目を覚ました仲間達も、反射的にそれらしく表情を引き締める。

「あ、危ない所を助けて頂き感謝の言葉も無いっ」

「おっ、お蔭でっ、まだ占領軍と戦う事が出来る、ありがとう！」

女執事の妙に鋭い眼光に怯えて声が引き攣っているが、咄嗟の行動にしては良い方だろう。偽レジスタンスとしては。

すると、女執事はにっこりと微笑んだ。

「そうですか、では御安心ください。我々の主人はこのサウロン公爵領の現状を憂い、不当な侵略戦争を仕掛けたアミッド帝国とアルダ信者からの解放を願う方。皆様の支援者でございます」

その答えに、ハッジと仲間達は心から安堵した。ただハッジだけはすぐ警戒心を取り戻した。

「待ってくれっ、恩人を疑うようで心苦しいが、貴方の主人が何者なのか聞かせて頂きたい」

女執事がこちらを騙そうと嘘を言っている可能性があると思ったハッジだったが、待っていたのは嘘の方が百倍マシと思えるような答えだった。

「ご安心ください。我々は……こういう者です」

女執事の、真紅の瞳と剥き出しになった牙を目にしたハッジ達は、悲鳴を上げた。


『ハッジの兄貴ぃっ！　吸血鬼相手に何であんな嘘ついたんですか!?　バレたら殺されますよ!?』

『あのメイドも不自然に白い肌してやがったっ、きっと吸血鬼だぜ！』

『馬鹿野郎っ！　じゃあ正直に言えってのか⁉　そんな事出来る訳ねぇだろう！』

ハッジ達が部屋で交わしている会話……ではなく、口喧嘩が部屋に仕込まれた骨の管から響く。

「やはり吸血鬼である事を明かすのは早計でしたか」

まさかあそこまで怯えられるとは思わなかったベルモンドは、やれやれと溜め息をついた。

『まあ、仕方ありませんな。身分を偽ろうにも、誰の名前を騙ればいいかも分かりませんし』

『ヂュウ。それに身分を保証する物も無いのでは、吸血鬼である事を明かすぐらいしか』

骨で作られた物干し竿に洗濯物をかけながら、サムと骨人がベルモンドを慰める。彼らはベルモンドがハッジ達と話している間、失禁していた偽レジスタンス達の下着やズボンを洗濯していたのだ。

ちなみに、レフディアは包丁やお玉を握ってスープ作りを手伝っていた。

『あの人達、あんなに怯えなくても良いのに。暴れるからシーツが肌蹴て……』

『忘れましょう、姉さん。記憶から消すしかありません』

色々見苦しい物を見てしまったサリアとリタは渋面で唸っていた。

『あの様子では落ち着くまでお話を聞く事は出来そうにないですね。どうします？』

ヴァンダルーからの伝言を届けに来たハンナが困った顔つきで炎を揺らめかす。

「旦那様には、彼らが落ち着き次第話を聞くと伝えてください」

まさかハッジ達を拷問する訳にもいかないので、ベルモンドは悩んだ末にそう返答した。

『分かりました』

姿を消すハンナ。ヴァンダルーの元に向かったのだろう。

『でも、あの人達何を隠しているんでしょうね？　嘘がどうとか言ってますけど』

『ぢゅっ！　まさか奴らはレジスタンスを騙る偽物なのでは!?　ぢゅぢゅっ……！』

骨人がその奴らの褌を干しながら、直感的に真実を導き出す。しかし、悲しそうな沢山の顔に気が付いてすぐに口を閉じる。

『レジ……スタン……ス……』

『『『違……ぅ？』』』

『『『しっぱ、い？　……だめ゛え？』』』

乏しい表情でしょんぼりしている様子のラピエサージュと、ヤマタである。もしかして間違えちゃった？　連れてきちゃダメだった？　お使い失敗？　そう言いたげな顔をしている。

『ヂュォオォ……』

「いえ、討伐隊に追われていた以上レジスタンスである事は間違いないでしょう」

どうしたものかと狼狽する骨人に助け船を出すように、ベルモンドがハッジ達の身分をレジスタンスだと断言する。

だが、ベルモンドはラピエサージュとヤマタを慰める為だけにそう断言した訳ではない。

本当にそう思ったから断言したのである。

「多分、彼らのついた嘘とは組織の名前や、アジトに仲間がまだ居る事等でしょう」

『え、どういう事ですか？』

「自分達を大きく見せようとして、つい本当よりも大きな組織のように偽ってしまったという事です」

『なるほど』

実は、ベルモンドはヴァンダルーと同じかそれ以上に他人の心理を見抜く目は節穴である。

一万年以上生きている彼女だが、その人生の九割以上を前の主人であるテーネシアの隠れ家、地底湖の辺に建つ屋敷の維持管理をして過ごして居たのだから対人コミュニケーション能力が育つ訳がない。人の裏側を見る洞察力など、磨くどころか風化して塵と化している。

これが工作員として訓練を受けたエレオノーラなら、ハッジ達の嘘も彼等の実力も全て見抜いただろうが、ベルモンドは彼等の正確な実力も測りかねていた。

『確かにあの人達弱そうでしたよね。武器も粗末でしたし』

「まあ、そんな物でしょう。ただの人なのですし」

リタからハッジ達をフォローしているつもりのベルモンドだが、実際には人種全体の程度が軽く見られていた。

ランク10の単体で小国程度なら滅ぼせる化け物であるベルモンドにとって、多少腕が立つくらいでは誤差の範囲でしかない。それでも見抜く目を持つ者も存在するが……約一万年の引き籠もりである彼女にそんな眼力は無いのだった。

『エレオノーラさんにも来てもらえば良かったですね。【魅了の魔眼】なら話も聞けたのに』

『タロスヘイムをあまり手薄にする訳にもいかないもの。仕方ないわ、レジスタンスの人達が落ち着くまで待ちましょう、ね？』

『しかしダルシア様、彼らもつまらない嘘をついた物ですな。規模が小さくても坊ちゃんは気にしないでしょうに』

『えー？　規模が大きいレジスタンスを助けた方が得じゃないですか？』

『リタさん、レジスタンスを助けたって実績があれば十分なのよ。ハッジさん達の組織自体は小さくても、ハッジさんから他のレジスタンス組織を紹介して貰えるかもしれないじゃない』

『ダルシア様そんな事に気が付くなんて凄いです！』

実際ダルシアやサムが言うように、レジスタンスなら規模の大小にかかわらずヴァンダルーは助ける事を選ぶだろう。その行いが他のレジスタンス組織からの信用に繋がると考えて。そもそも事前に碌な情報収集もしないで有力なレジスタンス組織と接触出来るなんて幸運、都合が良すぎる。

……流石に偽レジスタンスが引っ掛かるとは思わなかっただろうが。

「そう言えば、他の二部屋の方々はどうしています？」

ハッジの他の仲間達は、女性だけを集めて一室に、残りの男達は纏めて大き目の部屋に寝かせて置いた。彼女達は既に目を覚ましていて、既に食事も持って行っている。

そしてそれらの部屋にも壁には伝声管代わりの骨の管が仕込まれていて、中で交わせられている会話をある程度拾う事が出来る。

『女性の部屋の方では、何故かベルモンド殿の主人、つまり坊ちゃんに血を吸われて殺されるのだと怯えている様子ですな』

女性の部屋は、ハッジ達とあまり変わらない状態らしい。

そして残りの一部屋に纏められた偽レジスタンス達は、ハッジのように警戒する者も無くベルモンド達に鼻の下を伸ばし、スープに躊躇わずに口を付けお代わりまでしていた、ある意味大物達だったが……。

『私と姉さんとベルモンドさんの話をしてます！　一晩相手をしてもらうなら誰が良いかとか、同じレジスタンスの人か知り合いの女の人と比べて、胸やお尻がどうとか言ってます！』

単に程度が低いだけだったようだ。あまりにも警戒されなかったので、ベルモンドも吸血鬼である事を明かし損ねていたのだが。

『因みに一番人気はベルモンドさんです。やりましたね！』

「……欠片程にも嬉しくありません」

『因みに私達も人気でしたからね、僅差でしたから、負けた訳じゃありません！』

『ほほぅ……坊ちゃんの許可さえあれば、彼らを今すぐ夜の空中散歩に誘いたいところですな』

『お父さん、抑えているのは分かるけどもっと抑えて！』

『サムさん、恐怖のオーラが出てるわ。気を静めてね』

『ところであの人達、いつ床や壁、自分達が寝ていたベッドもクノッヘンで……骨で出来ているって気が付くんでしょうね？』

『おぉぉん』

討伐隊を指揮するマードックは、無事に戻った方の密偵からもたらされた報告を聞いて顔を顰めていた。

「ヒュドラと女の死体を縫い合わせた特殊なアンデッドに、雷を操る女魔人か。予想外だな」

レジスタンスの中にはあの汚らわしい女神の信者も多く、アンデッドを使う邪悪の徒が存在するかもしれないと考えていた。しかし、これほど強力なアンデッドとそれを使役する魔人族が存在するとは想定外だった。

「ただ、レジスタンスの仲間という訳でもないようです。アンデッドから逃げようとしていたので」

「ふむ……っと、なるとアンデッドと女魔人はレジスタンスとは別口か」

ヴィダを信仰する魔人の集落が存在しており、番犬代わりのアンデッドがレジスタンス達を拉致した。そんな筋書きをマードックは描いた。

「どうします？　追跡は容易ですが……既にここはスキュラの自治区内です。敵もレジスタンスではないようですし、一旦退きますか？」

副官の言葉に、マードックは太い顎を撫でた。

「いや、威力偵察を続ける。撤退は、アンデッドと女魔人に関する情報を得てからだ」

「しかし、スキュラ共との交渉に問題が起きませんか？」

「起こすために続けるのだ」

マードックは汚らわしいヴィダの新種族と交渉を行うと言う討伐軍上層部、そして皇帝マシュクザールの方針が気に食わなかった。

あんな汚らわしい連中を根絶やしにする事こそ、偉大なる勇者ベルウッドの子孫と称する皇帝がするべき行いだろうに。それを蔑にして交渉など、正気の沙汰ではない。

「自治区内に魔人が隠れている事、そしてその魔人がアンデッドを使役する邪神の徒である事をスキュラ共が隠していた証拠を掴み、上層部に叩きつけてくれる！」

スキュラ族の自治区はスキュラとその夫や家族が生活する事を許された自治区だ。他の魔物にルーツを持つヴィダの新種族が暮らす事を許してはいない。

実際には女魔人やアンデッドに関してスキュラ達は何も知らず、気が付いていないのかもしれない。しかし、マードックは真実にかかわらず「スキュラ共は知っていて隠していたのだ」と訴えるつもりだった。

交渉決裂の理由にさえなれば良いのだ。

「だが相手はアンデッドに魔人だ、夜目が利く。今宵は野営し、夜明けから追跡を開始する」

「御意っ！　皆、野営の準備だ！」

ヤマタの残した痕跡を辿る討伐隊の、クノッヘンの城壁の前ではあまりにもか弱い魔の手はすぐそこまで迫っていた。

ふと気が付くとよく分からない場所に居た。

「これは……ああ、夢か」

前にも、【魔導士】にジョブチェンジしたその夜にも似たような経験をしていたヴァンダルーは、自分が夢を見ているのだと気が付いた。

ただ以前の夢と比べると違和感がある。いつの間にか他人の家に入り込んでしまったような、居心地の悪さがあった。

「でも夢だし……また誰か来るのかな?」

何故か首を動かさなくても周りを見る事が出来る視界で、何か無いかと探していると不意に声を掛けられた。

『もし……もし……』

斜め下から聞こえてきた声の主に合せて視界を下げると、そこには一人のスキュラが居た。

いや、よく見るとスキュラの形をした異形の何かだった。

緑色の髪に二本の腕、女性の上半身、タコに似た下半身。どれも一見するとスキュラその物だ。

だが目を凝らすとそれらは全て太さの異なる無数の触手や触腕が絡まり合い、束になって形作られている物だと分かる。

肉の紐で作られた精巧な藁人形。大きさはヴァンダルーの半分程なので迫力はそうでもないが、近くで見るとやや不気味である。

「これはすみません」

その不気味な相手にヴァンダルーはとりあえず謝罪した。

「まだ背があまり伸びない年頃なので、つい上を探してしまいました」

ヴァンダルーの周りにはジャダルやヴァービ等の子供達やレフディアを除けば、ヴァンダルーより背の高い者ばかりだ。なので誰か居ないかと探す時、つい上の方を見回す癖がついている。

『いえ、お気になさらぬよう。……御身を招いたのは我の勝手ゆえ。お許しください』

見た目の異形さからは想像出来ない、中性的な声で流暢に喋って見せるスキュラモドキ。口も無いのにどうやって発声しているのかと思ったら、声に合わせて口に当たる部分の触手が震えている。どうやら、そこを擦り合わせて音を発しているらしい。

夢なのに設定が細かい。

「すみませんが、どちら様でしょうか？　それに私を招いた用件とは？」

形状からしてスキュラの関係者だろうと予想は出来るが、正体不明なので若干丁寧な口調で尋ねる。

するとスキュラモドキは触手を小刻みに震わせながら答えた。

『我はメレベベイルと申します。我を信仰する者達の中に常軌を逸した……尋常ではない気配を感じ、御身が何者なのか尋ねたく思い、お招きいたしました』

メレベベイル、聞き覚えのある名前だ。

「それはスキュラ族の自治区で信仰されている、スキュラの英雄神の名前では？」

英雄神は英雄が神に至った存在だ。そのため、後の信仰の変化や歴史の移り変わりによって多少は変化するが、神像や宗教画の多くは、生前の姿形に近い姿の事が多いと言われている。

少なくとも、触手をスキュラの形に束ねた形状にはならないのではないだろうか？

『それはサウロン公爵領の前身、サウロン王国が建国される以前から行われていた偽装。本来の我は元魔王軍〝汚泥と触手の邪神〟にして、かつて女神ヴィダと契りスキュラの片親となりし存在』

実際には、元魔王軍で触手や触腕を司る邪神だったらしい。

十万年前のヴィダとアルダの戦いで敗れた後、メレベベイルと当時のスキュラ達は境界山脈の向こうに逃げそびれてしまったらしい。そしてスキュラ達は各地に家族単位で散り散りに別れたが、纏まった数がこの山と沼が集まる土地に住みつく事に成功した。

メレベベイルは〝五悪龍神〟フィディルグよりも元々の位が高い邪神で、受けたダメージも多少はマシだった。それにスキュラ族という信者も居たため、力の回復も早くスキュラ達が生き延びるために加護を授け、時には御使いを遣わし、助けて来た。

しかし時と共にアルダに従う人間達の数が増え、国が作られるようになるとメレベベイルの存在自体がスキュラ達の重荷になり始めた。

邪神であるメレベベイルを信仰するスキュラ達は、アルダ信者からは勿論正しい知識と歴史を失伝した他の神々の信者、ヴィダ信者からも恐れと迫害の対象になってしまったのだ。

『人々に魔王軍残党の邪神悪神と、ヴィダ派の邪神悪神との見分けはつかない。アルダは見分けるつもりが元から無く、ヴィダや他の生き残った大神は眠ったままだったので』

「でも、ヴィダの信者くらいは分かってくれてもいいような気もしますが」

『分かってくれる者もいたが、ヴィダの信者と言っても差があります。当時や今存在するヴィダの信者が、全員十万年前の戦いに参加した生き残りの子孫ではないので』

「……それもそうですか」

ヴィダ信者が全員歴史の真実を知っている訳ではない。ヴァンダルーもそれは知識として知っていたが、メレベベイルからスキュラ族の悲劇と共に語られると、その厄介さが理解出来た。

『一時は我が討伐されたように偽り、眠りにつく事も考えたのですが、当時のスキュラの長が妙案を出してくれたのです』

スキュラの長は我が身を犠牲にして自分達を迫害から守ろうとするメレベベイルに、「じゃあ、邪神じゃないって偽りましょう」と提案されたそうだ。

結果、〝汚泥と触手の邪神〟メレベベイルは『スキュラの英雄神』メレベベイルと偽って信仰されるようになったのだ。

その擬装の成果か、元々は大量の触手がのたうっている姿だったがいつの間にか今のスキュラモドキの姿に変わっていたそうだ。。

因みに、信仰を改竄するのは人から見ると簡単な事に思えるが、メレベベイルのような神からすればかなりの危険を伴う行為だ。

多少の改竄なら耳に小さなピアスの穴を開ける程度だが、邪神から英雄神に改竄するのは全身麻酔を受けて全身整形手術と内臓の外科手術を同時に受ける覚悟が必要だ。

人間に「生きたまま触手の集合生命体に変化する手術を受けろ」と言うのと何も変わらない。

成功しても神格が変化する以上人格や生態が変化する。それだけで済めば良い方で、砕け散って消滅しその欠片が新しい神として再構成され転生したような状態になるか、二柱の神に分裂弱体化してしまう事もある。

当時のスキュラの長もそこまで危険な試みだとは知らずに提案したのだが、メレベベイルは熟慮の末「勝算あり」と判断して提案を受け入れた。

そして勝算通り、形がやや変わり、両性からやや女性寄りに変化するだけで英雄神と偽装する事に成功した。

やはり偽装するのが自らの子であるスキュラ族の英雄神である事が幸いしたようだ。

「なるほど。それで外部からの迫害を緩める事が出来たと言う訳ですね」

『はい。それで御身はいったい？』

「いったいとは言っても、俺が来る事をペリベールさんに神託で伝えたのは貴方では？」

『あれは、ヴィダ様から我に下された神託を伝えただけだったので……それにこうして直に会ってみれば、やはり尋常ではない』

「尋常……まあ、神様相手に隠す事ではないのでお話ししますが」

いつの間に神が態々尋ねに来るような大物になったのだろうか？　やっぱりもうすぐ十億に届く魔力と魔王の欠片のせいかな？

そう思いながらヴァンダルーはメレベベイルに自分が何者なのか、そしてこれまで何をして何のためにここに来たのかを語った。

『なんと……そのような事になっていたとは』

約百年前からヴィダは目覚める度にヴァンダルーについての、味方の神々や自身の信者に神託を下して知らせていたのだが、メレベベイルには詳細な情報は届いていなかった。

邪神から英雄神に変わりつつあるメレベベイルは、ヴィダが知る当時の存在とは半ば異なっていたからだ。

色々と台無しな例えだが、勝手に連絡先を変更してしまったような状態である。

『委細承知しました。これより、我メレベベイルは御身の力となりましょう』

ぐにゃりと下半身を潰すようにして頭部に当たる部分を下げるメレベベイルに、ヴァンダルーは「まあまあ、頭を上げてください」という。

「ご助力は嬉しいですが、俺はただ魔力が多いダンピールです。神様に『御身』なんて呼ばれるような身分ではありません」

『鱗王の巣』に封印されていたフィディルグの時は不幸な出会い方をしたので仕方ないが、メレベベイルには畏まる理由は無いはずだ。

それなのにこんな対応をされるのは居心地が悪い。そう言うが、メレベベイルは受け入れようとはしなかった。

フィディルグといい、元魔王軍のヴィダ派の神々はロドコルテと違って謙虚な神が多いようだ。

今も神なのに自分より小さい姿のままで、丁寧に応対してくれている。そう考え、ヴァンダルーはメレベベイルに対して好感を深めた。

『それより、御身に是非受けとっていただきたいものが。これを抱えていた故、今まで必要以上に力を制限せねばなりませんでしたが、御身なら使いこなせるはず』

ざわりとメレベベイルの身体が分かれると、触手の束に包まれていた黒い塊が二つ現れた。

「それは、【魔王の欠片】ですか？」

『はい。我と近い性質の欠片だったので二つ同時に封印する事が出来ました。本来は三つでしたが、残り一つは十万年前の戦いの折、どさくさに紛れて何者かに奪われました。この二つの欠片をお預かりいただきたい』

魔王の欠片は使えば強力な武器になる場合が多いが、メレベベイルにとってはただただ負担でしかなかった。

下手に使って暴走させれば、魔王復活の呼び水になりかねない。そのため使わずに只管封印し続けていたのだ。

『せめてもの代価に我が授けられる加護と二つ名を……む、やはり加護は不可能か』

「あー、フィディルグも無理って言ってましたね。完全回復したら、その時改めてよろしくお願いします」

『では二つ名の方だけでも……御身はあらゆる触腕触手を持つ者の王、『触王』成り』

「……意味が違うけど同じ読みの二つ名がありますよ？」

《新たな二つ名【触王】を獲得しました!》

《【深淵】スキルのレベルが上がりました!》

夢の中でも聞こえた脳内アナウンスに驚きながら、ヴァンダルーは「タロスヘイムの皆に触手が生えたらなんて言おうか?」と少し悩んだ。

でも何故【深淵】スキルのレベルまで上がったのだろうか?

『しかし二つ名だけでは……我が子等を幾つか仕えさせますか?』

「いや、そこまでしなくても」

『ですが、このままではあまりにも御身が背負う物と釣りあいませぬ』

メレベベイルにとって【魔王の欠片】は危険な武器ですらなく、とても危険な化学汚染物質同然であり、それをヴァンダルーに受け取ってもらう以上当人が負担に思わなくても、少しでも釣りあうよう報酬を支払うのが筋だ。そう考えているらしい。

「じゃあ、オルビアやプリベル、ペリベールさん達にその分加護を。あと、スキュラの皆さんに俺の味方になってくれるよう口添えをお願いします」

『ペリベールには既に与えていますが、御意に』

「ありがとうございます」

そう言い終えると、ヴァンダルーの意識は暗転した。

力尽きたタコやイカのように、メレベベイルはぐにゃりと身体を横たえた。

『……帰られたか。大恩ある方に頼まれたとは言え……彼とは二度と神域では会いたくはないな』

メレベベイルは実はヴァンダルーに嘘をついていた。

彼女はヴァンダルーに「招いた」と言ったが、実際は違う。ヴァンダルーの意識に干渉しようとした瞬間、自らの神域に『出現された』のだ。

そもそもメレベベイルは意識してヴァンダルーの精神体よりも小さい姿を取ったのではない、単純に彼女の素の姿がヴァンダルーの精神体よりも小さかったのだ。

突然現れた異形にして巨大な存在に戦《おのの》き、声を掛けるタイミングが遅れたに過ぎない。

『精神体の異形や巨大さは兎も角、神域に侵入されたのは【深淵】スキルの力。視るつもりが、逆に視られてしまった』

メレベベイルは魔王軍に加わる前、元居た世界で【深淵】スキルに似た力を持つ存在を幾つか知っていた。魔王グドゥラニスが真っ先に滅ぼした者達だ。

あの世界で魔王が唯一手に入れられなかった力を持つ者達だったから。

その魔王すら持てなかったはずの力を持つヴァンダルーだが、通常なら幾らメレベベイルが彼を『視て』も神域に踏み込む事は出来ないはずだ。

今回はメレベベイルがヴァンダルーの精神に接触しようとしたから、それを逆に辿られた結果に過ぎない。

『考えてみれば、彼が最初に上を見上げていたのも道理か。深みに座す存在が浅瀬の存在を見るためには、見上げるしかない。大恩あるヴィダよ。貴女は常に我等に幸運をもたらす。願わくば、我と我が子等に繁栄を』
背信者達の悪しき企みも、彼なら打ち砕き踏み躙ってくれる事だろう。
そう期待し、ヴァンダルーと友誼を結ぶことが出来た幸運にメレベベイルは感謝した。

パウヴィナが寝返りを打ったために地味に窒息の危機に瀕して目覚めたヴァンダルーは、全身を【霊体化】して彼女の下から脱出する事に成功した。

そして素早く糸を吐いて着替えを仕立ててそれを着ると、メレベベイルから貰った【魔王の欠片】を早速検証する事にした。

欠片の名称からして室内で試しても危険性は無いと思ったからだ。

「……【魔王の吸盤】、発動」

指先にカエルの吸盤っぽい物が現れた。

ぺたりとその指先で小屋の壁に触れると、ぎゅっと壁にくっついた。

「おぉー」

そのまま壁を吸盤で張り付きながら、登ってみる。吸盤は吸着も離すのも自由自在で、ヴァンダルーは壁でも天井でも自由に這い回る事が出来た。

この【魔王の欠片】を使えば、ダンジョンの天井を這い回るのも楽になるだろう。

続いて二つ目の欠片。

「【魔王の墨袋】、発動」

指先から墨が出た。表面を舌から出した粘液でコーティングした即席の土の容器にそれを溜めながら検証する。

ねっとりとしたイカ墨も、サラサラしたタコ墨も、性質は自由自在。更に色まで自由自在に変える事が出来るようだ。

特に磯臭くも無いので、インクや塗料としても使えそうだ。もしかしたら布を染める染料にも良いかもしれない。

「でもこれを戦闘に役立てるには一手間が必要かな」

何せ吸盤と墨袋である。【魔王の角】や【魔王の血】のように、発動させただけで即武器に使える性質の物ではない。

カエルやタコ、イカが使うのを真似れば良いだろうか？

「動物の能力を技術に活かす……これがバイオミメティクスか」

違う。

『ああっ、陛下がまた人から遠ざかって……でも今までとあまり変わっていないような気がしますね』

レビア王女の言う通り、今までも壁や天井を這い回り舌や爪牙からビタミン剤を含めた様々な薬剤を分泌してきたヴァンダルーだ。吸盤や墨袋が加わっても、小さな事なのかもしれない。

『あまり変わらないって……』

「どうしたの～？」

そのレビア王女の反応に呆れているオルビアに、起き出してきたパウヴィナが目をしょぼしょぼさせながら尋ねた。

『ヴァンダルー君が指から吸盤出して這い回ったり、指から墨を出してるんだよ』

「それだけ?」

『そ、それだけだけど……』

「じゃあ、あたしもう少し寝る～」

ぱたっと倒れると、そのまま再び眠るパウヴィナ。

穏やかな寝息を暫く聞いた後、オルビアはヴァンダルーに半笑いで言った。

『ヴァンダルー君、もういっそスキュラになる?』

「いや、俺は男ですから無理です」

因みに、スキュラも墨が吐けるらしい。

《【魔王融合】スキルのレベルが上がりました!》

月明かりさえ差し込まない暗く、血の臭いがする淀んだ空間に無数の吸血鬼達が集まっていた。

貴種はもちろん従属種であっても、並みの騎士や冒険者では相手にならない強者ばかりがこれほど大勢揃って何を企んでいるのか。国家転覆か、それとも一国の人間を根絶やしにする大規模テロか、もしや古の邪悪な神を復活させる儀式か。そのどれであっても、「そんな事は無理だ」と否定する事は出来ない大戦力だ。

「皆、良く集まってくれた」

その大戦力……雑兵や三下以外の部下をほぼ集めた原種吸血鬼グーバモンは、口先だけで配下を労うとその目的を告げた。

「これより、お前達には部隊に分かれて儂が指定したターゲットを生け捕りにしてもらう」

彼がこれだけの戦力を集めた理由、それは彼の英雄コレクションを充実させるための英雄狩りを行うためだった。

(なんだか妙ね)

ある貴種吸血鬼は、違和感を覚えていた。主であり吸血鬼としての親でもあるグーバモンの事は、昔から知っている。彼が英雄の死体から作ったアンデッドをコレクションしている事も、百も承知だ。生け捕りを指定したのも、実物を見てからどんなアンデッドにするかじっくり考えるために鮮度を維持したいからだろう。

しかし、これほど大勢の部下を導入して複数の英雄を同時に狙った事は今までなかったはずだ。

そこまで考えた時、彼の耳に何処からともなく鐘の音が届いた。

「グーバモン様、これほど人員を割いては各地の統制に問題をきたします。部下を何人か戻しても構わないでしょうか？」

彼とは他の貴種吸血鬼がそう進言した。吸血鬼達は各地で人間達の犯罪組織や篭絡した貴族を裏で操り、様々な事に利用している。しかし、今回はグーバモンの命でそのための人員まで集まっている。組織の維持を考えるなら、もっともな意見だ。

「なるほど」

グーバモンはそう応用に頷くと、瞳孔の開いた瞳で進言した貴種吸血鬼を見つめた。

「ぎょぱっ!?」

次の瞬間、グーバモンの配下の中でも幹部クラスだったはずの貴種吸血鬼が爆ぜ割れた。奇妙な断末魔の悲鳴と血と臓物が撒き散らされ、頭や四肢が床を転がり、他の吸血鬼達が悲鳴をあげる。

彼の耳に響く鐘の音が、一際大きくなった。

「他に意見がある者は、おるか？　おらんのなら、各隊の長とターゲットを指定する。聞き逃すことは許さん」

だが、グーバモンがそう述べた途端に吸血鬼達は一人残らず押し黙った。

(テーネシア様が討ち取られてからお心を乱したと聞いていたけど……悪化しているようね)

彼の耳にだけ響く鐘の音が、一段と大きくなった。

「マイルズ。貴様はサウロン公爵領のレジスタンス、『新生サウロン公爵軍』のリーダーとその弟だ。手下は端から十何人か連れて行け。失敗は許さん。成功すれば褒美をくれてやる」

何人目かの隊長として、彼……貴種吸血鬼のマイルズは指名された。

「はい。この『接吻』のマイルズ、必ずやグーバモン様の期待に応えて御覧に入れます」

口紅で彩った唇を笑みの形に歪め、牙を覗かせたマイルズや恭しく頭を垂れた。その間も、彼に危険を教える【警鐘】は鳴り続け、治まる気配はなかった。

〈了〉

用語解説

・魔物編

【リザードマン】

亜人型の魔物の一種で、その中でも最も知能が高いとされる魔物。実際にはギルマンとそう変わらないのだが、リザードマンの方がまだ人間が理解しやすい精神構造をしているので、そう認識されている。

基本的なランクは3。姿は直立した蜥蜴その物で、角などは生えていない。大型の個体でも二メートルを超えない程度で、オークよりも純粋な力は劣る。しかしオークには無い素早さと、更に戦術を考える知能と挑発や誘いに乗らない冷静さを持つ。

集団になるとさらに強力になり、まるで訓練された軍隊を相手にするような錯覚を覚える事だろう。

高い知能を活かして武具を自作し、最下級の者でも死んだ仲間の鱗から作った槍や鎧、小盾で武装を整えている。同じランク3でも明らかにオークよりも強力な魔物だが、生息地が水場に限られており、そこから離れていれば人間の村や町に被害を及ぼす事は殆ど無い。

またオークと違い生殖に人間の女性を求める事が無く、その繁殖力自体も低いので総じてオークよりも脅威にはならない。

さらにリザードマンは大きな群れになると大抵邪神や悪神を祀って集団を纏めるので、その信仰対象の性質によっては、不可侵の約束を人間と結ぶ事もある。ただリザードマンは人間の言葉を話せないため、交渉は筆談かボディランゲージに限られる。鱗が防具や装飾品の材料になり、肉も食用に適する。味は脂が少なく、鳥に似ている。

尚、竜人をリザードマンや蜥蜴男と呼ぶことは侮辱に当たるので避けるべきである。

【ボーンフォート】

歴史上でも両手の指で数えられるほどしか発生

していない、災害指定種。

砦ほどもある巨体は全て取り込んだ骨で出来ており、更にその骨をスケルトンとして分離させる事が出来る。スケルトン自体の強さはさほどではなく、ランク2のスケルトンよりも力が強い程度。だがその数は脅威である。記録に残っている中で、ボーンフォートが一度に操れるスケルトンの数は最大で一万体とされる。

更にこの魔物の恐ろしいところは、砦のような本体も移動する事が可能という点だ。

恐れを知らず糧食も睡眠も必要としない無数の兵士に護られた、移動する要塞。正に人類にとって悪夢のような存在である。しかもクノッヘンの場合、通常のボーンフォートより更に恐ろしい。

【高速飛行】スキルを持っているため鳥を上回る速度で空を飛行可能。勿論、分離したスケルトンも空を飛ぶことが可能で、それぞれ毒のブレスを吐く事も出来る。

更に【導き　魔道】、【従属強化】スキルの効果を受ける。

ただのスケルトンと甘く見ると本体に辿りつく前に、分身のスケルトンに毒のブレスを浴びせられ、動けなくなったところを生きたまま骨を抉り取られる悲惨な最期を遂げる事になるだろう。


【ナイトメアキャリッジ】

タロスヘイムのサムが至った、ラムダで初の魔物。空中を自由に走行し、更に全身から生物に恐怖心を抱かせるオーラを放つ。


【黒雷光大百足】

並の家屋なら一回りできる程巨大な百足の魔物。黒い外骨格は生半可な攻撃ではビクともせず、逆に角を武器にした突撃の威力は、盾職も油断出来ない。距離を開けて戦っても角から雷を放って遠距離攻撃をしてくるため、討伐には注意が必要。

また見かけに反して知能が高く、言語を操ったり魔術を行使する事は無いが、【鎧術】を始めとしたスキルを習得している事がある。

ピートの場合何故かユニークスキルまで獲得しており、竜種に対する攻撃力や防御力の増加、更に竜種を喰らう事で能力値を強化する事が出来る。

【グールウィザード】

グールの中でも複数の属性の魔術に優れ、研鑽を積んだ者のみがランクアップ出来る種族。グール種族の誕生後殆ど出現しておらず、魔術師ギルドの書庫でもその存在を記した書物は殆ど収蔵されていない。

ただ古の賢者の手記にその存在が記されており、その記述によると恐ろしい魔術の使い手であると同時に聡明な指導者であると記されている。

だが、多くの研究者がスキルレベルの高いグールエルダーメイジと見間違えたのだろうと推測しており、その存在には懐疑的である。

【リビングメイドアーマー】

ヴァンダルーによってフリルやレースを模した形状の冥銅製装甲を追加した事で、サリアとリタがランクアップした存在。

恐らくランクアップ条件は【家事】スキルを習得している事、誰かのメイドである事、それらしい形状の鎧である事等が考えられる。

当然【家事】スキルを所有し、誰かのメイドである事を自覚して行動しているランク6のリビングアーマー系のアンデッドがサリアとリタ以外に居るはずがない為、ラムダで初めて発生した魔物である。

そのため冒険者等が見ると妙な形状のリビングアーマーか、リビングマジックアーマーと高確率で誤認してしまうだろう。

戦闘能力の高さもそうだが、【家事】スキルにも補正があるため優秀なメイドに成長する可能性がある。

【パッチワークヒュドラゾンビ】

九本の首を持つヒュドラの変異種の死体の頭部を切り落とし、異なる種族の美女の上半身を繋ぎ合わせて作ったテーネシアの芸術作品。

その造形は見事で、異形の美を体現している。

ただ、その戦闘力は通常のヒュドラよりも大幅に落ちている。武器になるべき毒牙が無く、上半身の殆どは防御力が低いからだ。

ランクは6だが、実際にはランク4の魔物と互角程度の力しかない。

ただ、元々テーネシアは動くインテリアとしてこのアンデッドを作りだしたので、それで問題無かったのだろう。人造であるため当然だが、ラムダでは未発見のアンデッド。テーネシアと同じ悪趣味の持ち主が存在しない限り、同一の個体は存在しないだろう。

ヴァンダルーがテーネシアの隠れ家から回収した後は、改造手術などを繰り返した結果、それぞれの上半身の口を使って言葉を発し、犬歯を毒牙に変え、腕を動かして物を持つ事等が出来るようになった。

逆に言うと、手術を受ける前はそれすら出来なかったのである。

【スキュラ】

『生命と愛の女神』ヴィダと魔物（具体的な記録は残されていない）の間に生まれた、美女の上半身とタコの下半身を持つ種族。

他の外見的特徴として、緑色の髪や瞳を持つ個体が多い。

外見通り水中に適応した種族で人魚ほどではないが水辺を好み、池や湖、沼地、川辺で暮らす事を好む。ただ好むというだけで、見た目以上に乾燥に強い。その生態からリザードマンとは人種以上に領土を争う事が多い。

素のランクは3で、集落単位で暮らしている群れにはほぼ必ずランク5以上の長が存在する。

主な武器は下半身の触腕で、【格闘術】と【鞭術】のスキルを習得している事が多い。また生まれつき【怪力】スキルを獲得しているので、上半身の細腕も見た目にそぐわぬ腕力を秘めている。

触腕の先端や上半身の指からタコの様に墨を出す事が出来、それを目潰しに使用してくる事がある。

またその出自の為か、生命属性や水属性、土属性の魔術を習得している者が多い。

スキュラと戦う時は水辺が戦場になりやすい為、ランク以上の強敵になる場合が多い。

太古の時代は水辺で溺れている演技をして、助けようと水に飛び込んだ男を攫う魔物として恐れられていたが、それはスキュラ族に伝わる求愛の儀式で、彼女達から見れば歌と踊りで夫になる男を誘っていただけだった事が研究者の間では知られている。

生息地として最大なのは、バーンガイア大陸のサウロン公爵領（現在はアミッド帝国占領下）の南端に位置する自治区だが、他にも小規模な集落が点在している。

因みに神話の時代、スキュラの始祖やその娘達は触腕の先端が狼や竜、蛇等の頭になっていたと当時の文献の写本には記されている。しかし現代ではこの記述を、アルダ神殿がヴィダの新種族の一種であるスキュラに邪悪なイメージを付けるための虚偽であるという説を支持する研究者が大多数である。

討伐証明は特殊な形をした尾骨。素材としては胆や上半身の骨が錬金術の素材に、下半身の触腕が食用になる。又、墨袋の墨がインクや染料の材料になる。

ただし既にスキュラの大多数が陽気で人と交流出来る理解力のある存在である事が知られているため、アミッド帝国等、融和派以外のアルダ神殿の力が強い場所でなければ討伐依頼はまず出されない。

【ウォーターゴースト】

水辺で深い未練や憎しみを抱えたまま死んだ霊

が変化すると言われる魔物。古くから水辺は霊が集まると伝えられる理由の一つであり、ダンジョンや魔境以外で目撃されたゴーストの上位種の中では特に件数が多い。

主な攻撃手段は犠牲者を水辺に引きずり込んで、若しくは液体化している自分の身体の一部を使用して溺死させる。又、強力な個体は液体化した霊体を射出して飛び道具とし、水属性魔術を使いこなす。

その性質上多くの個体が生前の記憶を持っているが、それは抱えている未練や恨みに関する事だけでそれ以外は忘れている場合が多い。

また人格は大きく歪んでおり、自分の同類を増やすために無差別に襲い掛かる個体も少なくない。そのため、生前からの知人でも説得はほぼ不可能である。

愛する者に殺され死体をきちんと葬られる事無く水辺に捨てられた霊から変化した個体は、特に凶暴で尚且つ強力になると言われており、恐れられている。

オルビアの場合生前の記憶をほぼ維持している。更にアンデッドでありながら神の加護を所有しており、既にヴァンダルーの【導き：魔道】の影響も受けているため、通常の個体よりも遥かに強力な存在となっている。

・ジョブ編

【樹術士】


植物に関する一定以上の知識と、数多く（百体以上）の植物型魔物をテイムする事で就く事が出来るジョブ。

能力値は生命力が上がりやすい。

また、体内に植物型魔物を装備出来る【装植術】スキルを獲得出来る。ジョブの効果として体内で植物を栽培可能になる。植物には菌やカビ、植物プランクトンも含まれる。

このジョブに就いた者は農業、製パンや一部の製菓、発酵食品の作製、林業、また海藻や水草や植物プランクトンを活かした漁業等で優秀な結果を残す事が出来るだろう。

ただ、常識的に考えて百体以上の魔物をテイム出来るはずもなく、更にラムダ世界で賢者と称えられる者でも一定以上の知識に達していない（菌やカビ、発酵に関する知識が足りない）ので、ヴァンダルー以外がこのジョブに就くのは彼から直接教わらない限り、現状困難である。

【魔導士】

勇者の条件とされる導士系ジョブの中でも特殊なジョブ。正道でも外道でも無い道を、自ら歩む存在が就く事が出来る。

ただ導士系ジョブとしては問題がある。導士系ジョブは所有者自身の能力値を大きく成長させるが、その本質は所有者以外の存在に影響を与え、引き上げる事に在る。

しかし魔への導きを多くの者は忌避し恐れる。そのため、本来の力を発揮するのは難しい。ヴァンダルーの場合は【死属性魅了】等のスキルで既に多くの存在を惹き付けていた事で、その障害を乗り越えている。

【大敵】

死属性魔術師が神に呪われるか複数の強大な存在や組織に敵対対象として認識され、さらにそれらを敵として認識した場合ジョブチェンジできるジョブ。

あらゆる敵に対して与えるダメージを増大させる【対敵】スキルを獲得し、能力値は生命力と力の上昇率が高く、逆に魔力や知力は上がり難い。

・二つ名編

【怪物】

多くの、若しくは複数の権力者等から畏怖されている者が獲得する二つ名。

ただ単純に恐れられるだけではなく、得体の知れない不気味さを漂わせていなければ獲得する事は出来ない。

この二つ名を獲得する者は多くの場合反社会的

組織の幹部やボス、冒険者ギルドでも正体を把握していない魔物等になるため、この二つ名を所有している事を知られると警戒される。ただ、裏社会の場合は一目置かれるかもしれない。所有者が魔物の場合は、手下を作り易くなる。

　この二つ名を獲得すると自分を畏怖する存在の注目を惹きやすくなり、また裏社会では注目され擦り寄って来る存在も増える。

　過去には複数の為政者が、多少手下が増えても関係無い程強大になった犯罪組織のボスの行動を見張るため、故意に『怪物』の二つ名を付けた事があったらしい。

【鱗王】

　境界山脈に隔てられたバーンガイア大陸南部に存在する大沼沢地に君臨するリザードマンの長が、神から授けられる二つ名。その名の通り鱗を持つ者の王である事をあらわし、リザードマンは勿論爬虫類型や竜種を含めた、鱗を持つ魔物に対して有効なカリスマ性を得られる。（魚型の魔物は含まれない）

　本来なら自身の鱗をより強固で美しくする効果もあるが、鱗の無い者が所有する場合適応されない。

【触王】

　『汚泥と触手の邪神』メレベベイル等、触手系の邪神悪神が与えるか、触手や触腕を持つ者で王（女王）に相応しいと認められた者、触手触腕を持つ魔物や種族を多く従えた者が獲得する二つ名。

　歴史上、殆どの場合自身も触手触腕を生やしている存在が獲得してきた。例外としてはクラーケンをテイムした伝説のテイマーや、初代サウロン王国国王が知られる。

　具体的な効果は触手触腕を持つ魔物や種族にカリスマ性を発揮できるようになる。それらを眷属に加える事が可能になる（【眷属強化】スキル必須）。自身の触手触腕の強化や、扱う際にスキル補正や効果を大きくする事が出来る。因みに、魔王グドゥラニスが元々存在した世界では、触手を生やした知的生命体が繁栄していたらしい。そのため、幾柱もの触手神が存在したそうだ。

スキル編

【魔力増大】

総魔力量に＋スキルレベル×１０パーセントするスキル。単純だが効果が大きいスキル。

求める者は多いが、このスキルを獲得出来るのは勇者本人か、その仲間のみと言われている。

【導き　魔道】

人が望んで歩まぬ道、道無き道、そうした道を歩む者が同じ道を歩む者を導くスキル。

このスキルの恩恵を受ける者は変異やランクアップ、成長を促される代わりに正道から遠ざかって行く。

邪悪ではないが、善悪以前にただ「異なる」存在になっていくのだ。正常な常人から見れば、このスキルの所有者と、所有者の導きを受ける存在達は恐ろしい存在に感じ、忌避感を覚え、それらの歩む姿は百鬼夜行の如くに見えるだろう。

【眷属強化】スキルが【魔導士】のジョブに就いた事で変化したスキルで、【眷属強化】の効果はそのままより強化されている。

【魔道誘引】

既に魔道を歩んでいる者、足を踏み入れている者を惹き付ける。正道を歩む者であっても、魔道に誘うスキル。

所謂魔性であり、魅入られてしまった存在は中毒に陥ったようにこのスキルの持ち主に耽溺する事になる。

【死属性魅了】スキルが【魔導士】ジョブに就いた事で変化したスキルで、よりスキルの効果範囲が広がり、一度効果を受けてしまうとレジストする事が難しくなる。

【深淵】

覗き込む側ではなく、覗き込まれる側である事を表す固有スキル。

このスキルの所有者は怪物と戦う時、自らも怪物になってしまう事を案じなくて良い。何故なら、それはこのスキルの所有者と戦う存在がするべき心配だから。

あとがき

四度目は嫌な死属性魔術師八巻を手に取って頂き、ありがとうございます。初めまして、そうでない方は七巻からだいぶ間が空いてお久しぶりになってしまい申し訳ありません。筆者のデンスケです。

大変な時期ですが、皆さまはどうお過ごしでしょうか。私はこの本を出していただいている一二三書房がある東京都ではなく隣県に住んでいるので、実は一年以上編集部にお邪魔する事はもちろん、担当編集の方と顔を合わせて打ち合わせを行う、という事が出来ておりません。……元々以前からそれほど編集部にお邪魔していないですし、頻繁に打ち合わせをしていた訳ではないのですが。しかし、私が引っ越した新しい一二三書房編集部を見る事が出来るのは、まだ先になりそうです。

また、外出する機会が減った事で元々出不精だったのがすっかりデブ精気味に……。カバー裏の自己紹介にも書かれている日課の腹筋だけは怠けないようにしていますが、逆に腹筋さえしていればいいやと堕落しつつあります。このあとがきを書いている時も、体重は落ちず運動量は順調に減っているという具合です。

一方、本作主人公のヴァンダルーは物語の世界で活発に活動しています。幽霊やアンデッド、吸血鬼にグールと夢と現実で霊的密になり、新しい場所で新しい種族とも交流を始めてますます人間離れしながら冒険を進めております。作中で王様になって三年目になり、玉座に座る姿にも貫禄が出てきた……かは、ばん！先生に描いて頂いたカバーイラストを目にした読者の皆様の感想にお任せします。

また、前巻で仲間になった男装執事吸血鬼のベルモンド。彼女のスタイルが何故変わったのか、是非本文を読んでご確認ください。また、表紙に登場するのは久しぶりなダルシアも描いて頂きました。また八巻で初登場するキャラクターも多く、ウェブ版からの人気キャラクターもついに書籍版でデビューします。彼等、そして彼女らがヴァンダルーとどのように関わり、どのように活躍するのか、実際に読んで目にしていただければ幸いです。

新キャラクターだけではなく、以前から登場しているベルモンド以外のキャラクターもさらなる成長や変化を遂げ、名活躍や迷活躍をしておりますので、お楽しみいただけると思います。

もちろん万事順調とはいきません。様々な問題や敵がヴァンダルー達の前に立ち塞がりますが、あとがきから読む方もおられると思うので、ここでは秘させていただきます。

では紙面も残り僅かとなってまいりましたので、いつも通り謝辞で締めさせていただきたいと思います。まず大変な時期にもかかわらず拙作を本にしていただいた担当編集さん、校閲さん、一二三書房の皆様。毎度誤字の修正などでお手を煩わせております。そして今回も変わったキャラクターを美麗なイラストに仕上げてくださったイラストレーターのばん！先生、ありがとうございます。この本の出版に関わった全ての方々、そして応援してくださる全ての読者の皆様。本当にありがとうございました！　今後も四度目は嫌な死属性魔術師をよろしくお願いいたします！

では、九巻でもまたお会いできることを楽しみにしております。

デンスケ

四度目は嫌な死属性魔術師 8

発　行
2021年6月28日　初版第一刷発行

著　者
デンスケ

発行人
長谷川　洋

発行・発売
株式会社一二三書房
〒101-0003　東京都千代田区一ツ橋 2-4-3 光文恒産ビル
03 3265 1881

デザイン
erika

印　刷
中央精版印刷株式会社

作品の感想、ファンレターをお待ちしております。
〒101-0003　東京都千代田区一ツ橋 2-4-3 光文恒産ビル
株式会社一二三書房
デンスケ 先生／ばん！ 先生

Printed in japan, ISBN 978-4-89199-717-5
※本書は小説投稿サイト「小説家になろう」（http://syosetu.com/）に
掲載された作品を加筆修正し書籍化したものです。